周作人精选集

自己的园地

周作人　著

中国妇女出版社

图书在版编目（CIP）数据

自己的园地 / 周作人著. -- 北京：中国妇女出版社, 2018.2（2024.3重印）

ISBN 978-7-5127-1449-6

Ⅰ.①自… Ⅱ.①周… Ⅲ.①散文集—中国—现代 Ⅳ.①I266

中国版本图书馆CIP数据核字（2017）第114439号

自己的园地

作　　者： 周作人　著
策划编辑： 王海峰
责任编辑： 路　杨
责任印制： 李志国
出版发行： 中国妇女出版社
地　　址： 北京市东城区史家胡同甲24号　　邮政编码：100010
电　　话：（010）65133160（发行部）　　65133161（邮购）
网　　址： www.womenbooks.cn
经　　销： 各地新华书店
印　　刷： 天津旭丰源印刷有限公司
开　　本： 150×215　1/16
印　　张： 19.5
字　　数： 220千字
版　　次： 2018年2月第1版
印　　次： 2024年3月第2次
书　　号： ISBN 978-7-5127-1449-6
定　　价： 59.80元

编者的话

孔子说："不学诗，无以言。""诗，可以兴，可以观，可以群，可以怨，迩之事父，远之事君；多识于鸟兽草木之名。"意思是说，诗可以激发情志，可以观察社会，可以交往朋友，可以怨刺不平；近可以侍奉父母，远可以侍奉君王，还可以知道不少鸟兽草木的名称。这里的"学诗"其实也可以理解为"读书"。从某种意义上讲，这不正是2000多年前的先人对于读书之重要性的质朴理解吗？培根说："读书使人成为完善的人。"说的也是同样的道理。

对于每一个想要提升自己的人，读书是唯一捷径。而读书则要读经典。北京大学中文系教授钱理群先生说："'经典'是时代、民族文化的结晶。人类文明的成果，就是通过经典的阅读而代代相传的。"

我们编辑出版的这套"读·经典"系列，是一套送给广大年轻读者的现代文学经典读本。本套书收录了胡适、朱自清、郁达夫、周作人等现代文学巨匠的经典作品。有的论人生，有的谈做人，有的说生命……或是幽默风趣，或是平实质朴，恬淡中见奢华，亲切中有真挚，每一篇，每一句，每一字，无不是先辈们灵动思绪和满腹才华的凝结。希望读者能从这套书中看到现代文坛精英们的生活，领略他们生活的那个时期的独特韵味。

《自己的园地》一书收录的都是周作人最为经典的名篇佳作。其中“第一辑 自述·故人往事”收录的是纪实性叙事散文，基本记述了作者本人的成长经历；“第二辑 日本·文化管窥”收录的是作者研究日本文化的文章，价值极高；“第三辑 美文·冲淡平和”收录的是短小精致的杂文，极具启发意义；“第四辑 研究·鲁迅身后”收录的是作者写的关于鲁迅的文章。

本书在编辑出版过程中尽可能保留了每篇文章的原文原貌。对于文章中一些不易理解之处，予以注释。虽经努力，但时间、精力、水平有限，难免有不足之处，敬请广大读者指正。

目录

第一辑　自述·故人往事

第二辑　日本·文化管窥

第三辑　美文·冲淡平和

第四辑　研究·鲁迅身后

第一辑

自述·故人往事

老人转世

我于前清光绪十年甲申十二月诞生，实在已是公元一八八五年的一月里了。照旧例的干支说来，当然仍是甲申，在中国近代史上，的确是多难的一年，法国正在侵略印度支那，中国战败，柬蒲寨就不保了。不过在那时候，相隔又是几千里，哪里会有什么影响，所以我很是幸运的，在那时天下太平的空气中出世了。

我的诞生是极平凡的，没有什么事先的奇瑞，也没有见恶的朕兆。但是有一种传说，后来便传讹，说是一个老和尚转生的，自然这都是迷信罢了。事实是有一个我的堂房阿叔，和我是共高祖的，那一天里出去夜游，到得半夜里回来，走进内堂的门时，仿佛看见一个白须老人站在那里，但转瞬却是不见了。这可能是他的眼花，所以有此错觉，可是他却信为实有，传扬出去，而我适值恰于这后半夜出生，因为那时大家都相信有投胎转世这一回事，也就信用了他，后来并且以讹传讹的说成是老和尚了。当时我对这种浪漫的传说，颇有点喜欢，一九三一年曾经为人写一单条云：

“一月三十日晨，梦中得一诗云，偃息禅堂中，沐浴禅堂外，动止虽有殊，心闲故无碍。族人或云余前身为一老僧，其信然耶。三月七日下午书此，时杜逢辰君养病北海之滨，便持赠之，聊以慰其寂寞。”本来是想等裱装好了送去，后乃因循未果，杜君旋亦病重谢世了。两三年之后，我做那首打油诗，普通被称为“五十自寿”的七律，其首联云：“前世出家今在家，不将袍子换袈裟。”即是用的这个故典，我自信是个“神灭论者”，如今乃用老人转世的故典，其打油的程度为何如，正是可想而知了。

因为我是老头子转世的人，虽然即此可以免于被称作“头世人”，——谓系初次做人，故不大懂得人世的情理，至于前世是什么东西，虽然未加说明，也总是不大高明的了，——但总之是有点顽梗，其不能讨人们的喜欢，大抵是当然的了。我不想举出事实，也实在没有事实，可以证明这事，现在只想一讲我在四五岁的年头上遇着的一个大灾难，即是出天花，这不但几乎夺去了我的生命，而且即使性命保全了，却变了麻子，一个麻脸的老和尚，这是多么的讨厌的东西呀！说到这里，应当赶紧的声明一句，幸而二者都不，这是对于我的祖母母亲的照顾应该感谢的。

痘为小儿的一大病，凡人都要经过这一难关。但是只要人工的种过痘，无论土法或洋法这便是牛痘，就可保无危险，可怕的痘神给种的“天然痘”，它的死亡率不知百分之几，幸免的也要脸上加上密圈。我所出的便是这种“天花”。据说在那偏僻地方，也有打官话的医官有时出张，施种牛痘，但是在那两三年内大约医官不曾光临，所以也就淡然处之，直待痘儿哥哥或痘儿姐姐来给种上了。那时是我先出天花，不久还把只有周岁左右的妹子也给感染了。妹子名叫端姑，如果也是在北京的祖父给取的名字，那么一定也是得家信的这一天里，有一位姓端的旗籍大员适值来访，所以借用的，不过或者是女孩，不用此例，也未可知。据说这个妹子长得十分可喜，有一回我看她脚上的大拇趾，太是可爱了，便不禁咬了它一口，她大声哭了起来，大人急忙走来，才知道是我的顽劣行为。当天花初起时，我的症状十分险恶，妹子的却很顺当，大家正很放心，把两个孩子放在一间房里睡，有一天两人都在睡觉，忽然听见呀的叫了一声。（不知道是谁在叫，据推测这是天花鬼的叫声，它从我这边出来，钻到妹子那里去了，那么在我也没有叫唤之必要，所以只好存疑了。）大人惊起看时，妹子的痘便都已陷入，我却显是好转了。急忙的去请天花专门的王医师来看，已经来不及挽回，结果妹子终于死去，后来葬在龟山的山后，父亲自己写了“周端姑之墓”五个字，凿一小石碑立于坟前，直到一九一九年鲁迅回去搬家，才把这坟和四弟的坟都迁葬于逍遥溇的。

鲁迅在种牛痘的时候，也只有两三岁光景，但他对于当时情形记得清清楚楚，连医官的墨晶大眼镜和他的官话，都还不曾忘记，我出天花是四五岁了，比他那时要大两三岁，可是什么都不记得了。只是听大人们追述，这才知道一点，据说因为病人发热怕光，一半也因了迷信关系，把房间窗门都用红纸糊封，而且还把眼睛也糊了红纸。这当时不晓得是否玩笑话，但听去又像在讲真话，所以我那眼睛实在有没有被封过，封了又是什么用意，现在已经无法质询，因此无从知道了。在天花结痂的时候，据说很是要紧，因为很痒不免要去搔爬，而这一搔爬可就坏了大事，脸上麻点的有无或多少，就在这里决定了。我是幸亏祖母看得很好，将两只手紧紧的捆住了，不让它动一动，当时虽然很窘，大约哭得很凶吧，然而也因此得免于脸上雕花，这与我的出天花而幸得不死，都是很可庆幸的。

我在十岁以前，生过的病很多，已经都记不得，而且中医的说法都很奇怪，所以更说不清是食裹火或火裹痰了。不过其中顶利害的是因为没有奶吃，所以雇了一个奶妈，而这奶妈原来也是没有什么奶的，为的骗得小孩不闹，便在门口买种种东西给他吃，结果自然是消化不良，瘦弱得要死，可是好像是害了馋痨病似的，看见什么东西又都要吃。为的对症服药，大人便什么都不给吃，只准吃饭和腌鸭蛋，——这是法定的养病的唯一的副食物。这在馋痨病的小孩一定是很苦痛的，但是我也完全不记得了，这是很可感谢的。只记得本家的老辈有时提起说：

“二阿官那时的吃饭是很可怜相的，每回一茶盅的饭，一小牙（四分之一）的腌鸭子，到我们的窗口来吃。”她对我提示这话，我总是要加以感谢的，虽然在她同情的口气后面，可能隐藏着有什么恶意，因为她是挑拨离间的好手，此人非别，即鲁迅在《朝花夕拾》里所写的“衍太太”是也。

风暴的前后

上

上文曾经说过，我在天下太平的空气中出世，一直生活到十岁，虽然本身也是多病多灾，却总是平稳中渡过去了。但是在癸巳（一八九三）年遇着了风暴，而推究这风暴的起因，乃是由于曾祖母的去世。曾祖号苓年公，大排行第九，曾祖母在本家里的通称是“九太太”，她的母家姓戴，父亲是个监生，所以大概也是本城的富翁，但在我有知识以来，过年过节已经没有她的娘家人往来，可能亲丁都已断绝了吧。苓年公早年去世，没有人看见他过，但性情似乎很是和顺，不大容易发脾气的，因为传说他好种兰花，有两间房内特设地板，称为“兰花间”，还是他的遗迹，据说有一天他钻到床底下去安排花盆，当时祖父的保姆吴妈妈误当是一只狗，唆唆的吆喝想赶他出去，这话流传下来，可以为例。但是曾祖母的相貌很是严正，看去有点可怕，其时她已年将望八了，——她去世时年七十九，恰在除夕了，其实算是八十也无不可，——终日笔挺的坐一把紫檀的一字椅上边，在她房门外的东首，我记得她总是这个姿势，实在威严得很。我们小孩却不顾什么，偏要加以戏弄，记得（这是我自己第一次记得的事了）同了鲁迅走到她的旁边，故意假作跌倒，睡在地上，那么她必定说道：

“阿呀，阿宝（这是她对曾孙辈的总称），这地下很脏呢。”那时已是她的晚年，火气全然没有了，在壮年时代她的脾气实在怪僻得很哩。据我的一个堂叔“观鱼”所著《三台门的遗闻轶事》所记，大抵流传于本家老辈口中，虽系传闻，未必全属子虚吧。现在抄录在这里：

“九老太太系介孚公的母亲，孤僻任性，所言所行多出常人意料以外。当介孚公中进士，京报抵绍，提锣狂敲，经东昌坊，福彭桥分道急奔至新台门，站在大厅桌上敲锣报喜之际，这位九老太太却在里面放声大哭。人家问她说，这是喜事为什么这样哭？她说，拆家者，拆家者！”

拆家者是句土话，意思是说这回要拆家败业了。她平常就是这种意见，做官如不能赚钱便要赔钱，后来介孚公知县被参革了，重谋起复，卖了田产捐官（内阁中书）纳妾，果然应了她的话，不待等科场案发，这才成为预言。平常介孚公在做京官，每有同乡回去的时候，多托带些食品去孝敬母亲，有一回记得是两三只火腿，外加杏脯桃脯蒲桃干之类，装在一只麻袋里，可是曾祖母见了怫然不悦道：

“谁要吃他这样的东西！为什么不寄一点银子来的呢。”她这意思是前后相符，可以贯穿得起来的。

我们小孩暂时能够在风平浪静的时期，过了几年安静的生活，只在有时候和老太太们开点小玩笑，这实在是很幸福的。上面说过的“兰花间”及其毗连的一部分，已经分给共高祖的“诚房”，——我们是“兴房”居长，第二是“立房”，至于“诚房”这是智字派下的第三房了，——租给一家姓李的，是李越缦的本家，主人名为李楚材。我所记得的恰巧也是对于老人的小玩笑，这是很有意思的偶合了。鲁迅在《朝花夕拾》的一篇里记有一节，现在就借了过来应用吧。

“冬天，水缸里结了薄冰的时候，我们大清早起一看见，便吃冰。有一回给沈四太太看到了，大声说道：‘莫吃呀，要肚子疼的呢！’这声音又给我母亲听到了，跑出来我们都挨了一顿骂，并且有大半天不准玩。我们推论祸首，认定是沈四太太，于是提起她就不用尊称了，给她另外起了一个绰号，叫作肚子疼。”这里所谓“我们”，当然一个是我了，至于另外一件事乃是我单独干的，也是对于李家的一位房客。这是一个四五十岁的很高大的人，却长着很是细小的辫子，顶上戴着方顶的瓜皮帽，样子颇为滑稽。有一天在门外看见许多人围着，是在看新嫁娘，这位高个子小辫子的人也在那里。我便忍不住偷偷的走近前去，将他的辫子向上一拉，那顶帽子就立刻砰的飞掉了。为什么辫子一扯帽子就会掉呢，这是因为辫子太细小了，深压在帽子里面，所以一掣动它，帽子便向前翻掉了。可是那人却并不发怒，只回过头来说道：

“人家连新娘子也看不得么？”小孩虽然淘气，只因他的态度应对得很好，所以第二次便不再和他开玩笑了。

中

曾祖母于光绪十八年壬辰的除夕去世，她于两三日以前，从她照例坐的那把紫檀椅子想站起来时，把身体略为矬了一矬，立即经旁人扶住了，此后随即病倒，人家说是中风，其实不是，大约只是老衰罢了。

她是阖台门六房人家里最年长的长辈，中间的"大堂前"要让出来给她使用，本来是死人要大过活人，何况又是长辈呢。恰巧这年我家正是"佩公祭"（是智仁勇三派九房人家的祖先）值年，照例应当在堂前悬挂祖像，这也只好让出来，移挂外边大厅西南的大书房里，可是陈设的祭器很值钱，恐防被人偷去，须要雇人看守才行，乃去找用人章福庆的儿子来担任这件事。他名叫运水，这便是鲁迅在小说《故乡》里所说的闰土，是十四五岁的乡下少年，正是我们的好伴侣，所以小孩们忙着同他玩耍，听他讲海边的故事，丧事虽然热闹，也没有心思来管了。

祖父得到了电报，便告了假从北京回来了，那时海路从天津到上海已有轮船，所以在一个月之内，便已到了家里。他同了他小女儿同年纪的潘姨太太和当时十二岁的儿子，轻车减从的走回来，大约原是预备服满再进京去的，却不料演成那大风暴。这风暴计算起来是两面的，其一方面是家庭的，那是不可避免的事，其第二乃是社会的，它的发生实在乃是出于预料之外的了。

祖父回家来，最初感到的乃是住屋有了变更的事，当初父母住的两间西边的屋腾了出来，让给祖父，搬到东偏的屋里来，从前曾祖母的房子则由祖母和我同住。祖父初到觉得陌生，又感觉威严难以接近，但潘姨太太虽然言语不通，到底年轻和蔼一点，所以时常到那里去玩。这样胡里胡涂过了几天，大约不很长久吧，突然在曾祖母五七这一天，这距离她的死只有三十五天，祖父到家也还不到半个月，祖父忽尔大发雷霆，发生了第一个风暴。大约是他早上起来，看见家里的人没有早起，敬谨将事，当时父亲因为是吃洋烟的，或者也不能很早就起床，因此迁怒一切，连无辜的小孩子也遭波及了。那天早上我还在祖母的大床上睡着，忽然觉得身体震动起来，那眠床咚咚敲得震天价响，赶紧睁眼来看，只见祖父一身素服，拼命的在捶打那床呢！他看见我已是捶醒了，便转身出去，将右手大拇指的爪甲，放在嘴里咬的戛戛的响，喃喃咒骂着那一班“速死豸”吧。我其时也并不哭，大概由祖母安排我着好衣服，只是似乎惊异得呆了，也没有听清祖母的说话，仿佛是说“为啥找小孩子出气呢！”但是这种粗暴的行为只卖得小孩们的看不起，觉得不像是祖父的行为，这便是第一次风暴所得到的结果了。

下

不久以后，大约过了曾祖母的“百日”之后，他渐作外游的打算，到七八月的时候，就前往苏州去了。不知道的或者以为是去打官场的秋风，却不料他乃是去找本年乡试的主考，于是第二次风暴就爆发了。现在借用《鲁迅的青年时代》里我所写的一节，说明这件事情：

“那年正值浙江举行乡试，正副主考都已发表，已经出京前来，正主考殷如璋可能是同年吧，同介孚公是相识的。亲友中有人出主意，招集几个有钱的秀才，凑成一万两银子，写了钱庄的期票，由介孚公去送给主考，买通关节，取中举人，对于经手人当然另有酬报。介孚公便到苏州等候主考到来，见过一面，随即差遣‘二爷’（这是叫跟班的尊称）徐福将信送去。那时恰巧副主考周锡恩正在正主考船上谈天，主考知趣得信不立即拆看，那跟班乃是乡下人，等得急了，便在外边叫喊，说银信为什么不给回条。这件事便戳穿了，交给苏州府去查办。知府王仁堪想要含胡了事，说犯人素患怔忡，便是有神经病，照例可以免罪。可是介孚公本人却不答应，在公堂上振振有词，说他并不是神经病，历陈某科某科的某某人，都通关节中了举人，这并不算什么事，他不过是照样的来一下罢了。事情弄得不可开交，只好依法办理，由浙江省主办，呈报刑部，请旨处分。这所谓科场案在清朝是非常严重的，往往交通关节的双方都处了死刑，有时要杀戮几十人之多。清朝末叶这种情形略有改变，官场多取敷衍政策，不愿深求，因此介孚公一案也得比较从轻，定为‘斩监候’罪名，一直押在杭州府狱内，前后经过了八个年头，至辛丑年乃由刑部尚书薛允升上奏，依照庚子年乱中出狱的犯人，事定后前来投案，悉予免罪的例，也把他放免了。”

此外在本家中又有一种传说，便是说介孚公的事情闹大，乃由于陈秋舫的报复。陈秋舫名章锡，为仁字派下“礼房”的一个女婿，曾来岳家久住，介孚公加以挖苦道：

“蹋在布裙底下的是没出息的东西，哪里会得出山？”陈秋舫知道了，立即辞去，并扬言不出山不上周家门，后来中了进士，果然如愿以偿，改作幕友，正在王仁堪那里，便竭力阻止东家的办法，力主法办云。其实这里陈秋舫以直报怨，也不能算错，况且苏州府替人开脱，也是很负风险的事，师爷不赞成，正是他的本色吧。

避　难

第二次风暴已经到来了，小孩们却还什么都不知道，仍然游嬉着。直到得一天，大约是七八月里，母亲把我们叫去说，现今到外婆家住几时，便即动身，好在时间不会很长，到那时候就会叫回到家里来的。这样便开始了避难的生活了。

外婆家原来在安桥头，大概自从外祖父鲁晴轩公中举人之后，嫌它太狭窄，便迁居皇甫庄，典了范姓的半所房屋，这个范姓便是有名的《越谚》的著者范啸风，名寅，别号扁舟子的便是。那时外祖父已经去世，只剩外祖母在，此外是母亲的一兄一弟，大舅父号怡堂，小舅父字继香，都是秀才，住在家里。大舅父生有子女各一，小舅父却只有四个女儿，因此我们两个人都只好交给大舅父，但因为没有地方歇宿，所以又把我送给小舅父处的老仆妇，通称塘港妈妈，（妈妈者犹上海称娘姨，）叫她带领我睡觉。这是在一间宽而空的阁楼上，一张大眠床里，此外有一个朱红漆的皮制方枕头，最特别的是上边镂空有一个窟窿，可以安放一只耳朵进去，当时觉得很有趣味，这事所以至今还是记得。我大约向来是够浑浑噩噩的，什么事都记不清，十岁以前的事情至今记忆的很是有限，只是有一件事却还记的很是清楚。这便是到了那时候还要“溺床”，（见刘侗著《帝京景物略》，）在夏天的早朝起来，席子有一两回都溺得很湿的，主客各不说破，便自麻糊过去了。

这阁楼上只是晚间才来，在白天里是在大舅父那边，怎么样的混过一天，回想起来什么都不记得，这也可见浑噩之一般了。但是也有零星的记忆可以一说的事。大舅父是吸雅片烟的，终日在床上，帐子放了下来，经常很少见他的面，但见帐内点着烟灯，知道他醒着，便隔着帐子叫他一声算了。我只记得在他那里，有很希奇的一只烧茶的炉子，大抵也只是黄铜所做的，但奇怪是用纸煤烧的。这是一种用“煤头纸”折成的长条，据说烧十几根纸煤，一小壶水就开了。这不晓得叫做什么炉，（不是神仙炉吧，）我时常看表姊珠姊姊在那里折这种细长条的纸煤。

在大舅父卧房间壁的一间屋内，是我们避难时起居之处，鲁迅便在那里影写《荡寇志》的插画，表兄绅哥哥也和我们在一起，有时帮助了写背面题字，至于图画则除鲁迅之外，谁都动手不来了。《荡寇志》是一部立意很是反动的小说，他主张由张叔夜率领官兵来荡平梁山泊的草寇，但是文章在有些地方的确做得不坏，绣像也画得很好，所以鲁迅觉得值得去买了“明公纸”来，一张张影描了下来。此外也是在这间屋里，我们初次见到了石印本的《毛诗品物图考》，后来鲁迅回到家里，便去搜求了来，成为购求书籍的开始。这是日本冈元凤所著，天明四年甲辰（一七八四）木板刊行，雕刻甚精，我曾得有原本一部，收藏至今。

总而言之，我们在皇甫庄的避难生活，是颇愉快的，但这或者只是我个人的感觉，因为我在那时候是有点麻木的。鲁迅在回忆这时便很有不愉快的印象，记得他说有人背地里说我们是要饭的，大概便是这时候的事情，但详情如何不得而知，或者是表兄们所说的闲话也难说吧。但是我们皇甫庄的避难也就快结束了，大约是租典的期限已满，屋东要将房屋回收的关系吧，所以小舅父搬回安桥头老家去，大舅父一家人迁居小皋埠，我们也就于癸巳（一八九三）年底一同搬去了。

关于娱园

小皋埠秦氏是大舅父的先妻的母家，先世叫作秦树铦，字秋伊，也是个举人，善于诗画，是皋社主要诗人之一，家里造有娱园，也算是名胜之地。大舅父寄居在厅堂西偏的厢房里，我们便很有机会到这园里玩耍。秋伊的儿子字少伊，家传的也善于画梅花，我们叫他做友舅舅，常跑去他那里玩，鲁迅尤其同他谈得来，只是雅片烟大瘾，上午总是高卧，所以只有午后才找得他着。他好看小说，凡是那时通行的小说在他那里都有，不过都是铅印石印者，尽量的借给人看，鲁迅便不再画人像，却看本文了，我那时读书才读到《大学》，所以如入宝山却是空手而回了。

讲到娱园，那里直到庚子那年，有七八年我还时常前去，所以约略记得，但是也没有什么值得说的，因为我从头就不了解这种花园的好处在哪里，我所觉得好的只是似“百草园”的那样菜园或是类似的地方罢了。李越缦有一篇《庚午九日曹山宴集夜饮秦氏娱园诗序》，我最初在父亲伯宜公的遗书《娱园诗存》中看到它，随后又在《越缦堂骈体文》里见到，对于这个园颇有点感情，不过感情是一回事，而兴趣又是别一回事，就园说园，实在说不出他的好处来。大抵在一个四周造有围墙内，又是一块块的区划开来设计建造起来，要做成好园林是很艰难的。在那里一座微云楼，就我所记得的来说，只是普通的楼房罢了，另外在院子里挖了一个一丈左右见方的水池，池边一间单面开着门窗的房子，匾额题曰潭水山房，实在看了很是阴郁。又有一所留鹤庵，名字倒是顶好，却在园门之外，事实是一间侧屋，前面是石板铺的“明堂”即是院子，不见得留得鹤住。后来曾经游过观音桥赵氏的省园废址，和偏门外的快阁，所得到的也是同一的印象。苏州多有名园，其中我只见过刘园，比较的还是整齐，可是总觉得是工笔画的样子，很少潇洒之致，中国绝少南宗风趣的园林，这是我个人的偏见，因此对于任何名园，都以为不及百草园式的更为有趣。关于百草园的记述，最好的还是让我来引一节《朝花夕拾》里的文章吧：

“不必说碧绿的菜畦，光滑的石井栏，高大的皂荚树，紫红的桑椹，也不必说鸣蝉在树叶里长吟，肥胖的黄蜂伏在菜花上，轻捷的叫天子忽然从草间直窜向云霄里去了。单是周围的短短的泥墙根一带，就有无限趣味。油蛉在这里低唱，蟋蟀在这里弹琴。翻开断砖来，有时会遇见蜈蚣，还有斑蝥，倘若用手指按住它的脊梁，便会拍的一声，从后窍喷出一阵烟雾。何首乌藤和木莲藤缠络着，木莲有莲房一般的果实，何首乌有臃肿的根。如果不怕刺，还可以摘到覆盆子，像小珊瑚珠攒成的小球，又酸又甜，色味都比桑椹要好得远。”

书　房

我们在外婆家避难，大约不到一年，于第二年甲午（一八九四）的上半年回家里来了。鲁迅一回来，就往三味书屋寿家上学去了，这大约是在端午节吧，他是在这以前就已在那里读书了，记得初去的时候，还特地花了两块钱，买了一顶两只抽屉的书桌，这个我还记得很是清楚。后来关于这书桌流传有许多神话，说这桌子是楠木的啰，又说鲁迅因为要立志不迟到，在桌面刻有一个“早”字啰，这些话我却是不知道的了。至于我自己，到三味书屋去大概是第二年乙未的正月，不过这却不能确定了。我在癸巳年避难以前，曾经在“厅房”——大厅西偏的小书房里，同了庶出的叔父伯升，读过半年的书。伯升是跟着祖父从北京回来的，本来应当叫作“仲升”，但是因为北京音读“仲升”与“众生”相同，这两个字本来自从佛经用起头，只当一切有生命的东西讲，别无什么恶意，但是后来用称牲畜，含有骂人的意味，所以他不愿用，硬要改号伯升。这本来也是极为平常的事，但是小孩们的看法却是不同，以为他行第二而要称伯，未免有僭越之感，因此背地里故意叫他做仲升。不过这位伯升先生事实上乃是极和气的人，虽然是庶出却不是姨太太的一党，对于祖母特别恭而有礼，待我们年纪比他小的侄儿也平易亲近，癸巳上半年我便同他两个人在厅房里读书，以后在南京学堂里同学，可以用了亲历的事实保证的。在厅房里就只请了一个同族的叔辈做先生，他本身只是个文童，始终没有考进“秀才”，没有什么本事，可喜也并不严厉，因此也少来管束我们，我至今记不起在他手里读了些什么，事实上我那时《中庸》还未读了呢。因此我所记得的便是在厅房的一间小花园玩耍的事情，那里有一株月桂，一年里有好几个月都继续开花，一株罗汉松，一株茶花，其余有木瓜枇杷，树阴底下还有秋海棠之类，不过这些都不是我所注意的，我最记得的乃是罗汉松树根下所埋着的两只“荫缸”。这乃是不大不小的缸，埋在土里，缸里盛着水，这水不是清澈的雨水，却是不知经历几多年的青黑色的水，里边积存腐烂的树叶大半缸，这是我们亲手淘过，所以知道的。说也奇怪，我们托词读书，躲在厅房里边，关上了门，却终日在园里淘那两只水缸，将里边的树叶瓦砾清理出来，居然没有中什么毒，连在预料中的蜈蚣毒蛇癞虾蟆之属，也一只都没有碰见过，真是奇事。那位文童先生平常也就只是早晚来到一遍，虚应故事罢了，我们并不怕他，虽然后来出外就馆，说是出外也就只是在本县的乡下，却忽然暴虐起来，据说曾经用竹枝抽打学生之后，再拿擦牙齿的盐来擦上，用了做腊鸭的法子整治学生，学生当然是受不了的，结果是被辞了馆完事。又有一个塾师，将学生的耳朵夹在门缝里，用力的夹，这是用轧胡桃的方法引申出来的，却不能确说是否他的故事了。我们在厅房里游嬉，那时亏得他还没有变得这样严厉，但是祖父知道了怎么样呢？这当然是很严重的一个问题，可是我们中间有一个乃是伯升叔，有他在里边这就是另外一件事，当然是不要紧的了。

三味书屋

旧日书房有各种不同的式样，现今想约略加以说明。这可以分作家塾和私塾，其设在公共地方，如寺庙祠堂，所渭“庙头馆”者，不算在里边。上文所述的书房，即是家塾之一种，——我说一种，因为这只是具体而微，设在主人家里，请先生来走教，不供膳宿，而这先生又是特别的麻胡，所以是那么情形。李越缦有一篇《城西老屋赋》，写家塾情状的有一段很好，其词曰：

“维西之偏，实为书屋。榜日水香，逸民所目。窗低迫檐，地窄疑艉。庭广倍之，半割池渌。隔以小桥，杂莳花竹。高柳一株，倚池而覆。予之童骏，踞觚而读。先生言归，兄弟相速。探巢上树，捕鱼入洑。拾砖拟山，激流为瀑。编木叶以作舟，揉筱枝而当轴。寻蟋蟀而剧墙，捉流萤以照牍。候邻灶之饭香，共抱书而出塾。”这里先生也是走教的，若是住宿在塾里，那么学生就得受点苦，因为是要读夜书的。洪北江有《外家纪闻》中有一则云：

“外家课子弟极严，自五经四子书及制举业外，不令旁及，自成童人塾后晓夕有程，寒暑不辍，夏月别置大瓮五六，令读书者足贯其中，以避蚊蚋。”鲁迅在第一次试作的文言小说《怀旧》中描写恶劣的塾师“秃先生”，也假设是这样的一种家塾，因为有一节说道：

“初亦尝扳王翁膝，令道山家故事，而秃先生必继至，作厉声曰，孺子勿恶作剧，食事既耶，盍归就尔夜课矣！稍忤，次日即以界尺击吾首，曰，汝作剧何恶，读书何笨哉！我秃先生盖以书斋为报仇地者，遂渐弗去。”

第二种是私塾，设在先生家里，招集学生前往走读，三味书屋便是这一类的书房。这是坐东朝西的三间侧屋，因为西边的墙特别的高，所以并不见得西晒，夏天也还过得去。《从百草园到三味书屋》里说明道：

“出门向东，不上半里，走过一道石桥，便是我的先生的家了。从一扇黑油的竹门进去，第三间是书房。中间挂着一块匾道：三味书屋。匾下面是一幅画，画着一只很肥大的梅花鹿伏在古树下。没有孔子牌位，我们便对着那匾和鹿行礼。第一次算是拜孔子，第二次算是拜先生。”

“三味书屋后面也有一个园，虽然小，但在那里也可以爬上花坛去折蜡梅花，在地上或桂花树上寻蝉蜕。最好的工作是捉了苍蝇喂蚂蚁，静悄悄的没有声音。然而同窗们到园里的太多，太久，可就不行了，先生在书房里便大叫起来：

‘人都到哪里去了！’人们便一个一个陆续走回去，一同回去也不行的。他有一条戒尺，但是不常用，也有罚跪的规则，但也不常用，普通总不过瞪几眼，大声道：

‘读书！’”从这里所说的看来，这书房是严整与宽和相结合，是够得上说文明的私塾吧。但是一般的看来，这样的书房是极其难得的，平常所谓私塾总还是坏的居多，塾师没有学问还在其次，对待学生尤为严刻，仿佛把小孩子当作偷儿看待似的。譬如用戒尺打手心，这也罢了，有的塾师便要把手掌拗弯来，放在桌子角上，着实的打，有如捕快拷打小偷的样子。在我们往三味书屋的途中，相隔才五六家的模样，有一家王广思堂，这里边的私塾便是以苛刻著名的。塾师当然是姓王，因为形状特别，以绰号“矮癞胡”出名，真的名字反而不传了，他打学生便是那么打的，他又没收学生带去的烧饼糕干等点心，归他自己享用。他设有什么“撒尿签”的制度，学生有要小便的，须得领他这样的签，才可以出去。这种情形大约在私塾中间，也是极普通的，但是我们在三味书屋的学生得知了，却很是骇异，因为这里是完全自由，大小便时径自往园里走去，不必要告诉先生的。有一天中午放学，我们便由鲁迅和章翔耀的率领下，前去惩罚这不合理的私塾。我们到得那里，师生放学都已经散了，大家便攫取笔筒里插着的“撒尿签”撅折，将朱墨砚覆在地下，笔墨乱撒一地，以示惩罚，矮癞胡虽然未必改变作风，但在我们却觉得这股气已经出了。

下面这件事与私塾不相干，但也是在三味书屋时发生的事，所以连带说及。听见有人报告，小学生走过绸缎衖的贺家门口，被武秀才所骂或者打了，这学生大概也不是三味书屋的，大家一听到武秀才，便不管三七二十一的觉得讨厌，他的欺侮人是一定不会错的，决定要打倒他才快意。这回计划当然更大而且周密了，约定某一天分作几批在绸缎衖集合，这些人好像是《水浒》的好汉似的，分散着在武秀才门前守候，却总不见他出来，可能他偶尔不在，也可能他事先得到消息，怕同小孩们起冲突，但在这边认为他不敢出头，算是屈服了，由首领下令解散，各自回家。这些虽是琐屑的事情，但即此以观，也就可以想见三味书屋的自由的空气了。

父亲的病

上

我于甲午年往三味书屋读书，但细想起来，又似乎是正月上的学，那么是乙未年了，不过这已经记不清楚了，所还记得的是初上学时的情形。我因为没有书桌，就是有抽屉的半桌，所以从家里叫用人背了一张八仙桌去，很是不像样，所读的书是《中庸》上半本，普通叫作“上中”，第一天所上的“生书”我还记得清清楚楚的是“哀公问政”这一节，因为里边有“夫政也者蒲芦也”这一句，觉得很是好玩，所以至今不曾忘记。回想起来，我的读书成绩实在是差得很，那时我已是十二岁，在本家的书房里也混过了好几年，但是所读的书总计起来，才只得《大学》一卷和《中庸》半卷罢了。本来这两种书是著名的难读的，小时候所熟知的儿歌有一首说得好：

“大学大学，

屁股打得烂落！

中庸中庸，

屁股打得好种葱！”

本来大学者“大人之学”，中庸者“以其记中和之为用”，不是小学生所能懂得的事情，我刚才拿出《中庸》来看，那上边的两句即“人道敏政，地道敏树”，还不能晓得这里讲的是什么，觉得那时的读不进去是深可同情的。现今的小学生从书房里解放了出来，再不必愁因为读书不记得，屁股会得打的稀烂，可以种葱的那样，这实在是很可庆幸的。

现在话分两头，一边是我在三味书屋读书，由“上中”读到《论语》《孟子》，随后《诗经》刚读完了“国风”，就停止了。一边是父亲也生了病，拖延了一年半的光景，于丙申（一八九六）年的九月弃世了。

父亲的病大概是在乙未年的春天起头的，这总不会是甲午，因为这里有几件事可以作为反证。第一个是甲午战争。当时乡下没有新闻，时事不能及时报道，但是战争大事，也是大略知道的，八月里黄海战败之后，消息传到绍兴，我记得他有一天在大厅明堂里，同了两个本家兄弟谈论时事，表示忧虑，可见他在那时候还是健康的。在同一年的八月中，嫁在东关金家的小姑母之丧，也是他自己去吊的，而且由他亲自为死者穿衣服，这是一件极其不易的工作，须得很细心谨慎，敏捷而又亲切的人，才能胜任。小姑母是在产后因为“产褥热”而死的，所以母家的人照例要求做法事“超度”，这有两种办法，简单一点的叫道士们来做“炼度”，凡继续三天，其一种是和尚们的“水陆道场”，前后时间共要七天。金家是当地的富家，所以就答应“打水陆”，而这道场便设在长庆寺，离我们的家只有一箭之路，来去非常方便，但那时的事情已都忘记了。小姑母是八月初十日去世的，法事的举行当在“五七”，计时为九月十五日左右，这也足以证明他那时还没有生病。有一天从长庆寺回来，伯宜公在卧室的前房的小榻上，躺着抽烟，鲁迅便说那佛像有好许多手，都拿着种种东西，里边也有枯髅，当时我不懂枯髅的意义，经鲁迅说明了就是死人头骨之后，我感到非常的恐怖，以后到寺里去对那佛像不敢正眼相看了。关于水陆道场，我所记得的就只是这一点事，但这佛像是什么佛呢，我至今还未了然，因为“大佛”就是释迦牟尼的像不曾见有这个样子的，但是他那丈六金身坐在大殿上，倒的确是伟大得很呢。

中

伯宜公生病的开端我推定在乙未年的春天，至早可以提前到甲午年的冬天，不过很难确说了。最早的病象乃是突然的吐狂血。因为是吐在北窗外的小天井里，不能估量其有几何，但总之是不很少，那时大家狼狈情形至今还能记得。根据旧传的学说，说陈墨可以止血，于是赶紧在墨海里研起墨来，倒在茶杯里，送去给他喝。小孩在尺八纸上写字，屡次舔笔，弄得“乌嘴野猫”似的满脸漆黑，极是平常，他那时也有这样情形，想起来时还是悲哀的，虽是朦胧的存在眼前。这乃是中国传统的“医者意也”的学说，是极有诗意的，取其墨色可以盖过红色之意，不过于实际毫无用处，结果与“水肿”的服用“败鼓皮丸”一样，从他生病的时候起，便已注定要给那唯心的哲学所牺牲的了。

父亲的病虽然起初来势凶猛，可是吐血随即停止了，后来病情逐渐平稳，得了小康。当初所请的医生，乃是一个姓冯的，穿了古铜色绸缎的夹袍，肥胖的脸总是醉醺醺的，那时我也生了不知什么病，请他一起诊治，他头一回对我父亲说道：

“贵恙没有什么要紧，但是令郎的却有些麻烦。”等他隔了两天第二次来的时候，却说的相反了，因此父亲觉得他不能信用，就不再请他。他又说有一种灵丹，点在舌头上边，因为是“舌乃心之灵苗”，这也是“医者意也”的流派，盖舌头红色，像是一根苗从心里长出来，仿佛是“独立一枝枪”一样，可是这一回却不曾上他的当，没有请教他的灵丹，就将他送走完事了。

这时伯宜公的病还不显得怎么严重，他请那位姓冯的医生来看的时候，还亲自走到堂前的廊下的。晚饭时有时还要喝点酒，下酒物多半是水果，据说这是能喝酒的人的习惯，平常总是要用什么肴馔的。我们在那时便去围着听他讲《聊斋》的故事，并且分享他的若干水果。水果的好吃后来是不记得，但故事却并不完全的忘记，特别是那些可怕的鬼怪的故事。至今还鲜明的记得的，是《聊斋志异》里所讲的“野狗猪”，一种人身兽头的怪物，兵乱后来死人堆中，专吃人的脑髓，当肢体不全的尸体一起站起，惊呼道：

“野狗猪来了，怎么好！”的时候，实在觉得阴惨得可怕，至今虽然现在已是六十年后，回想起来与佛像手中的枯髅都不是很愉快的事情。

不过这病情的小康，并不是可以长久的事，不久因了时节的转变，大概在那一年的秋冬之交，病势逐渐的进于严重的段落了。

下

伯宜公的病以吐血开始，当初说是肺痈，现在的说法便是肺结核，后来腿肿了，便当作臌胀治疗，也究竟不知道是哪里的病。到得病症严重起来了，请教的是当代的名医，第一名是姚芝仙，第二名是他所荐的，叫做何廉臣，鲁迅在《朝花夕拾》把他姓名颠倒过来写作“陈莲河”，姚大夫则因为在篇首讲他一件赔钱的故事，所以故隐其名了。这两位名医自有他特别的地方，开方用药外行人不懂得，只是用的“药引”，便自新鲜古怪，他们决不用那些陈腐的什么生姜一片，红枣两颗，也不学叶天士的梧桐叶，他们的药引起码是鲜芦根一尺。这在冬天固然不易得，但只要到河边挖掘总可到手，此外是经霜三年的甘蔗或萝卜菜，几年陈的陈仓米，那搜求起来就煞费苦心了。前两种不记得是怎么找到的，至于陈仓米则是三味书屋的寿鉴吾先生亲自送来，我还记得背了一只“钱搭”（装铜钱的搭连），里边大约装了一升多的老米，其实医方里需用的才是一两钱，多余的米不晓得是如何处分了。还有一件特别的，那是何先生的事，便是药里边外加有一种丸药，而这丸药又是不易购求的，要配合又不值得，因为所需要的不过是几钱罢了。普通要购求药材，最好往大街的震元堂去，那里的药材最是道地可靠，但是这种丸药偏又没有，后来打听得在轩亭口有天保堂药店，与医生有些关系，到那里去买，果然便顺利的得到了。名医出诊的医例是“洋四百”，便是大洋一元四角，一元钱是诊资，四百文是给那三班的轿夫的。这一笔看资，照例是隔日一诊，在家里的确是沉重的负担，但这与小孩并无直接关系，我们忙的是帮助找寻药引，例如有一次要用蟋蟀一对，且说明须要原来同居一穴的，这才算是“一对”，随便捉来的雌雄两只不能算数。在“百草园”的菜地里，翻开土块，同居的蟋蟀随地都是，可是随即逃走了，而且各奔东西，不能同时抓到。幸亏我们有两个人，可以分头追赶，可是假如运气不好捉到了一只，那一只却被逃掉了，那么这一只捉着的也只好放走了事。好容易找到了一对，用绵线缚好了，送进药罐里，说时虽快，那时却不知道要花若干工夫呢。幸喜药引时常变换，不是每天要去捉整对的蟋蟀的，有时换成“平地木十株”，这就毫不费寻找的工夫了。《朝花夕拾》说寻访平地木怎么不容易，这是一种诗的描写，其实平地木见于《花镜》，家里有这书，说明这是生在山中树下的一种小树，能结红子如珊瑚珠的。我们称它作“老弗大”，扫墓回来，常拔了些来，种在家里，在山中的时候结子至多一株树不过三颗，家里种的往往可以多到五六颗。用作药引，拔来就是了，这是一切药引之中，可以说是访求最不费力的了。

经过了两位“名医”一年多的治疗，父亲的病一点不见轻减，而且日见沉重，结果终于在丙申年（一八九六）九月初六日去世了。时候是晚上，他躺在里房的大床上，我们兄弟三人坐在里侧旁边，四弟才只四岁，已经睡熟了，所以不在一起。他看了我们一眼，问道：

“老四呢？”于是母亲便将四弟叫醒，也抱了来。未几即入于弥留状态，是时照例有临终前的一套不必要的仪式，如给病人换衣服，烧了经卷把纸灰给他拿着之类，临了也叫了两声，听见他不答应，大家就哭起来了。这里所说都是平凡的事实，一点儿都没有诗，没有“衍太太”的登场，很减少了小说的成分。因为这是习俗的限制，民间俗信，凡是“送终”的人到“转𦆯”当夜必须到场，因此凡人临终的时节只是限于并辈以及后辈的亲人，上辈的人决没有在场的。“衍太太”于伯宜公是同曾祖的叔母，况且又在夜间，自然更无特地光临的道理了，《朝花夕拾》里请她出台，鼓励作者大声叫唤，使得病人不得安静，无非想当她做小说里的恶人，写出她阴险的行为来罢了。

炼　度

伯宜公去世，照例有些俗礼，举行殓葬事宜，没有什么特别的事可说，但在五七的时候，叫道士来做“炼度”的法事，这是很难得遇见的一桩事情。本来这种特别法事，只有妇女产难这才适用，因为世俗相信《刘香宝卷》里的话，“生男育女秽天地”，倘若因此死了，就要落血污池，不得超生，这便需要他力济度，在佛教是水陆道场，道教则为炼度是也。伯宜公因为病的起头是吐血，所以牵强附会的也有人主张用炼度法事，我们小孩不懂得什么，只觉热闹得很好玩，虽然价值也很不便宜，凡三昼夜，计共须银洋四十几元，比起水陆道场来却又少得多了。

我们周家所用的道士，俗名阿金，法号不详，住在城庙里，乃是道士的正宗，与普通所谓野道士不同，虽然他平常因为和俗人一样的打扮，也看不出什么区别来。说也奇怪，民国革命把和尚道士颠倒了一下。和尚以前是光头的，与俗人迥不相同，现在俗人多变成光头，和尚却留了五分长的头发，一眼看去毫无区别，道士则蓄发古装，仿佛国画里人物了。在那时候的阿金，还是拖辫子穿大衫的人，及至装束登场，身披鹤氅，头戴道冠，上边插着金如意，手执牙笏，足踏禹步，便有一股道气，觉得全不像他本人了。但是阿金自己并不当那“大道士”，他去请别一个年老的来担任，他自己只充当那三个主要脚色之一罢了。

炼度的法事主要是在晚间，白天共念三天的道经，只知道他们对着三清的画像行礼，口里念“至心朝礼”什么什么天尊而已。到了夜里，炼度的精彩节目就开始了。第一天是“上表”，大道士率领孝子背着表文，大约是请求为死者赎罪的表文吧，俯伏在坛下，约莫在个把钟头，据说这是大“入定”，神魂到天上去面圣去了。第二天晚上，是表演“破地狱”。这里前后的关系不大明白，似乎有点儿凌乱了，刚才上了表章，怎么不等等结果，却用自力去强暴的打开了地狱城呢？当时没有想到这个问题，去问阿金师父一声，只是看了那戏剧似的演出，仿佛是《闹天宫》里的一场，觉得很是痛快有趣。白天里先拿来了一座四五尺见方的纸糊的酆都城，城门城墙都画得很整齐，放在大厅当中，临时大道士走来作法，末了将手里的七星剑戳进城门去，把它撕得粉碎，这时节众多道士都扮成各色鬼魂，四散拜走，是观众们所最所欣赏的一幕。记得鬼里边有大头鬼和小头鬼，五伤鬼因为不祥所以或者没有，但的确记得有死在考场的“科场鬼”，以及赌鬼鸦片烟鬼，种种引人发笑的情状。众鬼仓皇奔走一通之后，又回到当作后台的厅房里去，这一幕精彩的表演就算完结了。末了的一天是“炼幡”，便是炼度的正文。其法系将记着死者姓名的幡，折叠藏在里边，外边层层包裹，用耐火的包装，据说是多用盐卤，每一层里藏着一种纸糊物件，约有十层光景，扎缚得像一个莲蓬或是胡蜂窠相似。还有左右两副，是金童玉女，也是如法泡制。这三个包好的东西，放在三堆劈柴的火里烧炼，在适宜的时间抖去外壳，将里边的彩物挥舞一会儿，复又烧却，等候第二重的彩物出现，直至最后将主幡烧炼出来，象征从火中将死者超度出了。这做幡与烧幡的工作很是烦难，却要真实的本领才行，因为万一炼不出来，道士便要受罚得从新做过一场的。因此这主要的幡乃是由阿金自己来烧，也不复怎么打扮，只是穿着斜领的短袄，头戴普通的道士冠而已。到得烧到最后的一层，即是主幡将要出来的时候，不但道士们非常紧张，有的走到太上老君像的前面，捧拳礼拜，祈祷求祐，就是观众也无不替他们捏一把汗呢。幸而诸事顺遂的结束，便把烧出来的三道幡送往灵前供了起来，于是这一场法事遂完全了结了。

杭　州

伯宜公的出丧大约是在七七日，就是世间所谓“断七”，未必是“百日”吧，因为照例出丧是在这两个日子，但是百日该是十二月中旬，已经接近年关了，所以推想是如此。出殡的地方是在南门外的龟山头，在这里有周氏的殡屋，但是不凑巧我家殡屋的空位借给别房用了，所以这回倒不能不出了租钱，去借远房本家的来使用。还记得前几天，鲁迅还用了朱漆特地在棺材后方写一个篆文的“寿”字做记号，在那里还殡着他生前很要好的族兄桂轩，也就是在《鲁迅的故家》里所提起兰星的父亲。伯宜公得年三十七岁，可殡在龟山，自光绪丙申（一八九六）至民国己未（一九一九），也经了二十四年之久，到是年这才因为移家北京，始安葬于逍遥溇坟地。乙巳岁暮，独自留在南京学常里，偶作旧诗，记得有一联云，独向龟山望松柏，夜乌啼上最高枝，便是指的那龟山，其实山很低小，就只是一个高坡罢了，在乡下这种山叫作龟山或蛇山，平常是颇多的。

丙申年匆匆的过去，至丁酉（一八九七）年新正，我遂往杭州去陪侍祖父去了。祖父于癸巳年入狱，一直就在杭州，最初是由潘姨太太和伯升随侍，他们不知道是什么时候前去的，但在长庆寺“打水陆”，似乎已经不曾见伯升的面，那么可能总在甲午年间吧。后来因为伯升决计进南京水师学堂去，所以叫我去补他的空缺，这是我所以往杭州的原因了。在丁酉年中几乎没有什么值得记录的记忆，现在所还约略记得的，不过那时一点生活的情形罢了。

我们住的地方是在杭州花牌楼，大概离清波门头不很远，那是清朝处决犯人的地方。这里并无什么牌楼，只是普通的一条小巷，走一点路是“塔儿头”，多少有些店铺，还有一所银元局，它的大烟通是近地都能看得见的。这地点的好处是离开杭州府署很近，因为祖父便关在杭州府的司狱司里，我每隔三四天去看他一回，陪他坐到下午方才回来。祖父虽然在最初的风暴里显示得很可怕，但是我在他身边的一年有半，却还并不怎样，他的发起怒来咬手指甲，和畜生虫豸的咒骂，还是仍旧，却并不对于我生气，所以容易应付。等到辛丑年遇赦回家，却又那么的苛刻执拗起来，逼得我只好也逃往南京，寻找生路。当时他的日课，是上午默念《金刚经》若干遍，随后写日记，吃过午饭，到各处去串门，在狱神祠和禁卒等聊天。他平常苛于论人，自从呆皇帝昏太后（指光绪和西太后）起，下至本家子弟，几乎没有一个好人，但是他对那些禁子犯人，却绝少听见贬词，这也是很特别的。他那里备有图书集成局印的“四史”，《明季南略》和《北略》，《明季稗史汇编》，官书局的《唐宋诗醇》，木板的《纲鉴易知录》，此外还有一册铅印的《徐灵胎四种》，这些我都可以自由阅读的。他也管我的正式功课，便是关于读经作文的，不过这由我自己去读，书房里没有读完的《诗经》以及《书经》，但这成绩是可以想见的了。学做八股文和试帖诗，别的没有什么进步，但抄过《诗韵》两三遍，这步工夫总算是实在的，虽然后来也并无什么实在的用处。总之我在他旁边过来的这一年半的日子，实在要算平稳的，觉得别无什么要诉说的事情。

我的写日记，开始于戊戌（一八九八）年正月二十八日，以后断断续续的记到现在，已经有六十三年了。关于杭州，无论在日记上，无论在记忆上，总想不起有什么很好的回忆来，因为当时的背景实在是太惨淡了。只记得在新年时候（大概是戊戌，但当时还没有记日记）同了仆人阮标曾到梅花碑和城隍山一游，四月初八那天游过西湖，日记里有记载，也只是左公祠和岳坟这两处，别的地方都不曾去。我的杭州的印象，所以除花牌楼塔儿头以外，便只是这么一些而已。

花牌楼

上

花牌楼的房屋，是杭州那时候标准的市房的格式。临街一道墙门，里边是狭长的一个两家公用的院子，随后双扇的宅门，平常有两扇向外开的半截板门关着。里边一间算是堂屋，后面一间稍小，北头装着楼梯，这底下有一副板床，是仆人晚上来住宿的床位，右首北向有两扇板窗，对窗一顶板桌，我白天便在这里用功，到晚上就让给仆人用了。后面三分之二是厨房，其三分之一乃是一个小院子，与东邻隔篱相对。走上楼梯去，半间屋子是女仆的宿所，前边一间则是主妇的，我便寄宿在那里东边南窗。一天的饭食，是早上吃汤泡饭，这是浙西一带的习惯，因为早上起来得晚，只将隔日的剩饭开水泡了来吃，若是在绍兴则一日三餐，必须从头来煮的。寓中只煮两顿饭，菜则由仆人做了送来，供中午及晚餐之用。在家里住惯了，虽是个破落的“台门”，到底房屋是不少，况且更有“百草园”的园地，十足有地方够玩耍，如今拘在小楼里边，这生活是够单调气闷的了。然而不久也就习惯了。前楼的窗只能看见狭长的小院子，无法利用，后窗却可以望得很远，偶然有一二行人走过去。这地方有一个小土堆，本地人把它当作山看，叫做“狗儿山”，不过日夕相望，看来看去也还只是一个土堆，没有什么可看的地方。花牌楼寓居的景色，所可描写的大约不过如此。

初到杭州，第一觉得苦恼的是给臭虫咬的事。有些人被它咬了，要大块的肿痛，好几天不能消，有的甚至变成炝毒，我虽然当初也很觉得痛痒，但是幸亏体质特殊，据说这是“免疫”了，以后便什么也不知道。虽是如此，但是被白吃了血去，也不甘心，所以还是要捉。在帐子的四角，以及两扇的合缝处，只要一两天没有看，便生聚了一大堆，底下用一个脸盆盛上冷水，往下一拨，就都浮在水面，只消撩出来把它消灭好了。这实在是一件很讨厌的工作。但是那时更觉得苦恼的，乃是饥饿。其实吃饭倒并不限制，可是那时才十二三岁，正是生长的时期，这一顿稀饭和两餐干饭的定时食，实在不够，说到点心也不是没有，定例每天下午，一回一条糕干，这也是不够的。没有别的办法，我就来偷冷饭吃，独自到灶头，从挂着的饭篮内拣大块的饭直往嘴里送，这淡饭的滋味简直无物可比，可以说是一生所吃过的东西里的最美味吧。可是这事不久就暴露出来了，主妇看出冷饭减少，心里猜想一定是我偷吃了，却不说穿，故意对女仆宋妈说道：

“这也是奇怪的，怎么饭篮悬挂空中，猫儿会来偷吃去了的呢？”她这俏皮的挖苦话反引起了我的反感，心想在必要的时候我就决心偷吃下去，不管你说什么。但是平心的说来，这潘姨太太人还并不是坏的，有些事情也只是她的地位所造成的，不好怪得本人。在行为上她还有些稚气，例如她本是北京人，爱好京戏，不知从哪里借来了两册戏本，记得其二是《二进宫》，心想抄存，却又不会徒手写字，所以用薄纸蒙在上面，照样的描了下来，而原本乃是石印小册，大约只有二寸多长，便依照那么的细字抄了，我也被要求帮她描了一本。我在杭州的日记中，没有说过她的坏话，而且在三月廿一日的项下还记着是她的生日，她盖是与祖父的小女儿同岁，生于同治戊辰（一八六八），是年刚三十一岁。

因饥饿而想了起来的，乃是当时所吃到的“六谷糊”的味道。这是女仆宋妈所吃的自己故乡里的食品，就是北京的玉米面，里边加上白薯块，这本是乡下穷人的吃食，但我在那时讨了来吃，乃是觉得十分香甜的，便是现在也还是爱喝。宋妈是浙东的台州人，很有点侠气，她大概因为我孤露无依，所以特意加以照顾的吧，这是我所不能不对她表示感谢的。

中

我写日记始于戊戌正月，开头的一天便记着鲁迅来杭州的事。今将头几天的日记照抄于下：

“正月廿八日，阴。去。（案即去看祖父的略语。）下午，豫亭兄偕章庆至，坐谈片刻，偕归。收到《壶天录》四本，《读史探骊录》五本，《淞隐漫录》四本，《阅微草堂笔记》六本。

廿九日，雨。上午兄去，午餐归。兄往申昌购《徐霞客游记》六本，《春融堂笔记》二本，宋本《唐人合集》十本有布套，画报二本，白奇（旱烟）一斤，五香膏四个。

三十日，雨。上午兄去。食水芹紫油菜，味同油菜，第茎紫如茄树耳，花色黄。兄午餐归，贻予建历一本，口香饼二十五枚。

二月初一日，雨。上午予偕兄去，即回。兄往越，带回《历下志游》二本，《淮军平捻记》二本，《梅岭百鸟画谱》二本锦套，《虎口余生记》一本，画报一本，《紫气东来图》一张着色，中西月份牌一张。予送之门外，顷之大雨倾盆，天色如墨。”

至闰三月初九日，记着接越中初七日来信，云拟往南京投考水师学堂，隔了两日即于十二日来杭州作别，盖不及等祖父的许可，已决定前去了。本来伯升已在那里，也并无不许可的理由，但总之即此可见鲁迅离家的心的坚决了。我在花牌楼却还是浑浑噩噩的，不觉得怎么样，还是按期作文诗，至四月廿六日这才“窗课完篇”，便是试作八股文是整篇的了，有了文童应考的资格了。五月初七日仆人阮标告假回越，叫他顺便往家里取几部书来，但是十二日归来，书并没有拿，却说母亲有病，叫我暂时回去，我遂于十七日离杭，从此与花牌楼永别了。当天的日记云：

“十七日，晴。黎明与阮元甫收拾行李动身，时方夜半，残月尚在屋角，行至候潮门，门尚未开，坐等许久始启，行至江边，日方衔山而上，光映水中，颇觉可观。乘渡船过江，步至西兴，时方清晨，在饭馆饭毕，下四摇头，（一种快航船，用四人摇橹故名，）过钱清柯亭诸处，下午至西郭门育婴堂门口上岸，唤小舟至大云桥，步行至家，祖母母亲均各安健，三四弟亦安，不禁欢然。”原来母亲并没有什么病，只是因为挂念我，所以托词叫我回来，我写的杭州日记也就至此为止，不再写下去了。

戊戌这年，是中国政治上新旧两派势力作殊死斗的那一年，关系很大，可是在那日记上看不到什么，这原因是日记写到五月为止，没有八月十三的那一场。祖父平常租看《申报》，我的日记里也一鳞半爪的记有时事，如三月十七日项下，“报云俄欲占东三省，英欲占浙，”又关于德国亨利亲王觐见的事，再三的记载，最后于互相送礼一节说道：

“亨利送上礼物四抬，中有珊瑚长八尺余，上送以十六抬，中珍珠朝珠一串，每粒重钱余云，吁！”虽然祖父骂呆皇帝昏太后，推想起来，对于主张维新诸人也不会有什么好评，但总之不一定反对变法，那是大抵可信的。五月十三日记初五日奉上谕，科举改策论，十四日往见祖父，便改定作文的期日，定为逢三作文，逢六作论，逢九作策，可见他不是死硬的要八股文的了。

下

我与花牌楼作别，已经有六十多年了，可是我一直总没有忘记那地方，因为在那一排三数间房屋内，有几个妇女，值得来说她们一说。其中的一个自然是那主妇，就是潘姨太太，据伯升告诉我们，说是名叫大凤，乃是北京人氏，因为身份是妾，自然有些举动要为人所误解，特别是主人无端憎恶本妻所出的儿孙的时候。及至祖父于光绪甲辰（一九〇四）年去世，遂觉得难于家居，渐渐“不安于室”，乃于宣统己酉

（一九〇九）年冬天得到主母的谅解，辞别而去。最初据说是跟了一个自称是姜太公后人的本地小流氓走的，可是后来那人的眼瞎了，所以她的下落也就不得而知了。这里第二个人，便是女仆宋妈，她是台州的黄岩县人，却在杭州做工，她的生活大概是普通的穷苦妇人一样，也经过好些事情，那时她大约四十几岁，嫁了一个轿夫，也是穷得可以的绍兴乡下人。但她似乎很是乐观，对丈夫照料得很是周到，还拿些家乡土产的六谷粉来吃，这个在上边已经说及，我常是分得一杯羹的。

门外是东边的邻居，已经不在一个墙门之内，住着一家姓石的，男人名叫石泉新，是在塔儿头开羊肉店的，他的妻子余氏是绍兴人，和潘姨太太是好朋友，时常过来谈心。那余氏人颇聪明，学的杭州话很不错，但是据她自述，她的半生也是够悲惨的。起初她是正式嫁在山乡，照例是母家要得一笔“财礼”，这有时要的太多了，便似乎是变相的“身价”，结果就不很好了。过去之后不中那老姑之意，生生的把他们分离了，夫家因为要收回那一笔钱，遂将她转卖给人，便是那羊肉“店倌”。幸而羊肉店倌是独身的，没有父母兄弟，而且夫妻感情很好，但是“活切头”的境遇到底不是很好受的。民间称妇人再醮者为“二婚头”，其有夫尚存在者则为“活切头”，尤其不是出于合意离婚，不免有“藕断丝连”之恨，我们看陆放翁沈园的故事，虽然男女关系不同，但也约略的可以了解了。

花牌楼的东邻贴隔壁是一家姚姓的，姚老太太年约五十余岁，看去也还和善，却不知道什么缘故与潘姨太太处得不很好，到后来几乎见面也不打招呼了。姚家有一个干女儿，她本姓杨，家住清波门头，因为行三，人家都称她作三姑娘，姚老太太便叫作“阿三”。她不管大人们的纠葛，常来这边串门，大抵先到楼上去，同潘姨太太搭趟一回，随后走下楼来，站在我同仆人公用的一张板棹旁边，看我影写陆润庠的木刻的字帖。我不曾和她谈过一句话，也不曾仔细的看过她的面貌与姿态。在此时回想起来，仿佛是一个尖面庞，乌眼睛，瘦小身材，年纪十二三岁的少女，并没有什么殊胜的地方，但是在我性生活上总是第一个人，使我对于自己以外感到对于别人的爱着，引起我没有明了的概念的，对于异性的恋慕的第一个人了。

有一天晚上，潘姨太太忽然又发表对于姚姓的憎恨，末了说道：

"阿三那小东西，也不是好货，将来总要落到拱辰桥去做婊子的。"我不很明白做婊子这些是什么事情，但当时听了心里想道：

"她如果真是流落做了婊子，我必定去救她出来。"

大半年的光阴这样消费过了。到了夏天因为母亲生病，便离开杭州回家去了。一个月以后，阮元甫告假回去，顺便到我家里，说起花牌楼的事情，说道："杨家的三姑娘患霍乱死了。"

我那时听了也很觉得不快，想像她悲惨的死相，但同时却又似乎很是安静，仿佛心里有一块大石头已经放下了。

丙戌（一九四六）年在南京，感念旧事，作《往昔》诗三十首，以后稍续数章，有《花牌楼》三首，即写当时情事者，今将末章抄录于后，算作有诗为证吧。

"吾怀花牌楼，难忘诸妇女。主妇有好友，东邻石家妇。自言嫁山家，会逢老姑怒。强分连理枝，卖与宁波贾。后夫幸见怜，前夫情难负。生作活切头，无人知此苦。佣妇有宋媪，一再丧其侣。最后从轿夫，肩头肉成阜。数月一来见，呐呐语不吐。但言生意薄，各不能相顾。隔壁姚氏妪，土著操杭语。老年苦孤独，瘦影行踽踽。留得干女儿，盈盈十四五。家住清波门，随意自来去。天时人夏秋，恶疾猛如虎。婉娈杨三姑，一日归黄土。主妇生北平，髫年侍祖父。嫁得穷京官，庶几尚得所。应是命不犹，适值暴风雨。中年终下堂，漂泊不知处。人生良大难，到处闻凄楚。不暇哀前人，但为后人惧。”

四　弟

我从五月十七日回到家以后，就不写日记，一直到戊戌十一月，这才又从廿六日写起，到己亥年的六月，成为日记第二卷。在这没有写的期间，却不是没有事情可记，而且还是颇为重大的，至少在家族里这影响很是不少。这便是四弟的病殁，和鲁迅的回家来考“县考”。

日记虽然不写，然而大事情还有记录，十一月中记有初六日县试，予与大哥均去，初七日记四弟病甚重，初八日记四弟以患喘逝世，时方辰时。

前一天的初七日，我还独坐小船，赶到小皋埠的大舅父家里去，请他来看四弟的病，因为他是懂得中医的，但是他来看了之后，并不开方，却自回去了，他不是行时的“名医”，知道这无可救，所以不肯用了鲜芦根之类来骗人的。四弟的病大概是急性肺炎吧，当时的病象只是气喘，这在现时是可以有救的，有青霉素等药存在，但是在六十余年前这有什么办法呢。

母亲的悲伤是可以想像得来的，住房无可掉换，她把板壁移动，改住在朝北的套房里，桌椅摆设也都变更了位置。她叫我去找那画神像的人，给他凭空画一个小照，说得出的特征只是白白胖胖的，很可爱的样子，顶上留着三仙发。

感谢那画师叶雨香，他居然画了这样的一个，母亲看了非常喜欢，虽然老实说我是觉得没有什么像。这画得很特别，是一张小中堂，一棵树底下有一块圆扁的大石头，前面站着一个小孩，头上有三仙发，穿着藕色斜领的衣服，手里拈着一朵兰花，如不说明是小影，当作画看也无不可，只是没有一点题记和署名。

这小照的事是我一手包办的，在己亥年日记的二月里，记有下列三项：

“十一日，雨。同方叔访叶雨香画师，不值。”

“十二日，雨。重访叶雨香，适在，托画四弟小影。”

“十三日，晴。往狮子街取小影，所画‘头子’尚可用，使绘秋景。”

其后装裱，也是我在大庆桥文聚斋所办的，可是在日记却找不到了。母亲拿这画挂在她的卧房里，前后足足有四十五年，在她老人家八十七岁时撒手西归之后，我把这幅画卷起，连同她所常常玩耍，也还是祖母所传下来的一副骨牌，拿了回来，一直放在箱子里，不曾打开来过。这画是我亲手去托画裱好了拿来的，现在又回到我的手里来，我应当怎么办呢？我想最好有一天把它火化了吧，因为流传下去它也已没有什么意义，现在世上认识他的人原来就只有我一个人了。但是转侧一想，它却有最适当的一个地方，便由我的儿子拿去献给了文化部，现在它又挂在鲁老太太的卧房门口了。

四弟名椿寿，因为他的小名是“春”，在祖父接到家信的那天，又不晓得遇着了姓春的京官，或者也是一个满人，这也是说不定的吧。

义和拳

已亥的第二年，乃是光绪庚子，这不但是十九世纪的末年，而且也可说是清朝的末年，因为在这一年里闹过所谓拳匪事件，弄得不成样子，结果不出十年，这清朝的天下遂告终结了。所以这庚子年影响的重大，并不下于戊戌，可是它在我们乡下少年，浑浑噩噩不知世事，一知半解的人，有怎么样的影响呢？就我自己来说，这影响不怎么大，只就以庚子为中心的前后两年看来，胡涂的思想，游荡的行为，那么的下去，怕不变成半个小拳匪和半个小流氓么？这个变化，乃是因为后来事情的偶然的转变而阻止了，我被逼而谋脱出绍兴，投入南京水师，换了一个新的环境，这件事且等下节再来叙说，如今先来就日记里所说这一点儿，看我那时对于义和团是什样的态度吧。

头一次的记录是在庚子年五月十九日，日记原文云：

“闻天津义和拳匪三百人，拆毁洋房电杆，铁路下松桩三百里，顷刻变为麸炭，为首姓部，盖妖术也。又闻天津水师学堂亦已拆毁。此等教匪，虽有扶清灭洋之语，然总是国家之顽民也。”至廿四日记云：

“接南京大哥十七日函，云拳匪滋事是实，并无妖术，想系谣传也。”六月中记载尤多，初五日云：

“闻拳匪与夷人开仗，洋人三战三北，今决于十六上海大战，倘拳匪不胜，洋人必下杭州，因此绍人多有自杭逃归者。时势如此，深切杞忧。”初六日云：

“闻近处教堂洋人皆逃去，想必有确信，或拳匪得胜，闻之喜悦累日。又闻洋人愿帖中国银六百兆两求和，义和拳有款十四条，洋人已依十二条云。”初八日云：

“晨在大云桥，忽有洋人独行，路人见之，哗称洋鬼子均已逐出，此何为者，俱噪逐之，追者有五六十人。洋人趋蹶而逃，几为所执，后经人劝解，始获逃脱，闻之捧腹。”这几天日记的书眉上，有大字题曰：

“驱逐洋人，在此时矣！”又曰：

“非我族类，其心必异。”

“卧榻之侧，岂容他人酣睡。”但是最紧张的时候，却在这以后，今节录日记于后：

“廿二日，傍晚予正在廊下纳凉，忽闻总府点兵守城，山会本府均同在稽山旱门防堵，云台州殷万登之子称报父仇，并拆教堂，已在于村过宿，距城只七八十里矣。予闻之骇然，少顷惠叔亦来，因遣人去探，所云亦然。街上人声不绝，多有连夜逃避城外者，船价大贵，每只须洋七八元。家中疑惧颇甚，不能成寐，十二点钟始寝。闻城门船只放行，纳洋一元，九城门合计总有千余元云。

廿三日，谣言益夥，人心摇摇。谦婶家拟逃避城外，予家亦有逃避之意，后闻信息稍平，因此不果，然对门傅澄记（米店）间壁张永兴（寿材铺）均已逃去矣。

廿四日，闻本府出示，禁止讹言，云并无其事，百姓安业，不得惊慌，人心稍定。傅张二姓逃出在外，下午逡巡自归，闻之不觉发噱。”

日记里关于义和拳的事只有这些，这却已经够了。它表示是赞成义和拳的“灭洋”的，就是主张排外，这坏的方面是“沙文主义”，但也有好的方面，便是民族革命与反帝国主义的，但它又怀疑乃是“顽民”，恐它的“扶清”不真实，则又是保皇思想了。这两重的思想实在胡涂得很，但是照眉批的话看来，它的根源是从书本上来的，所以结果须得再从书本增加力量，这便是后来《民报》一派的革命宣传了。

几乎成为小流氓

我说小流氓，意思是说他地位的大小，并不专指年纪，员然年龄的大小也自然包括在内，因为年轻的人就不可能成为大脚色。在我们的乡下，方言称流氓为“破脚骨”，这个名词的本意不甚明了，但望文生义的看去，大约因为他们要被打破脚骨，所以这样称的吧。

一个人要做流氓，须有相当的训练，与古代的武士修行一样，不是很容易的事。流氓的生活里最重要的事件是挨打，所以非有十足的忍苦忍辱的勇气，不能成为一个像样的“破脚骨”。大流氓与人争斗，并不打人，他只拔出尖刀来，自己指他的大腿道，“戳吧！”敌人或如命而戳一下，则再命令道，“再戳！”如戳至再至三而毫不呼痛，刺者却不敢照样奉陪，那便算大败，要吃亏赔偿，若是同行的流氓，也就从此失了名誉了。能禁得起殴打，术语曰“受路足”，乃是流氓修养的最要之一。此外官司的经验也很重要，他们往往大言于茶馆中云，“屁股也打过，大枷也戴过，”亦属流氓履历中很出色的项目。有些大家子弟转入流氓者，因门第的余荫，无被官刑之虑，这两项的修炼或可无须，唯挨打仍属必要。我有一个同族的长辈，通文，能写二尺见方的大字，做了流氓，一年的春分日在宗祠中听见他自伐其战功，“打翻又爬起，爬起又打翻，”这两句话实在足以代表“流氓道”之精义了。

法律上流氓的行为是违法的，在社会上也不见得有名誉，可是有一点可取的地方，即是崇尚义气与勇气，颇有古代游侠的意思，即使并非同帮，只要在酒楼茶馆会见过一两面，他们便算有交情，不再来暗算，而且有时还肯帮助保护。当时我是爱读《七剑十三侠》的时代，对于他们并不嫌忌，而且碰巧遇见一个人，年纪比我们要大几岁，正好做嬉游的伴侣，这人却是本地方的一个小流氓。他说是跟我们读书，大约我那时没有到三味书屋去，便在祖父住过的一间屋布置为书房，他读他的《幼学琼林》，我号称做文章预备应考，实际上还是游荡居多。他自称为姜太公的后人，因为姓姜所以名字便叫作“渭河”，不过他在社会上为人所知的名字乃是“阿九”。他的母亲是做“卖婆”的，这种职业是三姑六婆之一种，普通规矩的大家是不轻易让进门里来的，因为她们以卖买首饰为名，容易做些坏事，不过阿九的母亲乃是例外的一个，还是老实的人。她也做那所谓“贳花”的勾当，这是一种变相的“高利贷”，却更为凶恶，便是把珠花首饰租赁给人，按日收钱，租赁的人拿去典当，结果须得拿出当铺，贳主与经手人三方面的利钱，而且期间很短，催促得很凶，所以不是寻常妇女所能经手办理的。阿九和他的姊姊时常代表他们的母亲，来我们的同门居住的本家里来催促，可是他却不大以为然，只是轻描淡写的去到债主家里一转，说我母亲叫我催钱来了，说了就走到这边来和我们出去玩耍去了。

说是玩耍也就是在城内外闲走，并不真去惹事，总计庚子那一年里所游过的地方实在不少，街坊上的事情，知道的也是很多。游荡到了晚上，就到近地吃点东西。我们隔壁的张永兴是一家寿材店，可是他们在东昌坊口的南边都亭桥下开了一爿“荤粥店”，兼卖馄饨切面，都做得很好。荤粥乃是用肉骨头煮粥，外加好酱油和虾皮紫菜，每碗八文钱，真可以算得价廉物美。我们也就时常去光顾，有一回正在吃粥，阿九忽然正色问道：

“这里边你们下了什么没有？”店主愕然不知所对。阿九慢慢的笑说道：

“我想起你们的本行来，生怕这里弄点花样。”棺材店的主人听他这说明，不禁失笑，这就是小流氓的一点把戏了。这样的事是常见的，例如小流氓寻事，在街上与人相撞，那人如生了气，小流氓反诘问说：

“倒还碰患带者？”这里我们只好用方言来写，否则不能表现他的神气出来，意思则云“难道撞了倒反不好了么”，这是一种诡辩，便是无理取闹的表示。同样的事情，阿九也曾有过。其时我已经不在家，我的兄弟同母亲往南街看戏，那时还没有什么戏馆，只在庙台上演戏敬神，近地的人在两旁搭盖看台，租给人家使用，我们便也租了两个坐位。后来台主不知为何忽下逐客令，大约要租给阔人了，坐客大窘，恰巧阿九正在那里看戏，于是便去找来，他也并不怎么蛮来，只对台主说道：

“你这台不租了么？那么由我出租给他们了。”台主除收回成命之外，还对他赔了许多小心，这才了事。在他这种不讲道理的诡辩里边，实在含有很不少的诙谐与爱娇。我从他的种种言行之中，着实学得了些流氓的手法。后来我离开绍兴，便和他断了联系，所以我的流氓修业也就此半途而废了。到了宣统元年（一九〇九），这位姜太公的后人把潘姨太太拐跑了，不过这件事情，或者也不好专怪他们的，现在就不再谈了。

脱　逃

鲁迅在《朝花夕拾》的一篇《琐记》里，说他的想离开绍兴，乃是“衍太太”所逼成的，因为她最初劝导他偷家里的东西，后来又造他的谣言，使他觉得家里不能再蹲下去。但是我却是衍生所间接促成的。本来衍生和衍太太的不正当的结合，虽然由旷达的人看去，原算不得一回什么事，因为本家的房份远了，与路人相差无几，但到底是“有乖伦常”，至少也是可笑的。介甫公对于这事很是不满，不过因为事属暧昧，也只好用他暗喻的方法，加以讽刺，于是有在堂前讲《西游记》的事情，据族叔官五（别号观鱼）所记，所讲的是猪八戒游盘丝洞这一节，这故事如何活用，我因为没有听到过，无从确说，但总之是讽刺他们两个人的。虽然明知他们是怎样的人，而独深信他们的说话，这实在是不可理解的一个矛盾。

但是我想从家里脱逃的原因，这还只是一半，其他一半乃是每天上街买菜，变成了一个不可堪的苦事。每天早起，这在我并不难，就是换取了九十几文大小不一的铜钱，须得掺杂使用，讨价还价的买东西，什么四两虾，一块胖头鱼，一把茭白，两方豆腐，这个我也干得来，虽然不免吃亏，但是买了回来祖父看了，总还说是要比用人买的更是便易，所以在这些上面都没有什么困难。其最为难的是，上街去时一定要穿长衫。早市是在大云桥地方，离东昌坊口虽不很远，也大约有二里左右的路吧，时候又在夏天，这时上市的人都是短衣，只有我个人穿着白色夏布长衫，带着几个装菜的“苗篮”，挤在鱼摊菜担中间，这是什么一种况味，是可想而知了。我想脱去长衫，只穿短衣也觉得凉快点，可是祖父坚决不许，这虽是无形的虐待，却也是忍受不下去的。

我想脱逃的意思是四月里发生的，在祖父回家后刚两个月的时候，我就写私信给大哥，“托另图机会，学堂各处乞留意，”这是四月初四日的事情。本来祖父是赞成各种职业，他认为读书不成，倒不如去学做豆腐，还可以自立，见于他所著的《恒训》。他在己亥年十二月十八日给我的信，有过这样的话：

“杭省将有求是书院，兼习中西学，各延教习。在院诸童日一粥两饭，菜亦丰。得考列上等，每月有三四元之奖，且可兼考各书院。明正二十日开考，招儒童六十人，如有志上进，尽可来考。”可见他对于学堂也是赞成的，他的爱子长孙都已在南京，而且认为考求是书院，亦是有志上进的表示呢。尽管如此，不过当时我如提出此种要求，倘或他觉察了我想脱逃的意思，那也可能不许可的，因此我不敢来直接请求，宁可转弯抹角的去想办法，叫南京方面替我说话，那就可以保险了。

过了两个月的光景，南京的消息来了，最初乃是伯升来的信。五月廿六日记项下云：

“廿六日，小雨。下午升叔来函云，已禀叔祖，使予往充当额外学生，又允代缴饭金，其意颇佳。”伯升已在水师学堂四年，现为二班学生，其三班则称额外生，最初一年须自备伙食，其时有同族叔祖在那里当国文教习兼管轮堂监督，信中所说的便是这人。再过了半个月，得到大哥来信，事情更是具体化了。日记里说：

“十二日，晴。下午接大哥初六日函，云已禀明叔祖，使予往南京充额外生，并属予八月中同封燮臣出去。又附叔祖致封君信，使予持函往直乐施（地名）一会，托其临行关会。”脱逃的计划既已成功，现在只等实行罢了。

夜航船

有一个号叫作鸣山的，是我们同高祖的族叔，曾经在水师学堂当过一时的学生，记得几句“喝茶抽烟”的英语，与封燮臣或者还是同年，其时在宋家溇的北乡义塾改作学堂，请他去当教习，我便请他给我与封君连络。七月十八日下午同鸣山至昌安门外趁陶家埭埠船，傍晚至宋家溇，次日往直乐施会见封燮臣，约定廿九日一同启行。封君是水师学堂管轮班学生，于今年毕业，所以搬家前往南京，同去的有封君母亲，封君的两个兄弟，此外还有一位女客，仿佛说是表姊，大约是个寡妇，也随同前去。廿八日仍同鸣山至宋家溇，次日上午至直乐施封宅，下午趁姚家埭往西兴的航船，日记里记着傍晚至东浦，黄昏至柯桥，夜半至钱清看夜会，天气甚冷遂睡。

在这里我须得来把埠船与航船的区别来讲一讲。绍兴和江浙一带都是水乡，交通以船为主，城乡各处水路四通八达，人们出门一步，就须靠仗它，而使船与坐船的本领也特别的高明，所谓南人使船如马这句话也正是极为确当的。乡下不分远近，都有公用的交通机关，这便是埠船，以白天开行者为限，若是夜里行船的则称为航船，虽不说夜航船而自包含夜航的意思。普通船只，船篷用竹编成梅花眼，中间夹以竹箬，长方的一片，屈两头在船舷定住，都用黑色油漆，所以通称为乌篷船，若是埠船则用白篷，航船自然也是事同一律。此外有戏班所用的“班船”，也是如此，因为戏班有行头家伙甚多，需要大量的输送地方，便把船舱做得特别的大，以便存放“班箱”，舱面铺板，上盖矮矮的船篷，高低只容得一人的坐卧，所以乘客在内非相当局促的，但若是夜航则正是高卧的时候，也就无所谓了。绍兴主要的水路，西边自西郭门外到杭州去的西兴，东边自都泗门外到宁波去的曹娥，沿路都有石铺的塘路，可以供舟夫拉纤之用，因此夜里航行的船便都以塘路为标准，遇见对面的来船，辄高呼日“靠塘来”，或“靠下去”，以相指挥，大抵以轻船让重船，小船让大船为原则。旅客的船钱，以那时的价格来说，由城内至西兴至多不过百钱，若要舒服一点，可以“开铺”，即摊开铺盖，要占两个人的地位，也就只要二百文好了。

航船中乘客众多，三教九流无所不有，而且夜长岑寂，大家便以谈天消遣，就是自己不曾插嘴，单是听听也是很有兴趣的。十多年前做过《往昔三十首》，里边有一篇《夜航船》，即是纪念当年的情形的，今抄录于后：

“往昔常行旅，吾爱夜航船。船身长丈许，白篷竹叶苫。旅客颠倒卧，开铺费百钱。来船靠塘下，呼声到枕边。火舱明残烛，邻坐各笑言。秀才与和尚，共语亦有缘。尧舜本一人，澹台乃二贤。小僧容伸脚，一觉得安眠。晨泊西陵渡，朝日未上檐。徐步出镇口，钱塘在眼前。”

我这里又来引一段古人的文章，来做注脚。这是出在张宗子的《瑯嬛文集》卷一的《夜航船序》里，文云：

“昔有僧人与士子同宿夜航船，士人高谈阔论，僧畏慑，拳足而寝。僧听其语有破绽，乃曰，请问相公，澹台灭明是一个人，是两个人？士子曰，是两个人。僧人曰，这等，尧舜是一个人，是两个人？士子曰，自然是一个人。僧人乃笑曰，这等说起来，且待小僧伸伸脚。”

西兴渡江

“七月三十日，晴。晨至西兴，落俞天德行。上午过江，午至斗富三桥沈宏远行，下午下驳船，至拱辰桥，下大东小火轮拖船。”日记上简单的记载如此，现在来说得稍为详细一点吧。

西兴是萧山县的一个市镇，也即是由绍兴西郭北海桥到杭州的第一个驿站，计程是水路九十里。这虽是一个小镇，可是因为是通达杭沪宁汉各大商埠，出入必由之路，所以着实繁盛，比那东路通达宁波的曹娥站，要热闹得多了。讲到市面来，也只是平常的一个市镇罢了，却自有一种驿站的特色，这便是有许多的“过塘行”，专门管理客货，上边所说的俞天德行就是其一，义在第二十五节里我提到盛七房，那也是一家过塘行，不过不称什么行而已。过塘行的隔壁或对门，照例是一家小饭店，那里的店主兼伙计十分有礼貌，看见客人落行洗过了脸，便过来招呼，请在他那里吃便饭。客人反正是要吃饭的，而且盛情难却，也便欣然应命，自己命驾前去，或者懒得行动，要叫送过来吃，也无不可。

店主人又很是殷勤的推荐“下饭”的小菜，总是些绍兴的家常菜蔬，无非那些煎鱼烤虾腌鸭子之类，吃得很是舒服而并不怎么耗费的。这里主客欢然作别，随后是过塘行了，要挑行李过江反正是有定价的，而且东西也一件都不会失落，若是要坐轿，也可以代雇，这要看潮水涨落移动，沙滩路程长短而定时价，但总也定得公道，不大会得超出一元钱的。你同过塘行的主人也欢然别过之后，便可以准备过那钱塘江了。

过钱塘江是一件危险的事，恐怕要比渡黄河更为危险，因为在钱塘江里特别有潮汛，在没有桥也没有轮渡的时候这实在是非常可怕的。但是这在我们水乡的居民这算得什么事呢？实在是，也哪里顾得这许多呢？身边四面都是河港，出门一步都是用船，一层薄板底下，便是没有空气的水。我们暂时称强便只在水上的一刻，而一生中却是时时刻刻都可以落到水中去，若要怕它岂不是没有工夫做别的事情了吗？但从积极的方面去想，那些渡船上的“老大”，都是饱经风险过来的，我们倚靠着他，是决不会出什么危险的。过渡虽是安全了，可是上船的这一幕，却仍不免有多少危险。那些坐轿的君子是可以不必愁的，只有徒步的人，看见那很长的许多“跳板”，难免要心惊肉跳了。特别是沙滩浅而远，渡船不能靠近的时候，需要跳板接出来，而这跳板长而且软，前面有人走着，两条板一高一低，后边走的着实困难，差不多要被撷下水去的样子。等到上了船，这才可以安心了，因为沙滩只在西兴这边才有，杭州那面的松毛场是渡船可以靠岸停泊的。

上了渡船之后，还得要看那天的风色，这并不是占卜天候如何，乃是这里是不是顺风，或虽是偏风而可以利用风篷的。如若可以利用，那么百事大吉，只消挂上布帆，便一直前去了。万一全然不能利用，则乘客就大倒其霉，要洗耳恭听船夫的各种恶骂了。一只渡船的船夫本来就只是三四个人，不使帆时须凭摇橹，是不够用的，所以须得由乘客义务的帮着去摇。据渡船不文律的规定，凡坐轿的和徒步而穿长衫的都照例得免，其抬轿挑脚，及一切短衣人等则均有帮摇的义务。有些乖觉的人看见风帆空悬着的时候，便自动的去摇橹，到了适当时节就可以退了下来，但懒人到底居多，船夫看摇橹的人不够，就开始说话，起初是一般的要请，其次则指名，如说那位戴凉帽的，那个抽旱烟的，最后则破口大骂了。绍兴船夫的善于骂人，是向来很著名的，似乎别处也是一样，辱及祖先，并及内外姻亲，很是恶毒难听，可是有一点很是奇怪，它决不侵犯对方的配偶方面的。因此我颇疑心，此乃是诅咒而非是骂詈，盖诅咒对方为是乱伦的事，若是牵涉其配偶，那么便是夫妇的“敦伦”，不成其为咒骂了。可是骂的虽是厉害，也有听的恬然毫不为意的，终于不去摇橹，这时候渡船也就快到埠头，大家不一会儿一哄而散了。

拱辰桥

斗富三桥的沈宏远行也是与俞天德行同性质的一家过塘行，旅客借他的地方略为休息之后，便下驳船，往拱辰桥，船钱大约是一角吧。不知道有多少里路，坐在船上总要花费三四小时，这是在狭窄的内河里行走，须用竹篙来撑，所以花的时候很多。在将近拱辰桥的地方，须得过一个“坝”，这乃是一个土坡，介在内河外江的中间，船只经过这坡，须用绳索络在船首，用绞盘倒拖上去，普通总是外江水涨，所以出去很是费力，进来便只是顺流而下罢了。有些地方内外河距离颇远，所以过坝费事得很，须得把船抬着走一段路，像拱辰桥的要算是最便利的了。

拱辰桥是杭沪运河的尽头，在那里开辟商埠，设有租界，像上海似的，论理是应该很繁华热闹，但在那里设有租界的只有日本，诸事苟简，很不像个样子，可是既名夷场，总有些玩艺儿，足够使得乡下有几个钱的人迷魂失魄的了。我从南京回家，一共有过四五次，那么总也有八九回要走过拱辰桥，却不曾下去细细观察过，总只是从驳船跳到拖船上，所见到感到的只有那浑浊污黑的河水，烟雾昏沉的天空，和喧嚣杂乱的人声而已。有一回，我却终于上岸去了，这也不记得哪一年，总之是在夏天，平常小火轮要走上两夜一天才到，这时不知是什么缘故，只走了一昼夜就到了。

前天下午四时上海开的船，到第二天的傍晚已到了拱辰桥，想要进城已经来不及，而船到了埠便不让客人在船上过夜，所以唯一的办法只有上陆去。这是我第一次瞻仰拱辰桥商埠，结果乃使我大大的吃惊，以后便不敢赐顾了。

我住在一家客栈里，隔壁便是一个“野鸡”的住房，刚才要了一碗汤面来吃，茶房就来劝驾去“白相”，接着那“小姐”和她的“大姐”（大应照方音读若渡或陀）也亲自过来，苦口婆心的劝说。好容易总算打发走了，预备睡觉，则帐子里的臭虫实在厉害，走出外边则蚊虫又多得很，而且白相也似乎没有生意，隔壁的主仆喁喁的说闲话，虽是低声却也听了实在心烦。混过了半夜，到了天蒙亮的时候赶紧下楼去找茶房，搬行李下驳船进城去了。拱辰桥就只这一回上去过，以后没有再上去的勇气了。

由拱辰桥开往上海的小火轮，那时计有两家公司，即戴生昌与大东。戴生昌首先开始，大东是日本人开的，继之而起，又加以改良，戴生昌系是旧式，散舱用的是航船式的，舱下放行李，上面住人，大东则是各人一个床铺，好像是分散的房舱，所以旅客多喜欢乘坐大东。价钱则是一样的一元五角，另外还有一种便宜的，号称“烟篷”，系在船顶上面，搭盖帐幕而成，若遇风雨则四面遮住，殊为气闷，但价钱也便宜得多，只要八角钱就好了。普通在下午四时左右开船，次日走一天，经过嘉兴嘉善等处，至第三天早晨，那就一早到了上海码头了。

青莲阁

我们于辛丑（一九〇一）八月初二日到上海，在那里耽搁三天，初四日乘轮船出发，至初六日上午到南京。据日记上所载如下：

“初二日，晴。晨至上海，寓宝善街老椿记客栈。上午至青莲阁，啜茶一盏。夜至四马路春仙茶园看戏，演《天水关》《蝴蝶杯》二剧，归寝。

初三日，晴，在上海。

初四日，晴。下午，下江永轮船。夜沈子香失去包裹一个，陈文玲亦来。夜半开船，至吴淞口，已五更矣。舟行震动，甚觉不安。

初五日，晴，在舟中。

初六日，晨小雨，至江阴雨止，到镇江，上午至南京下关。”

当时上海洋场上所特有的东西，第一是洋房和红头巡捕。但这与过客无缘，住的客栈是中国旧式房子，平常出去只要不在马路边上小便，也不会碰见印度巡捕的麻烦，若是在小巷里那是照例可以的。其次多的便是“野鸡”。她们散居在各处衖堂里，但聚集最多的地方乃是四马路一带，而以青莲阁茶楼为总汇。所以凡往上海观光的乡下人，必定首先到那里去，我们也不是例外。那里茶也本来颇好，不过“醉翁之意不在酒”，目的乃是看女人，你坐了下来，便见周围走着的全都是做生意的女人，只等你一句话或者示意，便兜搭着坐下了。楼上内部是售卖鸦片烟的，放着一张张的精巧的卧榻，可以容得两个人对抽，五光十色的尤其可观。青莲阁外边有一个很特别的书摊，摆摊的姓徐，绰号叫作“野鸡大王”，除普通书报以外，还带卖各种革命刊物，那时还没有什么东西出板，后来我看见的那些《新广东》和《革命军》，便都是从他那里得来的。这也可以说是青莲阁外的一个奇人吧。

上海的“茶园”那时由我们看来也是颇特别的。在绍兴还只有“社戏”，是地方上出份子，会首去招戏班来，在庙台上或是搭台开演，各人可以自由站立着看，不费一文。我上文讲的“杏花寺”演戏，便是那一种类，其在乡间把戏台搭在半河的，便于在船上观看，尤其方便。社戏的戏班不是“高调”，就是“乱弹”，后来有所谓“徽班”者出现，但演的仍旧是绍兴府下的人，总之不是京戏。上海的“茶园”，盖是仿北京的什么茶楼而起，以吃茶为名，附带的看戏，但也似乎不是京戏，因为记忆起来，虽是十分模胡了，不记得有嗳嗳嗳的力竭声嘶的叫唤模样。地方戏我都看得，就只是那京戏里老生的唱法，在一个字的母音上拉长了变把戏，这和中医的医理一样，我是至今不敢领教的。绍兴城内有新式戏园，可以买票去听的，还是始于布业会馆，是一个姓陶的卖布商人仿照上海开办，时间已经在民国初年了。那时演的是所谓坤伶，民间称髦儿戏，又称“的笃班”，乃是现今越剧的前身，一经蜕化，真是光辉万丈了。从前有个同乡的人曾经说笑话道：现今绍兴酒不好吃了，善酿酒尤其甜俗得可以，以后替绍兴扬名的恐怕要推越剧了吧。虽然说的是笑话，事情倒是实在的。

长江轮船

这里所要说的是上海地方的流氓以及“扒手”，他们对于旅客的恶事计分明暗两种做法，暗的是偷窃行李，明的则是讹诈敲竹杠。他们并不全是本地人，乃系来自各处，以苏北一带为最多，因为接近淮河，地方十年九荒，流亡者多，以致“江北人”这一个名词，在江南人心目中，含有特别的一种意义。他们分布在长江一带，以沿江码头及轮船为其活动地区，而以上海和汉口为总汇。他们有严密的组织，属于什么帮会，不过这些事情并非我们外人所能得知就是了。现在只就我个人所见所知，约略记述一二，以见一斑。

日记里说封君的同班毕业生沈子香失掉了包裹一个，这就是着了扒手的道儿了。沈君乃是上海本地人，尚且不能预防，从别处地方来的自然更是难免了。大抵在船停着还未开行，或者中途停泊，都是他们最为活动的时节，你就是熬夜睁着眼睛看着，它也会从你的鼻子底下拿走的。但是他们很有规矩，对于自家人是决不侵犯的。关于这件事，我有过一个经验，因为是亲身经历的，虽然事情并不关联我自己。

有一回我从上海往南京，坐在长江轮船里，可能是招商局的，也可能是太古或怡和公司的，因为长江里的这三家的船都差不多，通常称作“三公司”的船，碰着谁家就坐谁，虽然招商局是中国官督商办，而太古怡和乃是外国商人所办的。他们的船在各埠大抵都有“趸船”，读若“顿船”，这乃是一种浮着的码头，可以随着水位高下而升降，随后再用桥梁似的东西与陆地相联接，所以是颇为便利。此外还有一家日本公司，因为开办得迟，不但没有趸船，沿路要停泊在江心，用摆渡上岸，而且上海的码头又在对岸浦东，也须得过渡，更多有流氓活动的余地，因此旅客对于这一家的船特别怀有戒心，不敢轻易搭乘的。总之我趁的是三公司船，老早就已上去，虽然占不到十分好的位置，也还是适中的得到一个中层的散舱铺位，看看时间渐晚，来者愈多，后来不但是没有床位，连床位中间的空隙也有人打开铺盖来了。我的床位前面，却来了一位衣服华丽的旅客，穿的大概是宁绸吧，约在四十以上年纪，看情形也似乎是上等人，在摊开被铺之后，开始抽起鸦片烟来。没有什么值得特别注意，我便不去看他了，这时大约船已开行，我也朦胧的假寐一会儿，再睁眼看时已近半夜，那位阔客却还是不睡，点着烟灯，不知是在抽烟，还是干什么。那时忽然听见有人走来，口里一面骂着，一面四顾寻觅，好像要找一个人的样子，嘴里说着宁波话，意思是说“怎么对我也开起玩笑来了”。那人走到阔客面前，便停了下来，也不说别的话，径自屈身向他怀中掏摸，便叽哩咕噜的拉出一连串的东西来，乃是一只表和它的索子。拉出表来之后，看也不一看，装进自己的口袋里，嘴里还是唠叨着，仍走原路回去，这边的阔客则不作一声，任他掏了表去，若无其事的样子。我看了心里正自纳闷，不晓得是怎么一回事，及至回头再来注意阔客时则不知在什么时候已经收拾了烟盘和铺盖，搬到别处去了。这时才了解这是他错拿了同帮的人的东西，所以弄得当众出丑，露出了马脚，只好偷偷的躲避过了。

另外一件事，乃是当事人告诉我的，所以也是的确可靠。此人我们姑且叫他小土，乃是北大校长蒋梦麟的得力的秘书，在张作霖进京做大元帅的时节，逃出北京，由天津南归，是一九二七年的事。当时他率领妻子，并且带有若干件行李，生怕在上海码头上遇着流氓要敲他的竹杠，所以他预先写信，通知北新书局的李老板，请求照顾一下。李小峰虽是他住同安公寓时节的老友，应当给他帮忙的，但李老板乃是有名的忠厚老实人，恐怕没有什么力量，不过久在上海，总可以代找一个“场面上人”替他出一臂之力吧。及至轮船到了“金利源码头”，看不见救兵的来，只见黑压压儿站满了脚夫流氓，小土这才着了忙，眼看那些行李都被运到码头，东一件西两件的分散放着，这是流氓的照例的做法，教人不好照管，以便从中做些手脚。其时才见李老板到场了，仍然咧着嘴笑，随带着一个人，却是衣裳楚楚的白面书生，不像是个虬髯着短后衣保镳人的模样。小土这时心想百事休矣，行李准定要失少一半了，可是那书生不动声色，和主人招呼过后，便回转来对脚夫骂了一句，这是极普通的骂法，因为用的太广泛了，有点失去了原来恶意，犹如绍兴的“仰东硕杀”，——见于《杂纂四种》序中所引用的鲁迅书简中，算不得什么骂了。原语当然是句上海话，仿佛是什么“触侪娘”之类，可是这句话一说，恍如五雷真诀一样的有灵，听的人耸然震动，立刻把分散的行李归在一处，立在旁边听候吩咐。书生乃问明行李件数，再查问流氓头儿的姓名，叫留下几名挑夫，责成头子阿什么负责送到什么地方。吩咐既毕，便对主人说道：“我们走吧。”各自分路而去，小土到了地点，果然见行李随到，一件都不短少，挑夫各受应得的工资而去。小土随后告诉我这件经过，他说他还清清楚楚的记得那句真言，后来遇着机会很想依样壶卢的来试它一试，可是也就害怕，生怕真如五雷真诀一样，万一念的不很准确，不但不见灵验，还会惹得雷火烧身，所以不敢照样的做。但是传到了我的手里，这句真言只存了大意，已经把原语也已失传了。

路上的吃食

从前大凡旅行，路上的吃食概归自备，家里如有人出外，几天之前就得准备“路菜”。最重要的是所谓“汤料”，这都好吃的东西配合而成，如香菇，虾米，玉堂菜就是京冬菜，还有一种叫做“麻雀脚”的，乃是淡竹笋上嫩枝的笋干，晒干了好像鸟爪似的。它的用处是用开水冲汤，此外当然还有火腿家乡肉，这是特制的一种腌肉，酱鸡腊鸭之类，是足够丰美的。后来上海有了陆稿荐紫阳观，有肉松薰鱼，及各种小菜可买，那就可以不必那么预备了。

由杭州到上海的路上，船上供给旅客的饭食，而且菜蔬也相当的好。房舱二十个人一间，分作前后两截，上下两层床铺各占一人，饭时便五个一桌，第一天供应晚餐一顿，次日整天两顿，都在船价一元五角之内，这实在要算便宜的。沪宁道中船票也是一元五角，供应餐数大略相同，可是它只管三顿白饭，至于下饭的小菜，因为人数太多，也实在是照管不来了。这且不谈也罢，那轮船里茶房对客人的态度也比较的差，譬如送饭来的时候，将装饭的大木桶在地上一放，大声喊道：“来吃吧！”这句话意思是如此，可是口调还有不同，仿佛有古文里所谓“嗟，来食”之意，而且他用宁波话说，读作“来曲”，这自然更不好听了。不过那时候谁也计较不得这些，只等到“来曲”一声招呼，便蜂拥的奔过去，用了脸盆及各种合用的器具，尽量的盛饭，随后退回原处，静静的去享用。这是杭沪以及沪宁两条路上，不同的吃饭的情形。

路过各处码头，轮船必要停泊下来，上下客货，那时有各种商人携百货兜售，这也是很有趣味的事。不过所记得的大抵以食物为多，即如杭沪道上的糕团，实在顶不能忘记的了。这种糕团乃是一种湿点心，是用糯米或粳米粉蒸成，与用麦粉所做的馒头烧卖相对，似乎是南方特有的东西，我说南方还应修正，因为我在嘉兴和苏州看见过它，在南京便没有了，北京所谓饽饽，乃全是干点心而已。大概因为儿时吃惯了“炙糕担”上的东西，所以对于糕团觉得很有情分。鲁迅也是热爱糕团，因此在嘉兴曾闹过一个小小的笑话。他看见一种糕，块儿很不小，样子似乎很好吃，便问几钱一块，卖糕的答说，“半钱。”他闻之大为惊异，心想怎么这样的便宜，便再问一遍，结果仍是“半钱”。他于是拿了四块糕，付给他两文制钱，不料卖糕的大不答应，吵了起来。仔细一问，原来是说“八钱一块”，只因方言八半二音相近，以致造成这个误会，这也是很有意思的一件事。

此外在沪宁路上，觉得特别记得的，是在镇江码头停泊的时节，大约是以“下水”便是船向着长江下游走的时候居多，总在夜晚，而且因为货多，所以停船的时间也就很长。那时便有一种行贩，曼声的说，“晚米稀饭，阿要吃晚米稀饭。”说也奇怪，我没有一回吃过它，因此终于不知道这晚米稀饭是怎么一个味道，但想像它总不会得坏，而且也就永远的记住了它。怕得稀饭里会放进“迷子”这一类东西去，所以不敢去请教的么？这未必是为此，只是偶然失掉了这机会罢了。江湖上虽然尽多风险，但是长江上还没有像《水浒》上的山东道上一样，有这样的危难。可是后来有一年，我在礼拜天同伯升到城南去，在夫子庙得月台喝茶，遇着一位巡城的“总爷”。他穿着长衫马褂，头戴遮阳的大草帽，手里拿着一支藤条，虽是个老粗，却甚是健谈，与伯升很是说得来。据他说，骗子手里的迷药确是有的，他曾经抓住过这样的一个人，还从他问得配合迷药的药方。伯升没有请教他这个方子，想来他也未必肯告诉我们，那么何必去碰这个钉子。——而且或者他这番的话本来全是他编造的，拿来骗我们的也未可知呢。

南京下关

到了南京下关，再走一步路，便是江南水师学堂，是我们此次旅行的目的地了。南京也是长江上一个大码头，照例有些流氓，旅客上下也是很有些不方便的。下关是学堂的大门口，不能眼看受人家的欺负，所以非想个法子来抵制不可。好在那时学堂还算是歪路，当学生的也是一种“吃粮”的朋友，借了那一套红青羽缎的操衣，一双马靴的装备，穿起来像个“丘八”的样子，也就可以混进去了。这是“自力更生”的办法，还有一种是“他力”的，便是利用学堂里的“听差”，叫他去码头上接送。这些名叫王福徐贵的人，在学堂里当听差，伺候诸位“少爷”，但是他们却自有地位，多是什么帮会里的人物，那时最有势力的是青帮，其次是洪帮，（当初还以为是红帮，是颜色的区别呢，）和所谓“安清道友”。叫他随从着，不希望怎么帮忙，但已足够阻止他们的进攻，这就尽够好了。说起校役中多有帮会的人，真是周知的事情，谁也用不着怎么惊怪的。从前我在学堂里的时候，汉文讲堂有一个听差，名字也无非王福刘贵之类，只是模样很是奇异，所以特别记得。他的辫发异常粗大，而且编的很松，所以脑后至少有一尺头发，散拖着不曾编辫，这怪样子是足够惊人的。那时有革命思想的人，很讨厌这辫发，却不好公开反对，只好将头发的“顶搭”剃得很小，在头顶上梳起一根细小的辫子来，拖放在背后，当时看见徐锡麟，便是那个模样的。如今所说松编的大辫子，却正是相反，虽然未必含有反革命的意义，总之不失为奇装异服的一种，有些风厉的地方官，看见了就要惩办的。我们上汉文讲堂，因为暂时不曾看见那副怪相，有一天便问那后任的听差，说那人哪里去了，他的后任若无其事似的坦然回答道：“他么，被他们帮里做掉了。”我们知道他们帮里的“行话”，所谓做掉，就是说他违反帮规，依照最高的法律，将他消灭了，其执行办法，则据传说是办一桌酒，请他吃了，随后传达命令，请他自裁，若是不能办到，便装入一个口袋内，扔到长江里去了事。这是传说如此，究竟事实若何，那就不能知道，但总之那大辫子之被做掉，乃是确实的事情，而且众人皆知，毫无隐讳，在此活生生的事实前面，足证帮会势力在南京是如何的活跃了。

江南水师学堂靠近下关，下关乃是轮船码头，有相当的店铺市街，所以是颇为方便的。我们说是靠近，其实还隔着一座城，也有几里路，不过比往南走，到北门桥去要近得多，而且轮船开行时放汽的声音也听得见，所以感觉得很近就是了。江边因为洋船上下，所以特别设了几家“办馆”，这是一种简单的洋货店，但其重要职务则是在给洋人代办食物，所以有此名称，不过我们也可以买到些东西，如“摩尔登糖”和一种成听的普通方块饼干，价廉而物美，所以也是很方便的。再过来便是新开的邮政局，以上是在江干的一块地方，也就是惠民桥的那边，其普通市街则是在桥的这一边。惠民桥下因为要通船只，都是竖有很高的桅竿的，而桥上面又要通车马，所以桥是做得可以开关的，一不凑巧遇着开桥的时候，便须等候着，要花费个把时辰。桥的这边有一道横街，道路很狭，有各种街铺，最后至江天阁，可以吃茶远眺，顾名思义当是可以望见长江，其实也只是一句话而已。由惠民桥沿着马路进城，走上一个颇长的高坡，就是仪凤门，门的左手是狮子山，上边设有炮台，但是没有上去过，那里驻守的官兵是不准闲人去看的，本来炮台哪里可以随便看得呢？可是那里洋人却可以上去“游览”的。过了仪凤门走不多远，就可以望得见机器厂的大烟通了，虽然是烟通终年到头不冒烟，但总之烟通是在那里，那即是我们的水师学堂了。

入学考试

等考学堂，平常必须暂住客栈，而且时间久暂不能预定，花费也就不小，幸而我有本家的叔祖在学堂里当管轮堂的监督，可以寄寓在他那里，只要每月贴三块钱的饭钱给厨房就行了。

我于八月初六日到来，初九日即考试额外生，据当日旧日记说是共有五十九人，难道真是有那么多吗，现在却也记不清了。考的是作论一篇，题云：

“云从龙风从虎论。”

一上午做了，日记上说有二百七十字，不知是怎么说的，至今想起来也觉得奇怪。十一日的项下说：

“下午闻叔祖说，予卷系朱颖叔先生延祺所看，批日文气近顺，计二十本，予列第二，但未知总办如何安排耳。”

朱颖叔系杭州人，亦是水师学堂的汉文教习，其批语很有意思，文气只是“近”顺，可见也还不是真正顺了。但是十六日出榜，取了三名，正取胡鼎，我是备取第一，第二是谁不记得了。我颇怀疑我这列了备取第一，是很有情面关系的，论理恐怕还应名落孙山才是呢。十七日覆试，更是难了，因为题目乃是十足的八股题：

“虽百世可知也论。”

以后不曾发榜，大概这样就算都已考取了吧，到了九月初一日通知到校上课。这两回的论题真是难的很，非是能运用试帖诗八股文的作法者都不能做得好，初试时五十几个人一齐下了第，就是我们三人也不知怎样逃过第二难关的，因为那要比第一个题目更是空洞了。

覆试的结果虽是不曾发表，据说也是胡鼎的卷子做得最好，因为他在末后说西洋有一种新的学问，叫做哲学，仿佛说凭了这个，就可以推知百世以后的事情。在那时候国文教员听见了这个新名词，的确要大吃一惊的。——可是且慢，难的还在后头，我们上课一个月之后，遇着全校学生汉文分班考试，策论的题目如下：

“问孟子曰，我四十不动心，又曰，我善养吾浩然之气，平时用功，此心此气究如何分别，如何相通，试详言之。”

列位看了这个题目，有不对我们这班苦学生表示同情的么？一星期后榜出来了，计头班二十四名，二班二十名，其余都是三班，总有五六十吧，大抵什九是老班学生，大家遇到此心此气，简直是一败涂地了。

这入学考试的两个题目乃是总办方硕辅自己所出，就只是难做而已，还可以从字面来敷衍，后来请来了一位桐城派大家，又是讲道学的，向我们讲话，首先提出须得每人备一部《古文词类纂》，及至考问“平时用功”，就叫做那条策问，这便是那题目的来源。那一次汉文分班考试我也混过去了，结果还考列头班的二十名，现在想起来还要出冷汗，不知道那里是怎么样的胡说八道的，当时考卷如能找得到，倒的确想要看它一看呢。

学堂大概情形

江南水师学堂本来内分三科，即是驾驶，管轮和鱼雷，但是在一九〇一年时鱼雷班已经停办，驾驶与管轮原设有头二三班，预定每班三年，那时候三班也已裁去，事实上又不能招收新生直接加入二班，所以又改头换面的添了一种副额，作为三班的替代。招生时称为额外生，考取入堂试读三个月，甄别一次，只要学科成绩平均有五成，就算及格，比后来的六十分还要宽大，这之后就补了副额学生了。各班学生除膳宿，衣靴，书籍仪器，悉由公家供给外，每月各给津贴，称为赡银，副额是起码的一级，月给银一两，照例折发银洋一元，制钱三百六十一文。我自九月初一日进堂上课，至十二月十三日挂牌准补副额，凡十二人，遂成为正式学生，洋汉功课照常进行，兵操打靶等则等到了次年壬寅（一九〇二）年三月，发下操衣马靴来，这才开始。我这里说“洋汉功课”，用的系是原来的术语，因为那里的学科总分为洋文汉文两大类，一星期中五天上洋文课，一天上汉文课。洋文中间包括英语，数学，物理，化学等中学课程，以至驾驶管轮各该专门知识，因为都用的是英文，所以总名如此。各班由一个教习专任，从早上八时到午后四时，接连五天，汉文则另行分班，也由各教习专教一班，不过每周只有一天，就要省力得多了。就那时计算，校内教习计洋文六人，汉文四人，兵操体操各一人，学生总数说不清，大概是在一百至一百二十人之间吧。

讲到学堂的大概情形，须得先把房屋来说明一下才行。从朝东的大门进去，一条阔长的甬道，二门朝南，偏在西头，中间照例是中堂签押房等，附属有文书会计处。后边乃是学生的饭厅，隔着院子南北各三大间，再往北是风雨操场，后面一片广场，竖立着一根桅竿，因为底下张着粗索的网，所以占着不小的面积。以上算是中路。东面靠近大门，有一所小洋房，是给两个头班教习住的，那时驾驶的是何利得，管轮的是彭耐尔，都是英国人，大概不过是海军的尉官吧。隔墙一长埭是驾驶堂，向西开门，其迤北一部与操场相并，北边并排着机器厂与鱼雷厂，又一个厂分作两部，乃是翻沙厂与木工厂。到这里东路就完了。西路南头是一个小院子，接着是洋文讲堂，系东西两面各独立四间，中为砖路甬道，小院有门通外边，容洋教习出入，头班讲堂即在南头，其次为二三班，北头靠东一间原为鱼雷讲堂，靠西的是洋枪库。汉文讲堂在其东偏，系东向的一带厢房，介于中路与东路之间。洋文讲堂之北是一小块空地，西边有门，出去是兵操和打靶的地方，乃是学堂的外边了。管轮堂即在此空地之北，招牌挂在向东的墙外，也是一长埭，构造与驾驶堂一样。后面西北角旧有鱼雷堂，只有十几间房屋，东邻是一所关帝庙。这里本来是一个水池，据说是给学生学游泳用的，因为曾经淹死过两个年幼的学生，所以不但填平了，而且还造了一所“伏魔大帝”的庙。庙里住着打更的老头子，他在清朝打过太平军，是个不大不小的“都司”，我在将来还要说到他，现在只是讲房屋，所以只能至此为止了。

祖父之丧

我于壬寅癸卯年间，曾经三次回到家里，却没有遇着祖父大发雷霆骂人的事情，好像是脾气已经改过了，或者是对于跑出在外的孙子辈表示严厉，没有什么意思了吧。但是这时候没有了“挑剔风潮”的人，也是一个大的原因。在壬寅十一月二十七日项下有云：

“仲翔叔来信云，五十（即衍生的小名）已于十八日死矣，闻之雀跃，喜而不寐，从此吾家可望安静，实周氏之大幸也。”据说在衍生死信传出的时候，祖母听了不禁念了一句阿弥陀佛，她是笃信神佛，决不是幸灾乐祸的人，但这时也就忍不住表出她的感情来了。话虽如此，祖父就只不再怒骂而已，平常怪话还是时常有的，譬如伯升在学堂考试得了个倒数第二，我则在本班第二名，他便批评说：

“阿升这回没有考背榜，倒也亏他的。阿魁考了第二，只要用功一点本来可以考第一的，却是自己不要好。”这样的话，听惯了也就不算什么了。这里只须说明一句，学堂榜上的末名称为“背榜”，或称

“坐红椅子”，因为照例于末了的这一名加上朱笔的一钩。阿魁则是我的小名，因为当日接到家信的时候，有一个姓魁的京官去访他，所以就拿来做了小名，这是他给孙子们起名字的一个定例。

我于癸卯年在家里养病过了年，至第二年二月始回到南京，但是过了四个月又是暑假，我便又到家里来了。不过这一回不凑巧，正赶上祖父的丧事，差不多整个假期就为此断送了。祖父当时六十八岁，个子很是魁梧，身体向来似乎颇好的，却不知道生的是什么病，总之是发高烧，没有几天便不行了。他辈分高，年纪老，在本台门即是本家合住的邸宅里要算是最长辈了，亲丁也不少，但是因为脾气乖张的关系，弄得很是尴尬，所以他的死是相当的寂寞的。讲到排场，当然有那一大套，甚至还弄什么“门讣”，以及大门口钉上麻布等，和尚道士的“七七做，八八敲”自然是不用说了。他的长子早死了，照例要长孙“承重”，但是鲁迅也在日本，于是叫我顶替，我迫于大义，自不得不勉为其难。但是不久在学堂里的伯升奔丧回来了，我以为可以卸责了吧，可是不行，一定要我顶替下去，我不知道这是礼教所规定的呢，还是只因为他是庶出的缘故，所以对他特别歧视的。倘若是后面的原因，那么我倒替伯升说一句话，这实在是极不公平的。平心的说，伯升的立场倒无宁是站在我们这一边的，我们那时虽是多数，但是被损害与被侮辱者，他不去附和那强者的那边，这或者是他的聪明处，但是也很可佩服。他对蒋老太太恭而有礼，过于看领他大的潘姨太太，有一回彼此闹别扭，他不肯叫一声“妈”，便不给他绵袴穿，害得他终于“拉稀”——这就是患肚泻，后来经蒋老太太的干涉，这才穿上了绵袴。伯升是十二岁的时候从北京回去的，随后学得了一口绍兴话，常有一句口头禅，是“伊拉话啦”，普通话就是说“他们说的”，在讲了一通海阔天空，难以置信的话以后，必定添一句“伊拉话啦”，极有天真烂漫之趣。他因为生长在北京，故极爱京戏，在南京时极醉心于当时的旦角粉菊花，几乎每星期日必跑往城南去听戏。监督公想法羁縻他，特于前晚对他说道：

“你明天早上来我这里吃稀饭，有很可口的扬州小菜。”伯升唯唯，可是第二天一清早就溜了出去，床上只留帐子低垂着，床前摆着一双马靴，像是还高卧着的样子，及至监督觉察，这时人已走远，差不多已经过了鼓楼了。又有一回遇见非常的穷困，礼拜日无聊心想出去，问我借钱，适值我也没有，只剩了三角小洋，他乃自告奋勇，说到城南买点心去，果然徒步来回走了三四十里路，从夫子庙近旁的稻香村买了好些很好吃的点心来，在宿舍里饱吃一顿，现在说了也觉难信，那时候的点心的确这样的价廉而物美。他似乎平时很是乐天，所以总是那么吊儿郎当的，有时又似乎世故很深，万事都不大计较的样子，所以他对于我的充当承重孙也别无什么不满意。其后祖母去世，家里没有他的长辈了，但他仍旧守着“长嫂如母”的古训，着实不敢放肆，就是母亲给他包办的婚姻，他也表示接受，虽然这事结果弄得很是不幸，却终不明白反抗。民国六年（一九一七）三月我从绍兴往北京，知道他的兵船在宁波停驻，就特地绕道前去相会，在率春楼吃了晚饭，是为最后的一次会见，至第二年的一月二十七日得到二十三日家信，得知他已经在南京病故了，享年三十七，刚过了“本寿”，与伯宜公是一样的。身后遗留下来，一位傅氏太太，没有子女，要母亲留养她到百草园故家卖去，随后分了钱走散，一位在外的徐氏太太带着一个小孩，并且还有遗腹儿未生，则不知行踪若何，这也是十分遗憾的事。他的正式官名是“联鲸兵轮轮机正海军上尉周文治”，在公文书上是这样称呼的。我在记祖父的丧事这一节里，趁这机会讲他一番，聊作纪念。

我的笔名

我的别名实在也太多了，自从在书房的时候起，便种种的换花样，后来看见了还自惊讶，在那时有过这称号么，觉得很可笑的，不值得再来讲述了。现在只就和写文章有关系的略为说明，这便是所谓“笔名”，和普通一般的别名不同，是专用作文章的署名的。

我的最早的名字是个“魁”字，这个我已经说明过，原来乃是一个在旗的京官的姓，碰巧去访问我的祖父，那一天里他得到家信，报告我的诞生，于是就拿来做了我的小名，其后检一个木旁的同音的字，加上“寿”字，那么连我的“书名”也就有了。但是不凑巧，木部找不着好看的字，只有木旁的一个魁字，既不好写，也没有什么意思，就被派给我做了名字，与那有名的桐城派大家刘大櫆一样。他的大名为什么也弄得这样怪里怪气的呢？这个理由，我也还没有机会查得清楚。总之我觉得没有意思，而且有北斗星的关系的号——“星杓”，也不中意，还不如叫做槐寿的好，虽然木旁一个鬼字，但比较鬼在踢斗总要好得多了。后来因为应考，请求祖父改名，他命改为同音的“奎绶”，这仍旧不脱星宿的关系，而且“奎”又训作“两髀之间”，尤其是不大雅驯，但随后看见有名的坤伶，名字叫作“喜奎”，颇疑心是促狭的文人的作怪呢。奎绶云者，也不过是挂在前面的阔带子，即古代之所谓韨也。

我既然决定进水师学堂，监督公用了“周王寿考，遐不作人”的典故，给我更名，又起号曰朴士，不过因为叫起来不响亮，不曾使用，那时鲁迅因为小名曰“张”，所以别号“弧孟”，我就照他的样子自号曰“起孟”。这个号一直沿用下来，直到后来章太炎先生于一九〇九年春夏之间写一封信来，招我们去共学梵文，写作“豫哉启明兄”，我便从此改写启明，随后《语丝》上面的岂明，开明以及难明，也就从这里引伸出来了。

如今说话且退回去，讲那萍云女士吧。这萍云的号也只是那时别号之一，如日记上见着的什么不柯，天欷，顽石一样，不久也就废弃了吧。但是因为给《女子世界》做文章的关系，所以加上女士字样，至于萍云的文字大抵也只取其漂泊无定的意思罢了。碧罗是怎么来的呢，那已经忘记是什么用意，或者是“秋云如罗”的典故吧，或者只是临时想起，以后随即放下了也未可知。萍云的名字在《女子世界》还是用着，记得有一回抄撮《旧约》里的夏娃故事，给它写了一篇《女祸传》，给女性发过一大通牢骚呢。少年的男子常有一个时期喜欢假冒女性，向杂志通信投稿，这也未必是看轻编辑先生会得重女轻男，也无非是某种初恋的形式，是慕少艾的一种表示吧。自己有过这种经验，便不会对于后辈青年同样的行为感到诧异与非难了。

离开南京学堂以后，所常用的笔名是一个“独应”，故典出在

《庄子》里，不过是怎么一句话，那现在已经记不得了。还有一个是“仲密”，这是听了章太炎先生讲《说文解字》以后才制定的，因为《说文》里说，周字从用口，训作“密也”，仲字则是说的排行。前者用于刘申叔所办的《天义报》，后来在《河南》杂志上做文章也用的是这个笔名，后者则用于《民报》，我在上边登载过用“仲密”名义所译的两篇文字，其一是斯谛普虐克的宣传小说《一文钱》，现在收入《域外小说集》中，其二是克罗泡金的《西伯利亚纪行》，不过这登在第二十四期上，被日本政府禁止了，其后国民党（那时还是同盟会）在巴黎复刊《民报》，却另外编印第二十四期，并未将东京《民报》重新翻印，所以这篇文章也就从此不见天日了。

其后翻译小说卖钱，觉得用笔名与真姓名都不大合适，于是又来用半真半假的名氏，这便是《红星佚史》和《匈奴奇士录》的周逴。当初只读半边字，认为从卓声，与“作”当是同音，却不晓得这读如“绰”，有点不合了，不过那也是无碍于事的。民国以来还有些别的笔名，不过那是另一段落的事了，现在这里姑且从略，——我只可惜不曾使用那“槐寿”的笔名，这其实是我所很喜欢的名字，很想把它来做真姓名用呢。

在北京一

这是我第一次到北京，在庚子事变后的第五年，当时人民创痛犹新，大家有点谈虎色变的样子，我们却是好奇，偏喜欢打听拳匪的事情。我们问客栈的伙计，他们便急忙的分辩说：

“我们不是拳匪，不知道拳匪的事。”其实是并没有问他当不当过拳匪，只是问他那时候的情形是怎么样罢了。可是他们恰如惊弓之鸟，害怕提起这件事来，这实在也是难怪的。因为我们虽然都还有辫子，却打扮得不三不四，穿了粗呢的短衣，戴着有铁锚模样的帽徽的帽子，而且口音都是南方人，里边虽然也有山东河南的同学，但在老北京看去也要算是南边，这便是一群异言异服的人，那样的盘问他，不知是何用意。何况在那时的形势之下，有谁不是反对“毛子”的人呢？民国初年钱玄同在北京做教员，雇有一个包车夫，他自己承认做过拳匪，但是其时已经是热心的天主教徒了，在他的房里供有耶稣和圣母马利亚的像，每早祷告礼拜很是虔诚。问他什么缘因改信宗教的呢？他回答得很是直捷了当道：

“因为他们的菩萨灵，我们的菩萨不灵嘛。”这句话至少去今已有四十多年了。在那时候，我第二次来北京，到西河沿去看过一趟，再也找不到客栈的一点痕迹，这其间虽然只隔着十整年，可是北京的变迁却很大，不但前门已经拆通，那比人行道洼下的道路也都不见了。我们的那客栈，想起来只是一个小四合房，临街的南屋是老板夫妇住房，本是旗人，都吸雅片烟，我们中间有林秉镛君也吸几口，所以他虽是满口黄岩口音，却主客很讲得来，常在他们房里闲坐。两间南向的上房，便分给我们客人居住，林柯二人住在东边，我和魏春泉君住在西边，此外似乎不曾见有别的住客，显得十分冷静。白天多在外面行走，吃饭也集中在全安栈，只是晚上回来睡觉，在那没有火气的房间里的冷炕上边，所以留下来的是一个暗淡阴冷的印象。在学堂里，我们穿的棉操衣袴，用红青羽毛纱做的，也并不寒伧，但是大家不满意，由学堂去代办了黑色粗呢的制服来，原来是供应新军用的吧，但只是单层呢，虽然是颇厚实，此外各人预备了一套棉织卫生衣袴，用了这服装就在北京过了一个寒冬。据那年的冬至算来，其时正是“二九三九”的天气，我们那么的在冷屋里睡，寒风里走，当初大家都有一件拟毛织的“一口钟”大衣，经吕得元提议，毕瑟的披着走不大好看，以后便只穿了呢制服挺去，结果谁也不曾伤风，可以说是很难得的。我们于廿一日抵京之后，隔了一天由黄老师率领了往练兵处，先见了提调达寿，随后过了些时候徐世昌出来，他是那里的头儿吧，名称不记得是练兵处大臣或是什么了，照例慰劳几句之后，回过头去对那跟随的人说道：

“北京天气很冷，给他们做皮外套吧。”后边站着的达寿等人都齐声答应是是。我们听了这话，当时以为可以得到一件北京巡警穿的那种狗皮领子的大衣了。岂知到出发那天仍旧毫无消息，这才知道是没有希望了，但是究竟是说了话就不算，还是皮外套是报销了，不过这实物却并没有呢，那就终于不能知道罢了。

在北京二

我们到了北京，第一要做的事，是去访问在北京学校里的同乡。次日是十一月廿二日，便同了林秉镛柯樵二君至医学馆去看俞榆荪君，俞君是台州黄岩人，又曾经在水师是同学，是从前相识的，此外又至京师大学堂译学馆各处，却不曾去找人。至初六日又访榆荪，同柯采卿（樵）三人照相，并在煤市街饭馆吃饭，十六日同采卿访榆荪，见到温州永嘉的胡俨庄，因同至广德楼观剧，十八日晚，同了柯采卿徐公岐吴椒如至榆荪处告别。在初七那一天里，曾经到大学堂，访问绍兴同乡冯学壹，不料一见就是满口北京话，打破了同乡人的空气，不觉兴味索然，便匆匆别去，以后也就不再去找别的同乡了。榆荪因为是旧友，所以特别过往频繁，而且为人也很诚实，在医学馆毕业后在北京做事，逐渐升为医务处长。有一年东北闹鼠疫，情形很是猖獗，他前去视察，已是任务完毕了，临行因为往看一个病人，终于自己也染病而亡，这事问医学界的朋友，或者还有人知道的吧。

我们于十一月廿五日至练兵处报到后，廿八日起在军令司考试各项学科，至十二月初二日上午这才考毕。详细情形已经不记得了，大抵只是上午考一两门，下午是休息吧。由军学司长谭学衡来监考，他是广东人，也是水师出身，与黄老师谈得很投机，戴着蓝顶花翎说英语，很是特别的事。考试完了以后，不知为什么事又耽搁好久，至十九日才乘火车出京。据日记上说，火车是二等室，价二十九元，也实在贵得很，与民国后的京浦路二等车差不多了，不过那时所谓二等实际与头等也相差无几，四个人一间房，上下四个床位，但只是这样罢了，此外设备是什么也没有。火车仍旧要行走四天，便是第一天停在顺德，第二天渡过黄河，停在郑州，第三天停在驻马店，第四天到汉口的大智门。这一次却可以住宿车中，不要搬上搬下的住客栈了，所以方便得多，吃饭却仍要到各站时自办，其时卖东西的很多，不成什么问题。记得梨子特别好吃，一路上买了不少，虽然小贩因为我们是“外江佬”，多少要欺侮一点，仿佛是要一个“大子”（二分铜币）一个，但在我们看来却不算贵，便买了有半网篮，路上削了来吃，我当初不会旋转削梨法，一路学着削，走了半路梨将要吃完，整个削梨，梨皮一长条接连不断的削法也给我学会了。

说到北京的名物，那时我们这些穷学生实在谁也没有享受到什么。我们只在煤市街的一处酒家，吃过一回便饭，问有什么菜，答说连鱼都有，可见那时候活鱼是怎么难得而可贵了。但是我们没有敢于请教那鱼，而且以后来的经验而论，这鱼似乎也没有什么了不得，那有名的广和居的“潘鱼”，在江浙人尝来，岂不也是平常得很么？至于烤鸭子，就是后来由于红毛人的赏识而驰名世界的“北京鸭子”，也无缘享受，因为那时是整只不能另售的。我们那时可以买得的北京名物，无非只是一两把王麻子的剪刀，两张王回回的狗皮膏，和一两几十小粒的同仁堂万应锭，俗称“耗子屎”的一种可吃可搽的药，回南京后狗皮膏的用处不得而知了，但这“耗子屎”却帮助我医好了腿上的疮，是于我大有好处的。

家里的改变

自从甲辰年的冬天回到学堂，一直到了丙午（一九〇六）年的夏天再回家去，时间隔的很长，所以家里的情形也改变得不少了。第一是房屋的改变。以前我们“兴房”派下的房子乃是在本宅的西北角一带，这是宅内的第四五进。本来也有“立房”的一部分在内，后来“立房”的十二世子京身死无后，拟以伯升承继，所以并人这一边了。第四进计有前后五大间，南边对着桂花明堂（院子），尽西头的一间出典给了吴姓，隔壁即是祖父居住的地方，中间隔了一个堂屋，东边的两间原为祖母和母亲的住房。路北院子的对面即是第五进了，原来偏东的两间划归“仁房”，院子里对半分开，砌上了一个曲尺形的墙，西头的两间经了太平军的战乱已经残毁，只剩下南边的一部分房屋尚可住人，与中堂相对的一间作为女仆们的宿舍，后边朝北的一间则因楼板和窗户都已没有了，所以空着，只供存放谷米之用，东偏一间即是在《鲁迅的故家》里所说的“橘子屋”，乃是子京所原住，他在这里教书，掘藏，也在这里发疯的地方。楼上也是空着，却比东边仓间的楼上更是荒废了，因为那边只是没有楼板，空空洞洞的没有什么奇怪，这边却仍是一间空着的房子，却是窗户全无，隔墙又是梁姓的竹园，所以有种种鸟兽前来借住，往往在夏天黄昏时候，阵雨将要到来，小孩向北窃窥，看见楼上窗口伸出猫脸似的，或狗头似的，不晓是什么鸟兽的脸孔来，觉得又是害怕又是爱看，着实很有兴趣。现在却把这一部分全都改造了，东边是一间南向的堂屋，后面朝北的一间作为母亲的住房，西边朝南的是祖母的住房，后边一间是通往第六进的厨房的通路，以及楼梯的所在。楼上也都修复了，共有两间，则作为鲁迅的住房。为什么荒废了几十年的破房子，在这时候重新来修造的呢？自从房屋被太平天国战役毁坏以来，已经过了四十多年，中间祖父虽然点了翰林，却一直没有修复起来，后来在北京做京官，捐内阁中书，以及纳妾，也只是花钱，没有余力顾到家里，这回却总算修好，可以住得人了。这个理由并不是因为有力量修房子，家里还是照旧的困难，实在乃因必要，鲁迅是在那一年里预备回家，就此完姻的。楼上两间乃是新房，这也是在我回家之后才知道的。当初重修房屋与鲁迅结婚的事情，我在南京仿佛事前并不得知，那时或者也曾信里说及，不知怎的现在却全不记得了。总之鲁迅的结婚仪式是怎么样的，我不在场，故全然不清楚，想必一切都照旧式的吧。头上没有辫子，怎么戴得红缨大帽，想当然只好戴上一条假辫吧？我到家的时候，鲁迅已是光头着大衫，也不好再打听他当时的情形了。“新人”是丁家弄的朱宅，乃是本家叔祖母玉田夫人的同族，由玉田的儿媳伯伪夫人做媒成功的，伯伪夫人乃出于观音桥赵氏，也是绍兴的大族，人极漂亮能干，有王凤姐之风，平素和鲁老太太也顶讲得来，可是这一件事却做的十分不高明。新人极为矮小，颇有发育不全的样子，这些情形姑媳不会得不晓得，却是成心欺骗，这是很对不起人的。本来父母包办子女的婚姻，容易上媒婆的当，这回并不是平常的媒婆，却上了本家极要好的妯娌的当，可以算是意外的事了。

北京大学

我于丁巳年四月一日晚上到了北京，在绍兴县馆找好了食宿的地方，第二天中午到西单牌楼教育部的近旁益锠大菜馆同鲁迅吃了西餐，又回会馆料理私事，三日上午叫了一辆来回的洋车，前往马神庙北京大学，访问蔡孑民校长，接洽公事。从南半截胡同坐洋车到马神庙，路着实不少，大约要走上一个钟头，可是走到一问，恰巧蔡校长不在校里，我便问他家在什么地方，这其实是问得很傻的，既然不在学校，未必会在家里的，不过那时候胡涂的问了，答说是在遂安伯胡同多少号。我便告诉车夫转到那里去，不过我的蓝青官话十分蹩脚，说至再三也听不懂，后来忽然似乎听懂了，捏起车把来，便往西北方面走去。假如其时我知道一点北京地理，便知道这方向走的不对，因为遂安伯胡同是在东城，那么应该往东南方面才是，可是当时并不知道，只任凭着他拉着就是了。后来计算所走的路线是，由景山东街往北，出了地安门，再往西顺着那时还有的皇城，走过金鳌玉蛛桥，——提起这桥来，有一段故事应当说一说，民国成立后这一条走路是总算开放了，但中南海还是禁地，因为这是大总统府所在，照例不准闲人窥探，而金鳌玉蝀桥却介在北海与中海之间，北海不得已姑且对于人民开放了眼禁，但中南海却断乎不可，所以在南边桥的上面筑起一堵高墙来，隔断了人们的视线，这墙足有一丈来高，与皇城一样的高，我们并不想偷看禁苑的美，但在这样高墙里边走着，实在觉得不愉快的很。感谢北伐成功，在一九二九年的秋天这墙才算拆除，在金鳌玉蝀桥上的行人于是可以望得见三海了。且说那天车子过了西压桥，其时北海还没有开放做公园，向北由龙头井走过护国寺街，出西口到新街口大街，随后再往西进小胡同，说是到达地点了。我仔细一看，乃是四根柏胡同，原来是车夫把地名听错了，所以拉到这地方来，这倒也罢了，而这四根柏胡同乃是离我现在的住处不远，只隔着一两条街，步行不要三五分钟可到，所以来时的这一条路即是我后来往北大去的道路，实在可以说是奇妙的巧合了。从四根柏回南半截胡同去，只是由新街口一直往南，走过西四牌楼和西单牌楼（那些牌楼现今都已移到别处去，但名称还是仍旧留下）出宣武门，便是菜市口了。

四月三日上午到遂安伯胡同访蔡校长，又没有见到，及至回到寓里，已经有信来，约明天上午十时来访，遂在寓等候，见到了之后，则学校功课殊无着落，其实这也是当然的道理，因为在学期中间不能添开功课，还是来担任点什么预科的国文作文吧。这使我听了大为丧气，并不是因为教不到本科的功课，实在觉得国文非我能力所及，但说的人非常诚恳，也不好一口拒绝，只能含混的回答考虑后再说。这本是用不着什么考虑，所以回来的路上就想定再在北京玩几天，还是回绍兴去。十日下午又往北大访蔡校长，辞教国文的事，顺便告知不久南归，在校看见陈独秀沈尹默，都是初次相见，竭力留我担任国文，我却都辞谢了。到了第二天，又接到蔡校长的信，叫我暂在北大附设的国史编纂处充任编纂之职，月薪一百二十元，那时因为袁世凯筹备帝政，需要用钱，令北京的中国交通两银行停止兑现，所以北京的中交票落价，一元只作五六折使用，却也不好推辞，便即留下，在北京过初次的夏天，而这个夏天却是极不平常的，因为在这年里就遇见了复辟。

十二日上午又至北京大学，访问蔡校长，答应国史编纂处的事情，说定从十六日开始，每日工作四小时，午前午后各二小时，在校午餐。这时大约因为省钱，裁撤国史馆，改归北大接办，除聘请几位历史家外，另设置编纂员管理外文，一个是沈兼士，主管日本文，一个是我命收集英文资料，其实图书馆里没有什么东西，这种职务也是因人而设，实在没有什么成绩可说的。其时北京大学只有景山东街这一处，就是由四公主府所改造的，设有本科，北河沿的译学馆乃是预科，此外是汉花园的一所寄宿合，通称东斋，后来做文科的“红楼”尚在修建未成，便是大学（即后来的第一院）的大门也还在改修，进出都是从西边旁门，其后改作学生宿舍，所谓西斋的便是。但是校中并没有我们办事的地方，沈兼士是在西山养病，我只是一个人，结果在图书馆的堆放英文杂志的小屋里，收拾出地方来，放上桌椅，暂作办公之用，一切由馆员胡质庵商契衡招呼，午饭也同商君一起在庶务课品吃，所以说也奇怪，我在北大为时甚久，但相识最早的乃是庶务课的各位职员，这可以说是奇缘了。我还记得在那里等待开饭，翻看《公言报》与《顺天时报》，一面与盛伯宣诸君谈论时局的情形，如今已事隔四十余年，盛君也已早归道山了吧。

往来的路

四月十六日以后，我便每天都往北京大学上班，地点是图书馆的单独一室，这图书馆是有名的四公主的梳妆楼，广阔的几间楼房，涂饰得非常华丽，我的办公室乃是孤独对立的小房，样子似乎寺庙的钟鼓楼，不知道是什么用的，原来也很不错，如今被旧杂志堆放得没有隙地，实在有点儿气闷。但是我在那里却也过了些有趣的时光，在那旧杂志上面找到几篇论文，后来由我翻译了，登在《新青年》上面，这是一篇《陀思妥也夫斯奇之小说》，另一篇是《俄国革命之哲学的基础》。胡质庵是福建人，当时是图书馆的最高的职员，但是似乎身体不大好，后来于六月底因患猩红热死去了。商契衡则是绍兴的嵊县人，原是鲁迅在中学任教时的学生，其后在北京大学毕业，鲁迅曾供给他的学费，在日记上常有纪载。

我从绍兴县馆往北京大学，经常往来有东西两条路线。其一是由菜市口往东，走骡马市到虎坊桥北折，进五道庙经由观音寺街，出至前门，再经南池子北池子走到北头，便是景山东街了。其二是一直往北进宣武门，由教育部街东折经绒线胡同和六部口，走出西长安街，再前进时是天安门广场，过去便是南池子，以后的路和前边一样，但不到天安门也可向北进南长街北长街，这一条直街是和南池子并行的，北头直通北海的三座门大街，往东去经过景山前街。这里是故宫的后门神武门所在，宣统在退位之后还保留皇帝称号，他便在这里边设立小朝廷，依旧每天上朝，不过悉由后门出入罢了，我午前往校经过此处，就常见有红顶花翎的官员，坐了马车进宫，也有徒步走着的，这事在复辟败后尚未停止，这是很奇怪的一件事情。还看见有一辆驴子拉的水车，车上盖着黄布，这乃是每天往玉泉山取水，来供给“御用”的，但是这似乎不久停止，因为清宫里随后也装了自来水了。

北京的街路以前是很坏的，何况这是四十多年前的事了。交通不便，许多地方都不能通行，须要绕一个大圈子，我到北京的时候看着南北池子这条马路，是正方开辟的。至于小胡同的难走，是很有名的，我的住处外边一条胡同叫作“前公用库”，每到秋天久雨，便泥水一滩，废名走过这里，遇见一个年过古稀的老太婆在太息说，这条路怎么总是这样的难走，便可以想见它的年代久远了。这是到了近来的这几年，才算改好了。因为这个缘故，街上的有些景象也改变了，譬如“泼水夫”，便已绝迹，只剩下陈师曾在《北京风俗图》中留下的一幅画，两个人都穿着背有圆图的号衣，脚下马靴，头戴空梁的红缨帽，一个手握木勺，一个侧着水桶，神情活现，但是现在的人已经不能了解，因为早已不曾看见过他们了。此外还有一种是扫雪的人，我于一九一九年一月十三日曾经做过一首诗，题曰“两个扫雪的人”，是在天安门前车上所作，便录在这里：

“阴沉沉的天气，

香粉一般的白雪，下的漫天遍地。

天安门外，白茫茫的马路上，

全没有车马踪迹，

只有两个人在那里扫雪。

一面尽扫，一面尽下，

扫净了东边，又下满了西边，

扫开了高地，又填平了坳地。

粗麻布的外套上已经积了一层雪，

他们两人还只是扫个不歇。

雪愈下愈大了，

上下左右都是滚滚的香粉一般的白雪。

在这中间，好像白浪中漂着两个蚂蚁。

他们两人还只是扫个不歇。

祝福你扫雪的人！

我从清早起，在雪地里行走，不得不谢谢你。”

这种人夫在北京也已经不见，而且说起来也很奇怪，似乎近来这若干年里，雪也的确少下，仿佛是天气也是多少有了变化了。

第二辑

日本·文化管窥

谈混堂：日本沐浴习俗一瞥[1]

黄公度著《日本杂事诗》卷二有一首云：

兰汤暖雾郁迷离，背面罗衫乍解时，

一水盈盈曾不隔，未销金饼亦偷窥。

原注云：喜洁，浴池最多。男女亦许同浴，近有禁令，然积习难除，相去仅咫尺，司空见惯，浑无惭色。《日本国志》中《礼俗志》四卷赡详可喜，未记浴池，只有温泉一条。

据久松祐之著《近世事物考》云：

天正十九年辛卯（1591）夏在今钱瓶桥尚有商家时，有人设浴堂，纳永乐钱一文许入浴，是为江户汤屋之始。其后至宽永时，自镰仓河岸以至各处均有开设，称风吕屋。又有汤女者，为客去垢洗发，后乃渐成为妓女，庆安时有禁令，此事遂罢。

1 原题名：谈混堂。

因为一文钱一浴，日本至今称为钱汤，汤者热水沸水义，与孟子冬日则饮汤意相合。江户（今东京）开设浴堂在丰臣秀吉[1]之世，于今才三百余年，汤屋乃遍全国，几乎每条街有一所，可与中国东南之茶馆竞爽矣。

文化六年（1809）式亭三马著滑稽本《浮世风吕》初编二卷，写浴客谈笑喧争情形，能得神似，至今传诵，二三编各二卷，写女客事，四编三卷，此与初编皆写男子者也。盖此时入浴已成为民间日常生活之一部分，亦差不多是平民的一种娱乐，而浴堂即是大家的俱乐部，若篦头铺乃尚在其次耳。

天保五年（1834）寺门静轩著《江户繁昌记》二篇有《混堂》一则，原用汉文所书，有数处描写浴客，虽不及三马俗语对话之妙，亦多谐趣，且可省移译，抄录于下：

外面浴客，位置占地，各自磨垢。一人拥大桶，令孇奴巾背。一人挟两儿，慰抚剃头，弟手弄陶龟与小桶，兄则已剃在侧，板面布巾，舒卷自娱。就水舟漱，因睨窥板隙，盖更代藩士，踞隅前盆，洗濯犊鼻，可知旷夫。男而女样，用糠精涤，人而鸦浴，一洗径去。（省略十六字）醉客嘘气，熟柿送香，渔商带膻，干鱼曝臭。一环臂墨，若有所掩，满身花绣，似故示人。一泼振衣，不欲受汶汶也，赤裸左侧，恶能浼乎。浮石摩踵，两石敲毛，披衣剪爪，干身拾虱。

又云：

水泼桶飞，山壑将颓。方此时也，汤滑如油，沸垢煎腻，衣带狼

1 丰臣秀吉（1536～1598），日本战国时期名将。

藉，脚莫容投，盖知虱与虱相食。女汤亦翻江海，乳母与愚婆喋喋谈，大娘与小妇聒聒话。饱骂邻家富贵，细辩伍闾长短。讪吾新妇，诉我旧主。金龙山观音，妙法寺高祖，并才及其灵验，邻家放屁亦论无遗焉。

中国只看过一篇《混堂记》，见于《岂有此理》卷一，系周竹君所作，《韵鹤轩杂著》中曾加以赞许。其文云：

甃大石为池，穹幕以砖，凿与池通，辘轳引水，穴壁而贮焉，析薪然火，顷成沸汤。男子被不洁者，肤垢腻者，负贩屠沽者，疡者，疕者，痈者，纳钱于主人，皆得入澡焉。且及暮，络绎而至，不可胜计。蹴之则泥滓可掬，腥膻臊秽，不可向迩，为士者间亦蹈之。彼岂不知污耶，迷于其称耶，习于俗而不知怪耶，抑被不洁肤垢腻者负贩屠沽者疡者疕者痈者果不相浼耶？抑溺于中者目不见，鼻不闻，心愦愦而不知臭耶？倘使去薪沃釜，与沟渎之水何异焉，人孰从而趋之。趋之，趋其热也。乌乎，彼之所谓堂者，吾见其混而已矣。

此篇近古文，有寓意，人以为佳却亦即其缺点，唯前半记事可取耳。《江户繁昌记》中亦有一节云：

混堂或谓汤屋，或呼风吕屋。堂之广狭盖无常格，分画一堂作两浴场，以别男女，户各一，当两户间作一坐处，形如床而高，左右可下，监此而收钱戒事者谓之番头。并户开牖，牖下作数衣阁，牖侧构数衣架，单席数筵，界筵施阑，自阑至室中溜之间尽作板地，为澡洗所，当半通沟，以受馀汤。汤槽广方九尺，下有灶爨，槽侧穿穴，泻汤送水，近穴有井，辘轳上水。室前面涂以丹雘，半上牖之，半下空之，客从空所俯入，此谓柘榴口。牖户画以云物花鸟，常闭不启，盖蓄汤气也。别蓄净汤，谓之陆汤，爨奴秉杓，谓此处曰呼出，以奴出入由此也。奴曰若者，又曰三助，今皆僭呼番头，秉杓者曰上番，执爨者曰爨番，间日更代。又蓄冷水，谓之水舟，浮斗任斟。陆汤水舟，男女隔板通用焉。小桶数十，以供客用，贵客别命大桶，且令奴摩澡其脊。及睹其至，番公柝报。客每届五节，投钱数缗酬其劳云。堂中科目大略如左，曰：官家通禁，宜固守也；男女混浴之禁，最宜严守；须切戒火烛；甚雨烈风，收肆无定期；老人无子弟扶者，谢浴焉；病人恶疾并不许入，且禁赤裸入户，附手巾罩颊者。月日，行事白。

静轩写此文虽在百年前，所记浴堂内部设备与现今并无多少不同，唯浴槽上部的柘榴口已撤除，故浴客不必再俯首出入了。陆汤水舟男女隔板通用，在明治年中尚是如此，现在皆利用水道，只就壁间按栓便自泻出，故上番已无用处。三助则专为人搓澡，每次给资与浴钱同价，不复论节酬劳矣。浴场板地今悉改为三和土，据说为卫生计易于洁治，唯客或行或坐都觉得粗糙，且有以土亲肤之感，大抵中年人多不喜此，以为不及木板远甚。浴钱今为金五钱，值中国钱五分，别无官盆名目，只此一等，正与中国混堂相当，但浴法较好，故浑浊不甚。日本人浴者先汲汤淋身，浸槽内少顷，出至浴场搓洗，迨洗濯尽净，始再入槽，以为例。至晚间客众，固亦难免有足莫容投之感，好清净者每于午前早去，则整洁与自宅浴室不殊，而舒畅过之。日本多温泉，有名者如修善寺别府非不甚佳，平常人不能去。投五分钱入澡堂一浴，亦是小民之一乐，聊以偿一日的辛劳也。男女浑浴在浴堂久有禁令，唯温泉旅馆等处仍有之，黄公度诗注稍嫌笼统，诗亦只是想象的香艳之作，在杂事诗中并非上乘。日本人对于裸体的观念本来是颇近于健全的，前后受了中国与西洋的影响，略见歪曲，于德川中期及明治初的禁令可见，不过他比在儒教和基督教的本国究竟也还好些，此则即在现今男女分浴的混堂中亦可见之者也。

（七月十二日）

从民间故事看日本的风俗习惯[1]

前言

介绍外国的民间故事，本来用不着什么说明。民间故事正如人们所说，是人类最早的小说，小说没有人不喜欢听的，而且它的结构单纯，听了容易了解。也有些经过民间长时间的流传，特别精炼，或是因了“说话人”的加工，显得更是流丽而细致。这些都是因了各该民间故事的展开而自然发露出来，无烦预先指出的。

我这里单就日本的民间故事，来说几句话。第一，它在世界的民间故事中间不能算最好，自然也不算最坏的。好的如希腊，因为是属于古代的了，已经不称民间故事而叫神话故事了，虽然严格地讲来，神话与民间故事也很有差别。又如苏联的，俄罗斯与乌克兰的民

1 原题名：日本民间故事。

间故事，也都十分精彩，胜于日耳曼系的故事。此外，阿拉伯系的如《一千零一夜》，由于加工之故，非常精巧。这些特色在日本都没有，它是近时才从老百姓口头收集起来的质朴的故事，以故事论，或者比不上前面所说的几国，但还自有它的特色，因为它说明了它本国的情形。

第二，我的翻译是向来主张直译式的，便是多保留它原有的特殊的色彩。我不主张把一句话译成四平八稳的，个个字说得十分明白，我把留下来一二分不明白的东西，来加注解说明它，这样便可将本来的色彩多保住一点。我们介绍外国的东西，原是想把本来不知道的多知道一点，若是从头不预备，或是懒得去了解，那么我们讲知道的本地事情好了。鲁迅平常反对把俄国人名缩短，如托尔斯泰为陶斯道，克鲁泡金为柯伯坚之类。他说，“你们如觉得名字还讨厌难记，那么别管他，且去谈自己熟知的张三李四好了。”

还有一层，民间故事固然是原始的小说，但一面也是社会的写实，有许多民俗保存在里边，这些东西，一不小心，便像唯他命丙样易于消失。因此，我也顺便说一声，这故事的原本乃是根据柳田国男所编的一本书，日本几十年中自从岩谷小波起，编写童话的人真是不可胜计，都各自有立场，未可一笔抹杀，但是从民俗学的立场看，只有柳田氏的算是最好。我原来不想多说明，但实在已是说了不少，应该赶紧打住了吧。

老屋的漏[1]

古时候，在一天下雨的晚上，有一家的老头儿和老婆子不能睡觉，便两个人在说着话。说道：

“老屋的漏，比虎狼还可怕哩！”

这时候从外边走过来“虎狼”这种野兽，站住了听见这话，心里便想，在这世界里，还有比我更可怕的什么叫“漏”的东西呢！这不可疏忽。正在这时候，有一个偷马的人偷偷的进来，看见以为是马，便骑在虎狼的背上。

虎狼心里一惊，这了不得，可是被“漏”抓着了，于是一直奔去，路上将偷儿摔落，掉在路旁的空井里。这时一只猴子走了来，问虎狼做什么，虎狼答道：

“现在在那个窟窿里，躲着‘老屋的漏’这种怪物。”

猴说道：

“没有这种怪物吧。等我去检查一番看。”那个多事的猴便将尾巴插到空井里，试探一下。在井里的偷马的看见了，用力把它抓住。猴儿也出惊了，要把尾巴强拉出来，可是尾巴从根上断掉了。

猴的尾巴也从这时候起，就是那么短了。

---

1 作者注：这同类的故事在中国也有，名字就叫做“老虎怕漏”。但日本却不说老虎，因为日本内地没有老虎的缘故吧，因此这里说是“虎狼”，从这里看去，或者是从中国传去的也未可知。

道士治狸[1]

古时候，石城国的神木高野的村子里，一个老百姓家里的各种器具，每天都会不见。这大概是狸子捣乱吧，各地方去请了修道的人，来祈祷作法，可是一点都没有效用，还是连碗呀、筷子呀这一类的东西，也不晓得什么时候就不见了。这使得道士们很窘。

这样的闹着，末后请来的这个道士，听了说道：

“若由我来，这样东西并无什么麻烦。一定治伏了给你看。”但是又说：

“可是祈祷用的有些物品，非赶紧去买了来不可。”说着便往那地方的平街买东西去了。但是后来家里的人发见，有一个小布包忘记在那里，可见得这道士是很慌张的。没有这个，说不定很是困难吧，早点告诉他一声才好，于是走到那边大声的叫，又叫人跑去找他，终于也追他不着。及至回来家里一看，那个布包已经不知到什么地方去了。

这之后稍为等了一会儿，那道士忽然回来了。家里的人告诉他丢了布包的事，非常的抱歉，他一点都不着急，只笑着说道：

“这样好的，这样好的。”

于是他同了大家，一起遍搜家中各处，据说在板廊底下最深的地方，有一匹老狸死在那里。狸子的手里还捏着一个大的饭团，吃了一半

1　作者注：日本相信狐狸与狸子貉子都能够变幻作怪，不过狸子与貉子伎俩较小，此外老猫也能作怪，此类故事颇多。

就死了。道士笑着说明，那是将叫做“木鳖子”的毒狸子的，放在饭团里边，用布包了，故意的忘记在那里的。

急出家

古时候，在某村里有恶性的狐，出来作怪，大家正在很窘的时节，一个人很自夸的说道：

“我决不上狐狸的当。”

这个人有一天从别处回来，看见路边的河旁有一匹狐狸，拿朴树的叶顶在头上，就变成女人，捞取河里的水藻搓圆了，当作小孩抱在胸前。

那人说道：“畜生，预备去骗人吧！好的，等着瞧吧。”便捡起路边的石头，扔了过去，这石子恰巧打中了孩子，一下子就打死了。

女人生了气啼哭着，要叫他把小孩弄成原来的样子还她。

他说：“什么？你不是狐狸么？”女人更是生气，不肯干休。

这样等着，女人总没有变成狐狸，看来的确是人间的母子了。那人心想，那么是自己看错了，做出了不得了的事情，用尽心思，设法措辞谢罪。女人终于不答应。

那人没有办法，就说，“让我做了和尚来谢罪吧”[1]，于是，一同到近地的一个寺里，向方丈说明缘由，请方丈剃光了头。剃头剃得非常的痛。因为太痛了，那人才清醒了过来，向周围一看，前头所见的母亲

1 作者注：古来日本人做错了事，常以出家表示谢罪。

和小孩都不见了，和尚同寺也不见了。而且刚才当作给剃去的头发，却都是被狐狸所咬断了的。

卖闲话

古时候，上野国有一个乡下人，到江户（现今的东京）去游玩，到要回去的时候，心想买点什么少见的土产，这样那样的挑选，可是没有找到合式的东西。

现在是没有了，那时候有所谓“闲话店”，出卖闲话的，便走进去看。

这东西乡下没有，是少有的东西，便问道：

“闲话卖几钱？”

答说：

“那有三种，一铢，两铢和一分银子。[1]

“那么我买一个一铢的吧。”一边说一边坐下在店头，付了一铢，听店主人讲出什么闲话来，高兴的等着，只见店主人说道：

“猫叫似的媚语要留心！”

“就是这一点么？”

“是的。”

“这个太简单了。再买一个两铢的吧。”又拿出两铢来，于是主

1 作者注：一分是旧目银价，约值银五角，一分又分为四铢，每铢值一角二分半。

人说道：

“若买两铢的，请上这里来。”便招呼他到房间里，说道：

“没有柱子的地方，不可进去！”

乡下人觉得这闲话也很平常，有点茫然，便发奋出了一分。主人领了他走进了里边一间很考究的房里，说道：

“性急则损，事急则败！”就只是这两句话。

乡下人道：“遇见了傻事了，这样的闲话，买得太不值得了。”心里很不平的，从江户动身回去。

这天晚上，在一处小客店住下，客店女主人的招呼不知怎的过于柔和，说道：

“大爷，床已经铺好了，请休息吧！”

她的声口仿佛是猫叫似的媚语，乡下人睡下了，想起闲话店的事情来，便说：

“猫叫似的媚语要留心，或者是说这事也未可知，有什么灾难都难预知，危险极了，危险极了！”便把床偷偷的移在别间房里去睡。在这天晚上，这间房有刀兵之难[1]，几乎丧了性命，幸而得保全了。

第二天早上，从这里出发，中途遇见了大风雨，一步也不能前进，四周一看，有一个石室，便想进去躲过风雨，忽然想起闲话店的“没有柱子的地方，不可进去”的话，想道：

“这里没有柱子，有什么危险也难预知道。”

赶紧走出石室，刚才出来，为雨所湿的石头崩了下来，石室都堵

1　作者注：原作“枪难”，谓室中有杀人的事。

塞了，几乎丧了命。

那天已经黑了，这才到了家，忽然一看，门口丢着一双草鞋，觉得很是奇怪，再去窥探家里，见妻子和小孩的旁边，睡着一个和尚。一见之下愤然生气，说道：

“可恨的东西，在我出门的时候做不正经的事情，一刀斩了吧！”

从腰间拔出刀来，差不多就要跳进去斩杀了时候，忽然记起闲话店的话，“性急则损，事急则败”，也有道理，便又仔细的看一下，原来在他出门的时期，母亲剃光了头发了[1]。

这样屡次受了闲话的好处，以后遇见人总说：“以为价钱太贵的闲话，也有这样的用处，想来实在是便宜的了。”

1　作者注：日本老妇人因信佛教，年老往往落发，作尼僧状。

日本的衣食住

我留学日本还在民国以前，只在东京住了六年，所以对于文化云云够不上说什么认识，不过这总是一个第二故乡，有时想到或是谈及，觉得对于一部分的日本生活很有一种爱着。这里边恐怕有好些原因，重要的大约有两个，其一是个人的性分，其二可以说是思古之幽情罢。我是生长于东南水乡的人，那里民生寒苦，冬天屋内没有火气，冷风可以直吹进被窝来，吃的通年不是很咸的腌菜也是很咸的腌鱼，有了这种训练去过东京的下宿生活，自然是不会不合适的。我那时又是民族革命的一信徒，凡民族主义必含有复古思想在里边，我们反对清朝，觉得清以前或元以前的差不多都好，何况更早的东西。听说夏穗卿钱念劬两位先生在东京街上走路，看见店铺招牌的某文句或某字体，常指点赞叹，谓犹存唐化遗风，非现今中国所有。冈千仞[1]著《观光纪游》中亦纪杨惺

1　冈千仞（1833—1914），精通汉学与西学，著有《法兰西志》《米利坚志》等。

吾回国后事云：

“惺吾杂陈在东所获古写经，把玩不置日，此犹晋时笔法，宋元以下无此真致。”这种意思在那时大抵是很普通的。我们在日本的感觉，一半是异域，一半却是古昔，而这古昔乃是健全地活在异域的，所以不是梦幻似的空假，而亦与高丽安南的优孟衣冠不相同也。

日本生活中多保存中国古俗，中国人好自大者反讪笑之，可谓不察之甚。《观光纪游》卷二《苏杭游记》上，记明治甲申（一八八四）六月二十六日事云：

晚与杨君赴陈松泉之邀，会者为陆云孙，汪少符，文小坡。杨君每谈日东一事，满坐哄然，余不解华语，痴坐其旁。因以为我俗席地而坐，食无案桌，寝无卧床，服无衣裳之别，妇女涅齿，带广，蔽腰围等，皆为外人所讶者，而中人辫发垂地，嗜毒烟甚食色，妇女约足，人家不设厕，街巷不容车马，皆不免陋者，未可以内笑外，以彼非此。

冈氏言虽未免有悻悻之气，实际上却是说得很对的。以我浅陋所知，中国人纪述日本风俗最有理解的要算黄公度，《日本杂事诗》二卷成于光绪五年己卯，已是五十七年前了，诗也只是寻常，注很详细，更难得的是意见明达。卷下关于房屋的注云：

室皆离地尺许，以木为板，藉以莞席，入室则脱屦户外，袜而登席。无门房窗牖，以纸为屏，下承以槽，随意开阖，四面皆然，宜夏而不宜冬也。室中必有阁以庋物，有床第以列器皿陈书画。（室中留席地，以半掩以纸屏，架为小阁，以半悬挂玩器，则缘古人床第之制而亦仍其名。）楹柱皆以木而不雕漆，昼常掩门而夜不扃钥。寝处无定所，展屏风，张帐幙，则就寝矣。每日必洒扫拂拭，洁无纤尘。

又一则云：

坐起皆席地，两膝据地，伸腰危坐，而以足承尻后，若趺坐，若蹲踞，若箕踞，皆为不恭。坐必设褥，敬客之礼有敷数重席者。有君命则设几，使者宣诏毕，亦就地坐矣。皆古礼也。因考《汉书·贾谊传》，文帝不觉膝之前于席。《三国志·管宁传》，坐不箕股，当膝处皆穿。《后汉书》，向栩坐板，坐积久板乃有膝踝足指之处。朱子又云，今成都学所存文翁礼殿刻石诸像，皆膝地危坐，两蹠隐然见于坐后帷裳之下。今观之东人，知古人常坐皆如此。（《日本国志》成于八年后丁亥，所记稍详略有不同，今不重引。）

这种日本式的房屋我觉得很喜欢。这却并不由于好古，上文所说的那种坐法实在有点弄不来，我只能胡坐，即不正式的趺跏，若要像管宁那样，则无论敷了几重席也坐不到十分种就两脚麻痹了。我喜欢的还是那房子的适用，特别便于简易生活。《杂事诗》注已说明屋内铺席，其制编稻草为台，厚可二寸许，蒙草席于上，两侧加麻布黑缘，每席长六尺宽三尺，室之大小以席计数，自两席以至百席，而最普通者则为三席，四席半，六席，八席，学生所居以四席半为多。户窗取明者用格子糊以薄纸，名日障子，可称纸窗，其他则两面裱暗色厚纸，用以间隔，名日唐纸，可云纸屏耳。阁原名户棚，即壁厨，分上下层，可分贮被褥及衣箱杂物，床第原名“床之间”，即壁龛而大，下宿不设此，学生租民房时可利用此地堆积书报，几乎平白地多出一席地也。

四席半一室面积才八十一方尺，比维摩斗室还小十分之二，四壁萧然，下宿只供给一副茶具，自己买一张小几放在窗下，再有两三个坐褥，便可安住。

坐在几前读书写字，前后左右凡有空地都可安放书卷纸张，等于一大书桌，客来遍地可坐，容六七人不算拥挤，倦时随便卧倒，不必另备沙发，深夜从壁厨取被摊开，又便即正式睡觉了。昔时常见日本学生移居，车上载行李只铺盖衣包小几或加书箱，自己手拿玻璃洋油灯在车后走而已。

中国公寓住室总在方丈以上，而板床桌椅箱架之外无多余地，令人感到局促，无安闲之趣。大抵中国房屋与西洋的相同都是宜于华丽而不宜于简陋，一间房子造成，还是行百里者半九十，非是有相当的器具陈设不能算完成，日本则土木功毕，铺席糊窗，即可居住，别无一点不足，而且还觉得清疏有致。从前在日本旅行，在吉松高锅等山村住宿，坐在旅馆的朴素的一室内凭窗看山，或着浴衣躺席上，要一壶茶来吃，这比向来住过的好些洋式中国式的旅舍都要觉得舒服，简单而省费。这样房屋自然也有缺点，如《杂事诗》注所云宜夏而不宜冬，其次是容易引火，还有或者不大谨慎，因为槽上拉动的板窗木户易于偷启，而且内无扃钥，贼一入门便可各处自在游行也。

关于衣服《杂事诗》注只讲到女子的一部分，卷二云：

宫装皆披发垂肩，民家多古装束，七八岁时丫髻双垂，尤为可人。长，耳不环，手不钏，髻不花，足不弓鞋，皆以红珊瑚为簪。出则携蝙蝠伞。带席咫尺，围腰二三匝，复倒卷而直垂之，若襁负者。衣袖尺许，襟广微露胸，肩脊亦不尽掩。傅粉如面然，殆《三国志》所谓丹朱坋身者耶。

又云：

女子亦不着裤，裹有围裙，《礼》所谓中单，《汉书》所谓中裙，深藏不见足，舞者回旋偶一露耳。五部洲惟日本不着裤，闻者惊怪。今按《说文》，袴，胫衣也。《逸雅》，袴，两股各跨别也。祷即今制，三代前固无。张萱《疑耀》曰，祷即裤，古人皆无裆。有裆起自汉昭帝时上官宫人。考《汉书·上官后传》，宫人使令皆为穷袴。服虔曰，穷祷前后有裆，不得交通。是为有裆之祷所缘起。惟《史记》叙屠岸贾有置其袴中语，《战国策》亦称韩昭侯有敝袴，则似春秋战国既有之，然或者尚无裆耶。

这个问题其实本很简单。日本上古有袴，与中国西洋相同，后受唐代文化衣冠改革，由筒管袴而转为灯笼袴，终乃袴脚益大，袴裆渐低，今礼服之“袴”已几乎是裙了。平常着袴，故里衣中不复有袴类的东西，男子但用犊鼻裈，女子用围裙，就已行了，迨后民间平时可以衣而不裳，遂不复着，但用作乙种礼服，学生如上学或访老师则和服之上必须着袴也。现今所谓和服实即古时之所谓“小袖”，袖本小而底圆，今则甚深广，有如口袋，可以容手巾笺纸等，与中国和尚所穿的相似，西人称之曰**Kimono**，原语云“着物”，实只是衣服总称耳。日本衣裳之制大抵根据中国而逐渐有所变革，乃成今状，盖与其房屋起居最适合，若以现今和服住洋房中，或以华服住日本房，亦不甚适也。《杂事诗》注又有一则关于鞋袜的云：

袜前分歧为二靫，一靫容拇指，一靫容众指。屐有如丌字者，两齿甚高，又有作反凹者。织蒲为苴，皆无墙有梁，梁作人字，以布绠或纫蒲系于头，必两指间夹持用力乃能行，故袜分作两歧。考《南史·虞玩之传》，一屐着三十年，蒵断以芒接之。古乐府，黄桑拓屐蒲子履，中央有丝两头系。知古制正如此也，附注于此。

这个木屐也是我所喜欢着的，我觉得比广东用皮条络住脚背的还要好，因为这似乎更着力可以走路。黄君说必两指间夹持用力乃能行，这大约是没有穿惯，或者因中国男子多裹脚，脚指互叠不能衔梁，衔亦无力，所以觉得不容易，其实是套着自然着力，用不着什么夹持的。去年夏间我往东京去，特地到大震灾时没有毁坏的本乡去寄寓，晚上穿了和服木屐，曳杖，往帝国大学前面一带去散步，看看旧书店和地摊，很是自在，若是穿着洋服就觉得拘束，特别是那么大热天。不过我们所能穿的也只是普通的“下驮”，即所谓反凹字形状的一种，此外名称“日和下驮”底作丌字形而不很高者从前学生时代也曾穿过。至于那两齿甚高的“足驮”那就不敢请教了。在民国以前，东京的道路不很好，也颇有雨天变酱缸之概，足驮是雨具中的要品，现代却可以不需，不穿皮鞋的人只要有日和下驮就可应付，而且在实际上连这也少见了。

《杂事诗》注关于食物说得最少，其一云：

多食生冷，喜食鱼，聂而切之，便下箸矣，火熟之物亦喜寒食。寻常茶饭，萝卜竹笋而外，无长物也。近仿欧罗巴食法，或用牛羊。

又云：

自天武四年因浮屠教禁食兽肉，非饵病不许食。卖兽肉者隐其名曰药食，复日山鲸。所悬望子，画牡丹者豕肉也，画丹枫落叶者鹿肉也。

讲到日本的食物，第一感到惊奇的事的确是兽肉的稀少。二十多年前我还在三田地方看见过山鲸（这是野猪的别号）的招牌，画牡丹枫叶的却已不见。虽然近时仿欧罗巴法，但肉食不能说很盛，不过已不如从前以兽肉为秽物禁而不食，肉店也在“江都八百八街”到处开着罢了。平常鸟兽的肉只是猪牛与鸡，羊肉简直没处买，鹅鸭也极不常见。平民的下饭的菜到现在仍旧还是蔬菜以及鱼介。

中国学生初到日本，吃到日本饭菜那么清淡，枯槁，没有油水，一定大惊大恨，特别是在下宿或分租房间的地方。这是大可原谅的，但是我自己却不以为苦，还觉得这有别一种风趣。吾乡穷苦，人民努力日吃三顿饭，惟以腌菜臭豆腐螺蛳为菜，故不怕咸与臭，亦不嗜油若命，到日本去吃无论什么都不大成问题。有些东西可以与故乡的什么相比，有些又即是中国某处的什么，这样一想就很有意思。如味噌汁与干菜汤，金山寺味噌与豆板酱，福神渍与酱疙瘩，牛蒡独活与芦笋，盐鲑与勒鲞，皆相似的食物也。又如大德寺纳豆即咸豆豉，泽庵渍即福建的黄土萝葡，蒟蒻即四川的黑豆腐，刺身即广东的鱼生，寿司（《杂事诗》作寿志）即古昔的鱼鲜，其制法见于《齐民要术》，此其间又含有文化交通的历史，不但可吃，也更可思索。

家庭宴集自较丰盛，但其清淡则如故，亦仍以菜蔬鱼介为主，鸡豚在所不废，惟多用其瘦者，故亦不油腻也。近时社会上亦流行中国及西洋菜，试食之则并不佳，即有名大店亦如此，盖以日东手法调理西餐（日本昔时亦称中国为西方）难得恰好，唯在赤坂一家云“茜”者吃中餐极佳，其厨师乃来自北平云。

日本食物之又一特色为冷，确如《杂事诗》注所言。下宿供膳尚用热饭，人家则大抵只煮早饭，家人之为官吏教员公司职员工匠学生者皆裹饭而出，名曰“便当”，匣中盛饭，别一格盛菜，上者有鱼，否则梅干一二而已。傍晚归来，再煮晚饭，但中人以下之家便吃早晨所余，冬夜苦寒，乃以热苦茶淘之。

中国人惯食火热的东西，有海军同学昔日为京官，吃饭恨不热，取饭锅置坐右，由锅到碗，由碗到口，迅疾如暴风雨，乃始快意，此固是极端，却亦是一好例。总之对于食物中国大概喜热恶冷，所以留学生看了“便当”恐怕无不头痛的，不过我觉得这也很好，不但是故乡有吃“冷饭头”的习惯，说得迂腐一点，也是人生的一点小训练。希望人人都有“吐司”当晚点心，人人都有小汽车坐，固然是久远的理想，但在目前似乎刻苦的训练也是必要。

日本因其工商业之发展，都会文化渐以增进，享受方面也自然提高。不过这只是表面的一部分，普通的生活还是很刻苦，此不必一定是吃冷饭，然亦不妨说是其一。中国平民生活之苦已甚矣，我所说的乃是中流的知识阶级应当学点吃苦，至少也不要太讲享受。享受并不限于吃“吐司”之类，抽大烟娶姨太太打麻将皆是中流享乐思想的表现，此一种病真真不知道如何才救得过来，上文云云只是姑妄言之耳。

六月九日《大公报》上登载梁实秋先生的一篇论文，题曰《自信力与夸大狂》，我读了很是佩服，有关于中国的衣食住的几句话可以引用在这里。梁先生说中国文化里也有一部分是优于西洋者，解说道：

我觉得可说的太少，也许是从前很好，现在变少了。我想来想去只觉得中国的菜比外国的好吃，中国的长袍布鞋比外国的舒适，中国的宫室园林比外国的雅丽，此外我实在想不出有什么优于西洋的东西。

梁先生的意思似乎重在消极方面，我们却不妨当作正面来看，说中国的衣食住都有些可取的地方。本来衣食住三者是生活中最重要的部分，因其习惯与便利，发生爱好的感情，转而成为优劣的辨别，所以这里边很存着主观的成分，实在这也只能如此，要想找一根绝对平直的尺度来较量盖几乎是不可能的。固然也可以有人说，“因为西洋人吃鸡蛋，所以兄弟也吃鸡蛋。”不过在该吃之外还有好吃问题，恐怕在这一点上未必能与西洋人一定合致，那么这吃鸡蛋的兄弟对于鸡蛋也只有信而未至于爱耳。因此，改变一种生活方式很是烦难，而欲了解别种生活方式亦不是容易的事。有的事情在事实并不怎么愉快，在道理上显然看出是荒谬的，如男子拖辫，女人缠足，似乎应该不难解决了，可是也并不如此，民国成立已将四半世纪了，而辫发未绝迹于城市，士大夫中爱赏金莲步者亦不乏其人，他可知矣。

谷崎润一郎[1]近日刊行《摄阳随笔》，卷首有《阴翳礼赞》一篇，其中说漆碗盛味噌汁（以酱汁作汤，蔬类作料，如茄子萝卜海带，或用豆腐。）的意义，颇多妙解，至悉归其故于有色人种，以为在爱好上与白色人种异其趋，虽未免稍多宿命观的色彩，大体却说得很有意思。

中日同是黄色的蒙古人种，日本文化古来又取资中土，然而其结果乃或同或异。唐时不取太监，宋时不取缠足，明时不取八股，清时不取雅片，又何以嗜好迥殊耶。我这样说似更有阴沉的宿命观，但我固深钦日本之善于别择，一面却亦仍梦想中国能于将来荡涤此诸染污，盖此不比衣食住是基本的生活，或者其改变尚不至于绝难欤。

我对于日本文化既所知极浅，今又欲谈衣食住等的难问题，其不能说得不错，盖可知也。幸而我豫先声明，这全是主观的，回忆与印象的一种杂谈，不足以知日本真的事情，只足以见我个人的意见耳。大抵

1　谷崎润一郎（1886—1965），日本近代小说家，《源氏物语》现代文译者。

非自己所有者不能深知，我尚能知故乡的民间生活，因此亦能于日本生活中由其近似而得理会，其所不知者当然甚多，若所知者非其真相而只是我的解说，那也必所在多有而无可免者也。

日本与中国在文化的关系上本犹罗马之与希腊，及今乃成为东方之德法，在今日而谈日本的生活，不撒有“国难”的香料，不知有何人要看否，我亦自己怀疑。但是，我仔细思量日本今昔的生活，现在日本“非常时”的行动，我仍明确地看明白日本与中国毕竟同是亚细亚人，兴衰祸福目前虽是不同，究竟的命运还是一致，亚细亚人岂终将沦于劣种乎，念之惘然。因谈衣食住而结论至此，实在乃真是漆黑的宿命论也。

廿四年六月廿一日，在北平。

日本的米饭

我们平常想像，以为东亚的人民是以米为常食，至少中国与日本总是如此，因为他们说进食总是说吃饭的。

近来看日本牧田茂的民俗学书《生活的古典》，才知道这也只是城市里是这样，若在大多数的乡村那就是别一种的情形了。据他所说，这也只是在“不平常的日子”里，就是说譬如新年、七月半、祭神的时候，端午节日，以及插秧这些时候，才吃米饭，正如在老百姓的社会里，这时才穿绸衣服一样。这不但民俗学的资料上是如此，且亦有史证，在重病人的枕头边，把竹筒里的米摇给他听，后来说：“连摇米也没有效，这真是天命了。”山村里尽有摇米的传说，这或者多少有点夸大也未可知，但是米是多么贵重的东西，也就十分明显了。

那么他们平常是吃什么的呢？吃麦饭倒是好的，日本的东北和九州、飞骅的山村地方，即在今日也还如此，乃以小米和稗子为主食，红薯是近来才进去的东西，其普及的径路还是清楚可考，这也就成为近代主食之一了。以著者亲自调查过的土佐的鹈亲岛为例，民间主食就全是红薯，或煮或蒸，那是不必说了，也把它晒干了磨粉，和上些面粉，做成馒头，终年就吃这个，吃自米饭要算是节日的特别供应了。

每日吃米饭，还是这次战争以来的影响，因为主食配给，由于食粮不足输入外米，所以米麦混食，但这也是麦占八成，米只是二成罢了。

这是民间的情形如此，近来看到日本的大周刊，上面有些时髦的论调，主张吃面包，说吃米不好，于智慧有关，仿佛日本之不能及美国，便是因为吃三顿米饭的缘故。因此社会上发生两句时新的口号，叫做反米派和亲米派，因为日本把美国称作米国，所以这有一种双关的意义，表面似乎说是反美，实在乃是说反对吃米。报上又征求过人的意见，赞否不一，但是应征的人都是些坐汽车住洋房的朋友，也只代表得中层以上的人，至于以外的广大的老百姓，原来不在他们的眼里了。

从前有个文人名田口卯吉，深恨日本肤色是黄的，曾主张戴西式礼帽，以为便显得脸白了，现在农民还在吃着麦粞饭，却叫他们用面包当饭了。晋惠帝说饥民何不食肉糜，似乎同一路道，不过那是低能的皇帝，所以听见田鸡叫也要问是为公为私，后来也传为笑柄。

日本知识阶级容易受外国的影响，在语言文字上表现得很显明，战败后十年来的文章有些几乎读不懂，即如这里亲米反米的话，用得倒不晦涩，只是未免有点轻佻了。

果子与茶食

中国称点心为茶食，日本则名为果子，普通又加添一个御字曰御果子。这本是女人说话的口气，但是现在已成通行的习惯，即茶饭亦称御茶御饭了。其实当初所谓果子即是说水果，古书《延喜式》（延喜年间所编，在中国唐末）里历举栗、柿、梨子、柑子等，后来模仿中国做米面的点心，名称还是照旧，只不过叫那些果物为“水果子”而已。

中国式的点心大约做得很是不少，可是顶有名的乃是“八种唐果子”，根据《厨事类记》所列举的，是梅枝（即桃枝子，亦作梅子及桃子）、桂心、粘脐、伴锣、团喜、鎚子、谒餬，都是照汉字音读的，写的字也很麻烦。除梅枝和桃枝不可考以外，据后人的记录大略可以知道，桂心是一种和有肉桂细末的点心，这肉桂乃是从中国输入的。

粘脐乃是面粉所做，用油炸过，底平，上边洼下一点，像是人的肚脐，从前在南京当学生的时候，记得曾经买过，叫做金刚脐子，或者是它的后裔，不过乃是蒸的，却并非油炸罢了。

铧锣据唐朝的《资暇录》里说，因为蕃中毕氏罗氏好食此味，故以为名，似乎说的有点牵强，总之是记音的字，那是无疑的了。据《类聚名物考》里所说，系用糯米粉所作，扁平形如煎饼，明初得《琵琶记》中说赵五娘因年荒，只供给舅姑米饭，自己独吃米糠所做的铧锣，大概却是与窝窝头相似吧。

团喜即是佛经故事里常说的欢喜团，本来印度据《涅槃经》说是用酥面、蜜姜、胡椒、荜茇、蒲萄、胡桃诸物和合而成，中国未必能够照样地做，或者只是仿仿元宵一类的东西罢了。

链子是一种蒸饼，或者形作尖锥，《教坊记》里记苏五奴的话，所谓吃链子亦醉，很是有名的故事。宋朝书里称焦鎚，或曰宝糖鎚，特为脆美，恐怕也是油炸的。

餲餬，《倭名类聚抄》云，饼名，煎面作蝎虫形也，《齐民要术》里说用酥面油煎，然则亦是寒具之类。

此外有饼谈馄饨等也是来自中国，却不算在八种唐果子之内，所以现在从略了。

自十二世纪起，日本由军人执政，经过了一个很大的变革，唐朝文化的影响渐以减退，但是佛教势力却仍是旺盛，而且似乎更是扩张开来了。自此以后直到近时为止，国民生活与文化差不多都受着这个影响，由华丽转向简素，由浓厚转向清淡，就饮食也是如此。用鸡鸭肉臛为馅的饼谈馄饨全然不见了，不必说是酥面乳酪，便是用油炸的寒具作风的吃食也没有了，这在八种唐果子里几乎都是一样的做法。说也奇怪，现今的日本点心差不多全不用油，这是很特殊的。但是它也并不是完全摆脱了中国的影响，可以举出几点来说。

日本点心里最大的一类乃是馒头，这在中国说应当说是包子才对，因为那种替代饭吃的实心馒头，在日本是没有的，它只是里边有馅，大约一个两三口吃的大小，看古代玩具吃馒头的小孩，手里拿着擘开的馒头，那里也是豆沙馅，没有什么鸡肉虾仁或是菜馅的。据说在十四世纪前半足利义政做着将军的时候，一个名叫林净因的中国人来到日本，开始做馒头，为盐濑馒头的始祖，一块招牌是足利将军给写的。林净因自称是林和靖的后裔，但是梅妻鹤子的人不曾听说他有子孙，所以或者是做《山家清供》的林洪一家也未可知吧。看他的名字像是出家的人，但是他有后裔在日本，开着馒头店，说是二十九世了。盐濑馒头也没有什么特别，只是薄皮透明，个子很小，大概是故乡的“候口馒头”的一类吧。

馒头没有什么别的花样，馅也只用纯净细腻的豆沙，可是外边的皮可以有些变化，有如葛馒头和荞麦馒头，乃是用葛根粉与荞麦面做外皮的。不过此外有许多饼饵之类，似乎也可以归在这里，凡是用豆沙做馅，米粉做皮子的都是，虽然有种种美好的名字，这里为的说来太啰嗦了，所以不再列举。

其次是煎饼类，这是极普通的一种食品，无论什么人都爱吃的。其所谓煎实在乃是烘烤，用米粉和水，加上盐或是糖，摊成方圆大小各片，在火上烘成，或者流入有花纹的铁夹内，大形者有屋瓦那么大小，称曰瓦煎饼，吃时须用木槌敲碎吃，一个人也吃不了一片。也有小的像半截小指，那就是另外一种名称叫作“雹子”了。在馒头与煎饼之间还有一种东西，也是极普通的，日本名“最中”，意译是中天的月亮，乃是用糯米粉烘成薄皮，与中国做蛋卷法相同，四周略高，两片相合，中装豆沙，样子很像是月亮。北京茶食有茯苓饼，仿佛意思相同，但是里边的百果仁太是复杂，有点吃五仁月饼的感觉了。

第三类是羊羹，用中国话说是“豆沙糕”。据说它的来源也是中国，从前上田恭辅说这是模仿中国古代的羊肝饼的，但日本羊羹店的传说，则是说由于看见羊肉冻子而想到的，似乎后说未免牵强一点，虽然从字面上看是对的。当初只是一种紫黑色的糕，后来加以改良，用小豆和糖做材料，制成了蒸羊羹，到了十七世纪后半从石花菜提炼洋菜成功了，就用了洋菜改作炼羊羹，因为这店是一四六一年就有了的，所以说是创业有五百年了。以历史年代的久远来说，它和馒头是可以媲美的。馒头在中国一直存在着，羊羹则是没有了，但在这近几年中却又开始移植过来，在北京有个娶了一个日本点心店的姑娘的人，便来仿制，也相当盛行，但是在日本羊羹的原料是限于豆类，虽然也有栗子柿子，似乎都不甚适宜，中国的则有奶油可可等花样，而且加入果子露，变得过于复杂，失掉了原来的纯粹的风味了。

第四类是落雁，中国可以说是炒米糕，不过它的材料不是炒米乃是炒麦面罢了。据说这名称乃是因了“长生殿”这种点心而起的，“长生殿”是一种长方形的模仿中国古墨的样式，用炒麦粉装在木模子里印成的点心，白色的上面撒有几粒黑芝麻，后水尾天皇见了说道，这好像是稻田的落雁，后来就以此为名了。其实这两个字恐怕还是外国话的音译，因为朱舜水[1]在日本所写的文章里面，称它为软落甘，明清杂书记松子海啰嗻的做法，这里三个名字大概就是一个东西吧。此外还有一

1 朱舜水（1600—1682），明清之际学者，教育家。

种食品，汉字写作粔籹，俗语叫做米花糖，系用糯米或小米蒸过，俟干燥加入糖稀拌炒而成。此外或者也还有什么可谈的，但今悉从略了。

日本的点心从全体上看来，或者是佛教上来的影响吧，大抵是由华丽转向简素，由浓厚转向清淡，所以一般是不用荤腥，也绝少用油，就是像中国点心的那种起酥翻毛的皮也是绝没有了。这是它的一种特色。但是自从维新以后这种情形也逐渐变化了，随着牛肉猪肉的盛行，西洋点心也逐渐侵入，风月堂首先创制“红叶山”，是一种日本式名字的洋式点心，茶褐色径一寸的半圆形，中间有奶油的鸡蛋糕，这是在明治的末期的事情，只是个起头，到了现在是嚼口香糖，喝可口可乐的别一个时代了。——我在上边只说了“果子”一边，没有说及茶食，但是看了上面的文章，也可以得到一个比较吧，所以我说不说也是没有关系吧。

俗曲与玩具

我不懂戏剧，但是也常涉猎戏剧史。正如我翻阅希腊悲剧的起源与发展的史料，得到好些知识，看了日本戏曲发达的径路也很感兴趣，这方面有两个人的书于我很有益处，这是佐佐醒雪与高野斑山。高野讲演剧的书更后出，但是我最受影响的还是佐佐的一册《近世国文学史》。佐佐氏于明治二十二年戊戌刊行《鹑衣评释》，庚子刊行《近松评释天之网岛》，辛亥出《国文学史》，那时我正在东京，即得一读，其中有两章略述歌舞伎与净琉璃二者发达之迹，很是简单明瞭，至今未尽忘记。也有的俳文集《鹑衣》固所喜欢，近松的世话净琉璃也想知道，这评释就成为顶好的入门书，事实上我好好地细读过的也只是这册《天之网岛》，读后一直留下很深的印象。这类曲本大都以情死为题材，日本称曰心中，《泽泻集》中曾有一文论之。在《怀东京》中说过，俗曲里礼赞恋爱与死，处处显出人情与义理的冲突。偶然听唱义太夫，便会遇见纸治，这就是《天之网岛》的俗名，因为里边的主人公是纸店的治兵卫与妓女小春。日本的平民艺术仿佛善于用优美的形式包藏深切的悲苦，这似是与中国很不同的一点。佐佐又著有《俗曲评释》，自江户长呗以至端呗共五册，皆是抒情的歌曲，与叙事的有殊，乃与民谣相连接。高野编刊《俚谣集拾遗》时号斑山，后乃用本名辰之，其专门事业在于歌谣，著有《日本歌谣史》，编辑歌谣集成共十二册，皆是大部巨著。此外有汤朝竹山人，关于小呗亦多著述，寒斋所收有十五种，虽差少书卷气，但亦可谓勤劳矣。民国十年时曾译出俗歌六十首，大都是写游女荡妇之哀怨者，如木下杢太郎所云，耽想那卑俗的但是充满眼泪的江户平民艺术以为乐，此情三十年来盖如一日，今日重读仍多所感触。歌谣中有一部分为儿童歌，别有天真烂漫之趣，至为可喜，惟较好的总集尚不多见，案头只有村尾节三编的一册童谣，尚是大正己未年刊也。

与童谣相关连者别有玩具，也是我所喜欢的，但是我并未搜集实物，虽然遇见时也买几个，所以平常翻看的也还是图录以及年代与地方的纪录。在这方面最努力的是有阪与太郎，近二十年中刊行好些图录，所著有《日本玩具史》前后编，《乡土玩具大成》与《乡土玩具展望》，只可惜《大成》出了一卷，《展望》下卷也还未出版。所刊书中有一册《江都二色》，每叶画玩具二种，题谐诗一首咏之，木刻着色，原本刊于安永癸巳，即清乾隆三十八年。我曾感叹说，那时在中国正是大开四库馆，删改皇侃《论语疏》，日本却是江户平民文学的烂熟期，浮世绘与狂歌发达到极顶，乃迸发而成此一卷玩具图咏，至可珍重。现代画家以玩具画著名者亦不少，画集率用木刻或玻璃板，稍有搜集，如清水晴风之《垂髫之友》，川崎巨泉之《玩具画谱》，各十集，西泽笛亩之《雏十种》等。西泽自号比那舍主人，亦作玩具杂画，以雏与人形为其专门，因故赤间君的介绍，曾得其寄赠大著《日本人形集成》及《人形大类聚》，深以为感。又得到营野新一编《藏王东之木孩儿》木板画十二枚，解说一册，菊枫会编《古计志加加美》，则为菅野氏所寄赠，均是讲日本东北地方的一种木制人形的。《古计志加加美》改写汉字为《小芥子鉴》，以玻璃板列举工人百八十四名所作木偶三百三十余枚，可谓大观。此木偶名为小芥子，而实则长五寸至一尺，镟圆棒为身，上着头，画为垂发小女，着简单彩色，质朴可喜，一称为木孩儿。菅野氏著系非卖品，《加加美》则只刊行三百部，故皆可纪念也。三年前承在北京之国府氏以古计志二躯见赠，曾写谐诗报之云，芥子人形亦妙哉，出身应自埴轮来，小孙望见嘻嘻笑，何处娃娃似棒槌。依照《江都二色》的例，以狂诗题玩具，似亦未为不周当，只是草草恐不能相称为愧耳。

日本之浮世绘

日本绘画，初多模拟唐土，不自成家。后堀川天皇时，藤原信实始创大和风绘[1]，其孙土佐守经隆立为土佐派，传至光信，业始大成。光信弟子元信，别立狩野派，皆日本画也。岩佐又兵卫画仿土佐，而多写时代风俗，启浮世绘之端，人称之曰浮世又兵卫。菱川师宣继起，初作浮世绘本刊行于世，又有一枚绘，即为江户绵绘之起原。往昔画人，多仿汉风，但书别号而不名。师宣始自署名字，题曰大和绘师。盖浮世绘至菱川而独立，始成日本固有之美术，至今不替。其后有岛居、铃木、歌川诸家，各自名世。及喜多川歌麿出，时称极盛。次有葛饰北斋、歌川广重，皆自成流别。明治之世，绘师尚多，举其著者，如尾形月耕、镝木清方等，今尚存，此绘史之大略也。

1 大和风绘即大和绘，也叫倭绘，指描绘日本山水风物的绘画，以后被用来泛指具有日本式画法的绘画。大和绘的形式主要有：障屏绘、绘卷、大和绘性质的肖像画和似绘。

浮世绘多以木板印行，不若墨迹之名贵不易得，故民间流行至广。绘皆线画，曲线柔美，色彩秾丽，雕镂模印，靡不精妙，一纸之画，实合三人之力而成，可谓缜密矣。盖浮世绘者，原日本独有之美术，而木刻之技亦所专长，为世希有，故可贵也。中国仇十洲、费晓楼善画士女，顾鲜得见其真迹，且剞劂不良，试披通行图籍，皆索然无生气，美人之目，多见圭角，他可知矣。

日本昔慕汉风，以浮世绘为俚俗，不为士夫所重。逮开关后，欧土艺术家来游日本者，始见而赏之，研究之者日盛。日本近亦有发愤兴起，编刻古人图籍，刊杂志提倡其事者。二三十年来，浮世绘册价日腾贵，如喜多川作原板《鲍取图》三枚，海外市值千五百金，可谓不廉。日本有新板翻刻，一枚值数十钱，其精美不亚原本云。

浮世绘的鉴赏[1]

我平常有点喜欢地理类的杂地志这一流的书，假如是我比较地住过好久的地方，自然特别注意，例如绍兴，北京。东京虽是外国。也算是其一。对于东京与明治时代我仿佛颇有情分，因此略想知道他的人情物色，延长一点便进到江户与德川幕府时代，不过上边的战国时代未免稍远，那也就够不到了。最能谈讲维新前后的事情的要推三田村鸢鱼，但是我更喜欢马场孤蝶的《明治之东京》，只可惜他写得不很多。看图画自然更有意思，最有艺术及学问的意味的有户冢正幸即东东亭主人所编的《江户之今昔》，福原信三编的《武藏野风物》。前者有图板百零八枚，大抵为旧东京府下今昔史迹，其中又收有民间用具六十余点，则兼涉及民艺，后者为日本写真会会员所合作，以摄取渐将亡失之武藏野及乡土之风物为课题，共收得照相千点以上，就中选择编印成集，共

1 原题名：浮世绘。

一四四枚，有柳田氏序。描写武藏野一带者，国木田独步德富芦花以后人很不少，我觉得最有意思的却是永井荷风的《日和下驮》，曾经读过好几遍，翻看这些写真集时又总不禁想起书里的话来。再往前去这种资料当然是德川时代的浮世绘，小岛乌水的浮世绘与风景画已有专书，广重有《东海道五十三次》，北斋有《富岳三十六景》等，几乎世界闻名，我们看看复刻本也就够有趣味，因为这不但画出风景，又是特殊的彩色木板画，与中国的很不相同。但是浮世绘的重要特色不在风景，乃是在于市井风俗，这一面也是我们所要看的。背景是市井，人物却多是女人，除了一部分画优伶面貌的以外，而女人又多以妓女为主，因此讲起浮世绘便总容易牵连到吉原游廓，事实上这二者确有极密切的关系。画面很是富丽，色泽也很艳美，可是这里边常有一抹暗影。或者可以说是东洋色，读中国的艺与文以至于道也总有此感，在这画上自然也更明瞭。永井荷风著《江户艺术论》第一章中曾云：

我反省自己是什么呢？我非威耳哈伦似的比利时人而是日本人也，生来就和他们的命运及境遇迥异的东洋人也。恋爱的至情不必说了，凡对于异性之性欲的感觉悉视为最大的罪恶，我辈即奉戴此法制者也，承受胜不过啼哭的小孩和地主的教训之人类也，知道说话则唇寒的国民也。使威耳哈伦感奋的那滴着鲜血的肥羊肉与芳醇的葡萄酒与强壮的妇女之绘画，那于我有什么用呢。呜呼，我爱浮世绘，苦海十年为亲卖身的游女的绘姿使我泣，凭倚竹窗茫然看着流水的艺妓的姿态使我喜，卖宵夜面的纸灯寂寞地停留着的河边的夜景使我醉。雨夜啼月的杜鹃，阵雨中散落的秋天树叶，落花飘风的钟声，途中日暮的山路的雪，凡是无常，无告，无望的，使人无端嗟叹此世只是一梦的，这样的一切东西，于我都是可亲，于我都是可怀。

这一节话我引用过恐怕不止三次了。我们因为是外国人，感想未必完全与永井氏相同，但一样有的是东洋人的悲哀，所以于当作风俗画看之外，也常引起怅然之感，古人闻清歌而唤奈何，岂亦是此意耶。

中国有了解日本这必要[1]

中国在他独殊的地位上特别有了解日本的必要与可能，但事实上却并不然，大家都轻蔑日本文化，以为古代是模仿中国，现代是模仿西洋的，不值得一看。日本古今的文化诚然是取材于中国与西洋，却经过一番调剂，成为他自己的东西，正如罗马文明之出于希腊而自成一家，（或者日本的成功还过于罗马，）所以我们尽可以说日本自有他的文明，在艺术与生活方面更为显著，虽然没有什么哲学思想。

我们中国除了把他当作一种民族文明去公平地研究之外，还当特别注意，因为他有许多地方足以供我们研究本国古今文化之参考。从实利这一点说来，日本文化也是中国人现今所不可忽略的一种研究。

日本与中国交通最早，有许多中国的古文化——五代以前的文化的遗迹留存在那里，是我们最好的参考。明了的例如日本汉字的音读里

1 原题名：日本与中国。

可以考见中国汉唐南北古音的变迁，很有益于文字学之研究，在朝鲜语里也有同样用处，不过尚少有人注意。据前年田边尚雄氏介绍，唐代乐器尚存在正仓院，所传音乐虽经过日本化大抵足以考见唐乐的概略。

中国戏剧源流尚未查明，王国维氏虽著有《宋元戏曲史》，只是历史的考据，没有具体的叙述，所以元代及以前的演剧情形终于不能了然。日本戏曲发达过程大旨与中国不甚相远，唯现行旧剧自歌舞伎[1]演化而来，其出自“杂剧”的本流则因特别的政治及宗教关系，至某一时期而中止变化，至今垂五百年仍保守其当时的技艺；这种“能乐”在日本是一种特殊的艺术，在中国看来更是有意味的东西，因为我们不妨推测这是元曲以前的演剧，在中国久已消灭，却还保存在海外。虽然因为当时盛行的佛教思想以及固有的艺术性的缘故多少使它成为国民的文学，但这日本近古的“能”与“狂言”（悲剧与喜剧）总可以说是中国古代戏剧的兄弟，我们能够从这里边看出许多相同的面影，正如今人凭了罗马作品得以想见希腊散佚的喜剧的情形，是极可感谢的事。

以上是从旧的方面讲，再来看新的，如日本新文学，也足以供我们不少的帮助。日本旧文化的背景前半是唐代式的，后半是宋代式的，到了现代又受到欧洲的影响，这个情形正与现代中国相似，所以他的新文学发达的历史也和中国仿佛，所以不同者只是动手得早，进步得快。因此，我们翻看明治文学史，不禁恍然若失，如见一幅幅的推背图，豫

1　歌舞伎是日本四大古典戏剧形式之一，起源于17世纪江户初期，从民间艺能“风流”演变而成。曾因“伤风败俗”被禁，后又复活，不久就演变成了只有男性演出的歌舞伎。现在歌舞伎中，由被称为“女形”的男演员出演女性角色就是由此而来的。之后歌舞伎又将日本民俗花道搬上舞台，同时引进西洋演剧的旋转舞台，从而逐步演变成今天的样子。

示中国将来三十年的文坛的运势。白话文，译书体文，新诗，文艺思想的流派，小说与通俗小说，新旧剧的混合与划分，种种过去的史迹，都是在我们眼前滚来滚去的火热的问题，——不过，新旧名流绅士捧着一只《甲寅》跳着玩那政治的文艺复古运动，却是没有，这乃是我们汉族特有的好把戏。

我想我们如能把日本过去四十年的文学变迁的大略翻阅一遍，于我们了解许多问题上定有许多好处；我并不是说中国新文学的发达要看日本的样，我只是照事实说，在近二十五年所走的路差不多与日本一样，到了现今刚才走到明治三十年（1897）左右的样子，虽然我们自己以为中华民国的新文学已经是到了黄金时代了。日本替我们保存好些古代的文化，又替我们去试验新兴的文化，都足以资我们的利用，但是我们对于自己的阘茸堕落也就应该更深深地感到了。

中国与日本并不是什么同种同文，但是因为文化交通的缘故，思想到底容易了解些，文字也容易学些，（虽然我又觉得日本文中夹着汉字是使中国人不能深彻地了解日本的一个障害，）所以我们要研究日本便比西洋人便利得多。西洋人看东洋总是有点浪漫的，他们的诋毁与赞叹都不甚可靠，这仿佛是对于一种热带植物的失望与满意，没有什么清白的理解，有名如小泉八云也还不免有点如此。中国人论理应当要好一点，但事实上还没有证明：这未必是中国人无此能力，我想大抵是还有别的原因。中国人原有一种自大心，不很适宜于研究外国的文化，少数的人能够把它抑制住，略为平心静气地观察，但是到了自尊心受了伤的时候，也就不能再冷静了。自大固然不好，自尊却是对的，别人也应当谅解它，但是日本对于中国这一点便很不经意。我并不以为别国侮蔑我，我便不研究他的文化以为报，我觉得在人情上讲来，一国民的侮蔑态度于别国人理解他的文化上面总是一个极大障害，虽然超绝感情纯粹为研究而研究的人或者也不是绝无。

中日间外交关系我们姑且不说，在别的方面他给我们不愉快的印象也已太多了。日本人来到中国的多是浪人与支那通。他们全不了解中国，只皮相地观察一点旧社会的情形，学会吟诗步韵，打恭作揖，叉麻雀打茶围等技艺，便以为完全知道中国了，其实他不过传染了些中国恶习，平空添了个坏中国人罢了。别一种人把中国看作日本的领土，他是到殖民地来做主人翁，来对土人发挥祖传的武士道的，于是把在本国社会里不能施展的野性尽量发露，在北京的日本商民中尽多这样乱暴的人物，别处可想而知。两三年前木村庄八君来游中国时，曾对我说，日本殖民于辽东及各地，结果是搬运许多内地人来到中国，养成他们为肆无忌惮的，无道德无信义的东西，不复更适宜于本国社会，如不是自己被淘汰，便是把社会毁坏；所以日本努力移植，实乃每年牺牲许多人民，为日本计是极有害的事，至于放这许多坏人在中国，其为害于中国更不待言了。这一番话我觉得很有意思。还有一件，损人而未必利己的是在中国各处设立妖言惑众汉字新闻，如北京的《顺天时报》等。凡关于日本的事件他要宣传辩解，或者还是情有可原，但就是中国的事他也要颠倒黑白，如溥仪出宫事件，章士钊事件[1]，《顺天时报》也发表许多暴论，——虽然中国的士流也发表同样的议论，而且更有利用此等报纸

1 章士钊事件：1925年7月，章士钊在北京复刊专登文言的《甲寅》杂志，宣传复古思想，重弹提倡“尊孔读经”，反对白话文，抨击新文化运动。经鲁迅为代表的新文化革命阵营的奋力批驳，甲寅派很快败下阵来。至此，这场文言与白话的论争以白话的胜利而告终。

者，尤为丧心病狂。总之日本的汉字新闻的主张无一不与我辈正相反，我们觉得于中国有利的事他们无不反对，而有害于中国者则鼓吹不遗余力，据普通的看法日本是中国的世仇，他们的这种主张是当然的也未可知，（所奇者是中国当局与士流多与他们有同一的意见）我们不怪他这样的想，只是在我们眼前拿汉文来写给我们看，那是我们所不可忍的，日本如真是对于中国有万分一的好意，我觉得像《顺天时报》那样的报纸便应第一着自动地废止。我并不想提倡中日国民亲善及同样的好听话，我以为这是不可能的，但为彼此能够略相理解，特别希望中国能够注意于日本文化的缘故，我觉得中日两方面均非有一种觉悟与改悔不可。照现在这样下去，国内周游着支那通与浪人，眼前飘飐着《顺天时报》，我怕为东方学术计是不大好的，因为那时大家对于日本只有两种态度：不是亲日的奴厮便是排日的走卒，这其间更没有容许第三种取研究态度的独立派存在的余地。

十四年十月三日

关于鉴真和尚

今年一九六三年是鉴真和尚的逝世一千二百年纪念，听说中日两国都要盛大地开会纪念他，所以我来写这篇东西凑个热闹吧。不过参考材料十分难得，我所有的只是安藤更生的两部著作，一是《鉴真》，一是《鉴真大和上传之研究》，他是早稻田大学的日本美术史教授，是专门研究鉴真的，因为那部《鉴真大和上传之研究》得到了文学博士的学位，出版的那本传就要日金二千七百圆，我也没法去购得，还是承他送给我一册，这才能够看到，但是，我觉得独占有点可惜，所以转送了北京图书馆了，现在留着做我的参考的就是那小册的《鉴真》而已。安藤氏还在研究中日的“肉身佛[1]”，著有《日本的木乃伊》一书，不过那是题外的话了。

鉴真和尚（日本称他作“大和上”，因为在七百五十八年曾经敕

1　得道高僧修行至圆寂，坐化后肉体不坏，即成肉身佛。亦称肉身菩萨、生身菩萨、入定佛、真身等。

封他这个称号）是江苏扬州的江阳县人，俗姓淳于，生于唐中宗嗣圣五年（六百八十八年）也即是武后的垂拱四年，其时正是盛唐时代，比王摩诘还要早生十一年，比李太白早十三年了。小时候在扬州大云寺出家，神龙元年（七百零五年）十八岁的时候从道岸律师受了菩萨戒，在三年之后又在长安实际寺从弘景律师受了具足戒，就成了一个资格完备的僧人了。他的专门研究乃是律宗，对于道宣的《四分律行事钞》和法励的《四分律疏》最有研究，此外也跟了弘景学过天台宗的教义。以后在洛阳长安游学七年，在二十六岁的时候开始登座讲演律疏，就成为有名的律宗大师了。

其时日本政府很需一个律学专家，传授戒律，这事似乎是专属宗教问题，里边却有政治的关系。虽然大化革新（六百四十六年）仿行中国古时的善政，但是奉行的官吏不良，结果反增加人民的苦痛，因此农民生活困难，为免除租税课役起见，多削发变为僧尼。那时佛教盛行，但因制度还未完备，就是正式僧侣也因缺“三师七证”这些传戒导师，多是“自誓受戒”，不能如法授得出家人的“具足戒”。为得要补救这个缺陷，必须从中国迎接杰出的戒师，建立起正确的传戒规范来才好。当时首相舍人亲王接受了高僧隆尊的这一建议，便在天平五年（日本年号，七百三十三年）四月派出“遣唐使”去的时候，叫同船出发的留学僧荣睿、普照两人兼办招请戒师的事务。荣睿、普照首先请得敕许，从洛阳大福先寺的定宾受了具足戒。以后在京洛各处留学，到了玄宗天宝元年（七百四十二年）已经过了十年，便打算回国去了，想到招请戒师的事，便同长安大安国寺的道抗商量。道抗乃是鉴真的一个弟子，说这顶好是请教于他，反正到日本去那时是要从扬州出发的，其时鉴真五十五岁，正在扬州大明寺讲律。大约当时并没有想请他自己去的意思，因为像他一个淮南第一流的名僧怎能请他屈尊去呢，无非是想他推荐一个适当的弟子罢了。荣睿、普照就请道抗一同到扬州去，道抗答应了，同行的人还有长安僧澄观，洛阳僧德清，朝鲜僧如海，此外有从日本来的留学僧玄朗、玄法，也一同去扬州预备回国去。

道抗与首相李林甫的哥哥林宗相识，荣睿等因此去见李林甫，请求出国的帮助，林甫不但答应，还替他们出主意道，对外可说是往天台山去进香，因为陆路不便所以从海道去，如幸得顺风可以直去日本，万一风向不对，漂流到中国沿岸，有天台去的公文作证，也就无妨了。当时政府禁止人民私自出国，所以这样安排，林甫又给写信介绍在扬州作官的侄儿李凑，叫他帮助造船预备渡海。

这年冬天荣睿等到了扬州，去谒见鉴真，跪述请求戒师的意思，希望在众弟子中间任择一人前去，鉴真便问人谁愿意去，却无人回答，末了有祥彦说道：

“日本道路辽远，生命难保，渡淼漫的沧海，百不一到。《涅槃经》云，人身难保，中国难生。现在进修未备，道果未得，为此大众皆不能回答。”

鉴真便道：

“此为了佛法，何惜身命。你们如不去，就是我去吧。”

祥彦大惊道：

“若是和尚自己亲去，那就不一样了。那么，彦亦随从了去！”

于是事情就决定了，愿意随行的有道抗、思托、如海、澄观、德清等共二十一人，这个结果殊出于荣睿等的原来希望之外了。计划等第二年天宝二年春天出发，那时候在浙江沿海地方有海贼吴令光一班人四出劫掠，海路不通，但是他们却不以为意，着手准备，满拟准时出发。到四月里道抗忽然提议道：

“我们去到外国，是为传戒法的关系，都是品行高尚的人，像如海这样学行缺乏的人，叫他不要去好了。”如海听了这话大怒，不顾前后，便自裹头径往采访使官厅，说道抗通谋海贼，造船储粮食，集合海贼五百人于各寺，预备进城来。那时淮南道采访使是班景倩，闻报大惊，先将如海下狱询问，遣人往各寺搜捕贼党。道抗被捕，供如李林甫所教的那样，有他给李凑的信可证，得以没有事，只把那船没收销案，将诬告的如海革除僧籍，杖六十，流放本籍。第一次的航海计划就是这样失败了。

第二次的航海就是这一年的十二月里举行的，同去的人是祥彦、道兴、德清、思托、荣睿、普照等十七人，前回闹事的道抗已经不在，那另外两个留学僧也已自去了，加上水手十八名，画家、雕刻家、玉石工、刺绣工，一总共有一百八十五人，可见此去原意大兴佛教艺术，只可惜遭了顿挫，船从扬州出了扬子江口，遇见大风，飘到明州（宁波）附近，为巡逻船所救，收容在阿育王寺里。

可是航海的计划还在进行，鉴真等一行人则应了越州（绍兴）的龙兴寺僧侣的招请，前来讲律授戒，随后往杭州湖州等地方讲学。等到回到阿育王寺的时候，越州的僧人知道鉴真要往日本去，便去告诉州官，说荣睿主使鉴真将去日本，山阴县尉便差人把荣睿捉来，戴上行枷送到京里去，到了杭州却生了病，因请保释医治，末后报了死亡，得以逃生，到阿育王寺去，这样子第三次的计划便无形消灭了。

鉴真叫他的弟子法进带了两个人前往福州办具船只，预备作第四次的航海，自己却慢慢地从台州经由永嘉（温州）前去。可是到了台州黄岩县住在禅林寺里，次日早晨却突然来了采访使署官差，一行都被逮捕了。这一次的计划又被妨碍了，随后知道这乃是由于鉴真的弟子灵祐的告密，这似乎有点奇怪了。灵祐虽是弟子，可是他很不赞成他老师去日本的计划，以为高年不宜冒海路的危险，而又无法阻止，所以末了只好这样的办。其实越州僧人当初请鉴真去讲学，随后又去告发，似乎也可不必，但是连起来想，大概也是好意的要破坏这计划，因为在越州有昙一，杭州有灵一，都是灵祐师事法慎时候的同门，所以绍兴的和尚们或者是受了灵祐的托付，也未可知呢。但是这在鉴真看来，为佛法故应当不惜身命，今乃顾虑个人安危，乃是不明大义，非吾徒也。灵祐在扬州龙兴寺里对于鉴真表示十分忏悔，每日从晚八时直站到早晨四时，如是者经六十日，还是不蒙许宥，后来经别人调解，这才算了。

以后三年计划似乎停顿了，直到天宝七年（七百四十八年），这才又发起第五次的航海，同行者计祥彦、德清、思托、荣睿、普照等十四人，水手十八人，其他希望同行的人一共三十五人，于六月二十七日出发。这一回在大海上漂流了很久，终于半年之后到了海南岛，随后由对岸的雷州上了岸，经由桂林、广州、赣州、江宁回到扬州的龙兴寺里。但是在这回旅行期中，鉴真却有不小的损失。其一是在端州，荣睿病重终于逝去了，其二是鉴真的眼睛很不好，渐渐的要看不见东西了，广州有胡人善治眼病，叫他治疗也没有见好，据推想原是白内障，大约因为手术的预后不良，所以终于瞎了。其三则是在赣江舟次，祥彦也得病死了。坚持渡日，冒险五次没有成功，随后徒众凋谢，自己又复目盲，年纪也已六十三岁了，但是立志不改，这种强毅的精神的确值得后人的敬佩的了。

鉴真于次年二月到了平城京（即奈良，是那时的京城），敕使安宿王率仪仗兵至罗城门相接，至东大寺居住，就是有新铸五丈余的大佛的所在。三月里吉备真备当敕使来了，宣敕语道：

“大德和上远涉沧波来投此国，诚副朕意，喜慰无可言喻。朕造此东大寺，经十余年，建立戒坛，欲传受戒律，自有此心，日夜不忘。今诸大德远来传戒，冥契朕心，自今以后，授戒传律之事，一以任诸和上。”未几奉敕赐鉴真及法进、普照、思托等八人以传灯大法师的称号，并赐鉴真绢二十匹、缯二十匹、粗布三十端、细布一百屯（古代以绵六两为一屯，此似即以重量计），余人各给一半。是年四月初在东大寺大佛殿前筑戒坛，圣武天皇（应该称作上皇，因为日本那时也是女帝，即孝谦天皇，似乎是受了唐朝的影响，正是同中宗即武后和孝宗的关系一样）登坛从鉴真受了菩萨戒，太皇太后和孝谦天皇也受了戒，随后受戒的沙弥证修等四百余人。五月一日将天皇受戒的坛土移至西边，别造一个戒坛院，这至今尚存，又造四天王铜像，至次年（七百五十五年）落成，举行授戒，自此具备三师七证，有正式受过戒的师僧十八到场的，受戒才算有效，佛教的戒法正式成立了。

天平宝字三年（七百五十九年）鉴真从僧纲的事务引退，离去东大寺的唐禅院，另找住处，是为“唐招提寺”。其前一年有敕法：

“大僧都鉴真和上，戒行纯洁，白头不变，远涉沧波，归我圣朝，号大和上，恭敬供养，政事躁烦，不敢劳老，宜停僧纲之任，集诸寺僧尼欲学戒律者，悉从之学习。”奈良朝汉文学家淡海三船所著《唐大和上东征传》里记这事的缘起道："时从四方来有欲学戒律者，以无供卷故多退还。此事上达天听，乃于宝字元年丁酉十一月二十三日，敕赐备前国水田一百町。（古代地制一町为百亩。）大和上欲以此田建立伽蓝。时有敕旨施大和上园地一区，此故一品新田部王之旧宅也。普照、思托请于大和上，以此地为伽蓝，俾长传《四分律藏》，法励之《四分律疏》，《镇国道场饰宗义记》，道宣律师之《行事钞》，以持戒之力保护国家，大和上言甚善。即于宝字三年八月一日私立唐律招提之名，后请官额，因此而定，以是日请善俊律师，讲彼疏记等书。其所建立，即今之唐招提寺也。"淡海三船乃是当时有名文人，与鉴真也友善，在鉴真死后因了思托的请。乃写这一卷《东征传》。给他作纪念，不但是鉴真传的史料，也是奈良时代汉文学的贵重资料，因为那时候日本还没有"假名"，所用全是汉文，现在留存的除了汉字拼写的《万叶集》和《古事记》以外，就只有那些汉文所写的了。三船曾经做过中央和地方的长官，长期任"大学头"兼文章博士，在古代文学史上是有适当的地位的人。

那时鉴真已是七十六岁了，在天平宝字七年（七百六十三年）也就是唐代宗广德元年五月初六日，终于圆寂了。从那年春天起，鉴真就身体不大好，他的弟子忍基梦见唐招提寺的栋梁折了，觉得是老师圆寂的先兆，于是同弟子们商量，给他造像，这便是现在的国宝，招提寺的"鉴真和上坐像"。像高二尺六寸五分，安置在开山堂里，因为生前模写，故制作特精妙，为日本古代塑像的惟一佳作，但因缺乏漆料，故所制干漆夹纻像甚为单薄，故稍现驼背，唯金堂本尊的夹纻像亦是干漆极薄，此盖由于物质条件之差，亦是无可如何。此外雕塑佛像甚多，大率是木像或木心干漆及木心塑像，皆是唐代式样，也是极为难得，但此是美术史上的事，不是外行人所能懂得的了。

关于鉴真的事迹现在只存淡海三船的一卷《东征传》可为依据，至永仁六年（元大德二年，即一千二百九十八年）有僧运行绘为《东征绘传》五卷，至今尚有传本。鉴真的弟子思托写有《大唐传戒师名记大和上鉴真传》三卷，略称《大和尚传》，对于《东征传》也称作《广传》，大概是他做了供三船参考用的，可惜散逸不传了。至于中国方面的材料，则听说在《宋高僧传》卷十四，有讲鉴真的文章，不过没有看见，所以也不说了。

第三辑　美文·冲淡平和

苦　雨

伏园兄：

北京近日多雨，你在长安道上不知也遇到否，想必能增你旅行的许多佳趣。雨中旅行不一定是很愉快的，我以前在杭沪车上时常遇雨，每感困难，所以我于火车的雨不能感到什么兴味，但卧在乌篷船里，静听打篷的雨声，加上欸乃的橹声以及“靠塘来，靠下去”的呼声，却是一种梦似的诗境。倘若更大胆一点，仰卧在脚划小船内，冒雨夜行，更显出水乡住民的风趣，虽然较为危险，一不小心，拙劣地转一个身，便要使船底朝天。二十多年前往东浦吊先父的保姆之丧，归途遇暴风雨，一叶扁舟在白鹅似的波浪中间滚过大树港，危险极也愉快极了。我大约还有好些“为鱼”时候——至少也是断发文身时候的脾气，对于水颇感到亲近，不过北京的泥塘似的许多“海”实在不很满意，这样的水没有也并不怎么可惜。你往“陕半天”去似乎要走好两天的准沙漠路，在那时候倘若遇见风雨，大约是很舒服的，遥想你胡坐骡车中，在大漠之上，大雨之下，喝着四打之内的汽水，悠然进行，可以算是“不亦快哉”之一。但这只是我的空想，如诗人的理想一样地靠不住，或者你在骡车中遇雨，很感困难，正在叫苦连天也未可知，这须等你回京后问你再说了。

我住在北京，遇见这几天的雨，却叫我十分难过。北京向来少雨，所以不但雨具不很完全，便是家屋构造，于防雨亦欠周密。除了真正富翁以外，很少用实垛砖墙，大抵只用泥墙抹灰敷衍了事。近来天气转变，南方酷寒而北方淫雨，因此两方面的建筑上都露出缺陷。一星期前的雨把后园的西墙淋坍，第二天就有“梁上君子”来摸索北房的铁丝窗，从次日起赶紧邀了七八位匠人，费两天工夫，从头改筑，已经成功十分八九，总算可以高枕而卧，前夜的雨却又将门口的南墙冲倒二三丈之谱。这回受惊的可不是我了，乃是川岛君“渠们”俩，因为“梁上君子”如再见光顾，一定是去躲在“渠们”的窗下窃听的了。为消除“渠们”的不安起来，一等天气晴正，急须大举地修筑，希望日子不至于很久，这几天只好暂时拜托川岛君的老弟费神代为警护罢了。

前天十足下了一夜的雨，使我夜里不知醒了几遍。北京除了偶然有人高兴放几个爆仗以外，夜里总还安静，那样哗喇哗喇的雨声在我的耳朵已经不很听惯，所以时常被它惊醒，就是睡着也仿佛觉得耳边粘着面条似的东西，睡的很不痛快。还有一层，前天晚间据小孩们报告，前面院子里的积水已经离台阶不及一寸，夜里听着雨声，心里胡里胡涂地总是想水已上了台阶，浸入西边的书房里了。好容易到了早上五点钟，赤脚撑伞，跑到西屋一看，果然不出所料，水浸满了全屋，约有一寸深浅，这才叹了一口气，觉得放心了；倘若这样兴高采烈地跑去，一看却没有水，恐怕那时反觉得失望，没有现在那样的满足也说不定。幸而书籍都没有湿，虽然是没有什么价值的东西，但是湿成一饼一饼的纸糕，也很是不愉快。现今水虽已退，还留下一种涨过大水后的普通的臭味，固然不能留客坐谈，就是自己也不能在那里写字，所以这封信是在里边炕桌上写的。

这回的大雨，只有两种人最是喜欢。第一是小孩们。他们喜欢水，却极不容易得到，现在看见院子里成了河，便成群结队地去“淌河”去。赤了足伸到水里去，实在很有点冷，但他们不怕，下到水里还不肯上来。大人见小孩们玩的有趣，也一个两个地加入，但是成绩却不甚佳，那一天里滑倒了三个人，其中两个都是大人，——其一为我的兄弟，其一是川岛君。第二种喜欢下雨的则为虾蟆。从前同小孩们往高亮桥去钓鱼钓不着，只捉了好些虾蟆，有绿的，有花条的，拿回来都放在院子里，平常偶叫几声，在这几天里便整日叫唤，或者是荒年之兆，却极有田村的风味。有许多耳朵皮嫩的人，很恶喧嚣，如麻雀虾蟆或蝉的叫声，凡足以妨碍他们的甜睡者，无一不痛恶而深绝之，大有欲灭此而午睡之意，我觉得大可以不必如此，随便听听都是很有趣味的，不但是这些久成诗料的东西，一切鸣声其实都可以听。虾蟆在水田里群叫，深夜静听，往往变成一种金属音，很是特别，又有时仿佛是狗叫，古人常称蛙蛤为吠，大约也是从实验而来。我们院子里的虾蟆现在只见花条的一种，它的叫声更不漂亮，只是格格格这个叫法，可以说是革音，平常自一声至三声，不会更多，唯在下雨的早晨，听它一口气叫上十二三声，可见它是实在喜欢极了。

这一场大雨恐怕在乡下的穷朋友是很大的一个不幸，但是我不曾亲见，单靠想像是不中用的，所以我不去虚伪地代为悲叹了。倘若有人说这所记的只是个人的事情，于人生无益，我也承认，我本来只想说个人的私事，此外别无意思。今天太阳已经出来，傍晚可以出外去游嬉，这封信也就不再写下去了。

我本等着看你的秦游记，现在却由我先写给你看，这也可以算是“意表之外”的事罢。

十三年七月十七日在京城书。

鸟　声

古人有言，“以鸟鸣春。”现在已过了春分，正是鸟声的时节了，但我觉得不大能够听到，虽然京城的西北隅已经近于乡村。这所谓鸟当然是指那飞鸣自在的东西，不必说鸡鸣咿咿鸭鸣呷呷的家奴，便是熟番似的鸽子之类也算不得数，因为他们都是忘记了四时八节的了。

我所听见的鸟鸣只有檐头麻雀的啾啁，以及槐树上每天早来的啄木的干笑，——这似乎都不能报春，麻雀的太琐碎了，而啄木又不免多一点干枯的气味。

英国诗人那许（Nash）有一首诗，被录在所谓“名诗选”（Golden Treasury）的卷首。他说，春天来了，百花开放，姑娘们跳舞着，天气温和，好鸟都歌唱起来，他列举四样鸟声：

Cuckoo，jug-jug，pu-we，to-witta-woo!

这九行的诗实在有趣，我却总不敢译，因为怕一则译不好，二则要译错。现在只抄出一行来，看那四样是什么鸟。

第一种是勃姑，书名鹁鸪，他是自呼其名的，可以无疑了。

第二种是夜莺，就是那林间的“发痴的鸟”，古希腊女诗人称之曰“春之使者，美音的夜莺”，他的名贵可想而知，只是我不知道他到底是什么东西。我们乡间的黄莺也会“翻叫”，被捕后常因想念妻子而急死，与他西方的表兄弟相同，但他要吃小鸟，而且又不发痴地唱上一夜以至于呕血。

第四种虽似异怪乃是猫头鹰。

第三种则不大明了，有人说是蚊母鸟，或云是田凫，但据斯密士的《鸟的生活与故事》第一章所说系小猫头鹰。倘若是真的，那么四种好鸟之中猫头鹰一家已占其二了。

斯密士说这二者都是褐色猫头鹰，与别的怪声怪相的不同，他的书中虽有图像，我也认不得这是鸱是鸮还是流离之子，不过总是猫头鹰之类罢了。儿时曾听见他们的呼声，有的声如货郎的摇鼓，有的恍若连呼“掘洼”（dzhuehuoang），俗云不祥主有死丧，所以闻者多极懊恼，大约此风古已有之，查检观頮道人的《小演雅》，所录古今禽言中不见有猫头鹰的话。然而仔细回想，觉得那些叫声实在并不错，比任何风声箫声鸟声更为有趣，如诗人谢勒（shelley）所说。

现在，就北京来说，这几样鸣声都没有，所有的还只是麻雀和啄木鸟。老鸹，乡间称云乌老鸦，在北京是每天可以听到的，但是一点风雅气也没有，而且是通年噪聒，不知道他是那一季的鸟。

麻雀和啄木鸟虽然唱不出好的歌来，在那琐碎和干枯之中到底还含一些春气；唉唉，听那不讨人欢喜的乌老鸦叫也已够了，且让我们欢迎这些鸣春的小鸟，倾听他们的谈笑罢。

“啾啭，啾啭！”

“嘎嘎！”

（十四年四月）

日记与尺牍

日记与尺牍是文学中特别有趣味的东西，因为比别的文章更鲜明的表出作者的个性。诗文小说戏曲都是做给第三者看的，所以艺术虽然更加精炼，也就多有一点做作的痕迹。信札只是写给第二个人，日记则给自己看的，（写了日记预备将来石印出书的算作例外，）自然是更真实更天然的了。我自己作文觉得都有点做作，因此反动地喜看别人的日记尺牍，感到许多愉快。我不能写日记，更不善写信，自己的真相仿佛在心中隐约觉到，但要写他下来，即使想定是私密的文字，总不免还有做作，——这并非故意如此，实在是修养不足的缘故，然而因此也愈觉得别人的日记尺牍之佳妙，可喜亦可贵了。

中国尺牍向来好的很多，文章与风趣多能兼具，但最佳者还应能显出主人的性格。《全晋文》中录王羲之杂帖，有这两章：

“吾顷无一日佳，衰老之弊日至，夏不得有所啖，而犹有劳务，甚劣劣。”

“不审复何似？永日多少看未？九日当采菊不？至日欲共行也，但不知当晴不耳？”

我觉得这要比“奉橘三百颗”还有意思。日本诗人芭蕉（Bash ō）有这样一封向他的门人借钱的信，在寥寥数语中画出一个飘逸的俳人来。

“欲往芳野行脚，希惠借银五钱。此系勒借，容当奉还。唯老夫之事，亦殊难说耳。

去来君　　　芭蕉。”

日记又是一种考证的资料。近阅汪辉祖的《病榻梦痕录》上卷，乾隆二十年（1755）项下有这几句话：

“绍兴秋收大歉。次年春夏之交，米价斗三百钱，丐殍载道。”同五十九年（1794）项下又云：

“夏间米一斗钱三百三四十文。往时米价至一百五六十文，即有饿殍，今米常贵而人尚乐生，盖往年专贵在米，今则鱼虾蔬果无一不贵，故小贩村农俱可糊口。”

这都是经济史的好材料，同时也可以看出他精明的性分。日本俳人一茶（Issa）的日记一部分流行于世，最新发见刊行的为《一茶旅日记》，文化元年（1804）十二月中有记事云：

“二十七日阴，买锅。

二十九日雨，买酱。”

十几个字里贫穷之状表现无遗。同年五月项下云，

“七日晴，投水男女二人浮出吾妻桥下。”此外还多同类的记事，年月从略：

“九日晴，南风。妓女花井火刑。”

“二十四日晴。夜，庵前板桥被人窃去。”

“二十五日雨。所余板桥被窃。”

这些不成章节的文句却含着不少的暗示的力量，我们读了恍忽想见作者的人物及背景，其效力或过于所作的俳句。我喜欢一茶的文集《俺的春天》，但也爱他的日记，虽然除了吟咏以外只是一行半行的纪事，我却觉得他尽有文艺的趣味。

在外国文人的日记尺牍中有一两节关于中国人的文章，也很有意思，抄录于下，博读者之一粲。倘若读者不笑而发怒，那是介绍者的不好，我愿意赔不是，只请不要见怪原作者就好了。

夏目漱石日记，明治四十二年（1909）

“七月三日

晨六时地震。夜有支那人来，站在栅门前说把这个开了。问是谁，来干什么，答说我你家里的事都听见，姑娘八位，使女三位，三块钱。完全像个疯子。说你走罢也仍不回去，说还不走要交给警察了，答说我是钦差，随出去了。是个荒谬的东西。”

以上据《漱石全集》第十一卷译出，后面是从英译《契诃夫书简集》中抄译的一封信。

契诃夫与妹书

“一八九〇年六月二十九日，在木拉伏夫轮船上。

我的舱里流星纷飞，——这是有光的甲虫，好像是电气的火光。白昼里野羊游泳过黑龙江。这里的苍蝇很大。我和一个契丹人同舱，名叫宋路理，他屡次告诉我，在契丹为了一点小事就要‘头落地’。昨夜他吸鸦片烟醉了，睡梦中只是讲话，使我不能睡觉。二十七日我在契丹爱珲城近地一走。我似乎渐渐的走进一个怪异的世界里去了。轮船播动，不好写字。

明天我将到伯力了。那契丹人现在起首吟他扇上所写的诗了。”

（十四年三月）

死之默想

四世纪时希腊厌世诗人巴拉达思作有一首小诗道，

（Polla laleis，anthrope——Palladas）

“你太饶舌了，人呵，不久将睡在地下；

住口罢，你生存时且思索那死。”

这是很有意思的话。关于死的问题，我无事时也曾默想过，（但不坐在树下，大抵是在车上，）可是想不出什么来，——这或者因为我是个“乐天的诗人”的缘故吧。但其实我何尝一定崇拜死，有如曹慕管君，不过我不很能够感到死之神秘，所以不觉得有思索十日十夜之必要，于形而上的方面也就不能有所饶舌了。

窃察世人怕死的原因，自有种种不同，“以愚观之”可以定为三项，其一是怕死时的苦痛，其二是舍不得人世的快乐，其三是顾虑家族。苦痛比死还可怕，这是实在的事情。

十多年前有一个远房的伯母，十分困苦，在十二月底想投河寻死，（我们乡间的河是经冬不冻的，）但是投了下去，她随即走了上来，说是因为水太冷了。有些人要笑她痴也未可知，但这却是真实的人情。倘若有人能够切实保证，诚如某生物学家所说，被猛兽咬死痒苏苏地狠是愉快，我想一定有许多人裹粮入山去投身饲饿虎的了。可惜这一层不能担保，有些对于别项已无留恋的人因此也就不得不稍为踌躇了。

顾虑家族，大约是怕死的原因中之较小者，因为这还有救治的方法。将来如有一日，社会制度稍加改良，除施行善种的节制以外，大家不问老幼可以各尽所能，各取所需，凡平常衣食住，医药教育，均由公给，此上更好的享受再由个人自己的努力去取得，那么这种顾虑就可以不要，便是夜梦也一定平安得多了。不过我所说的原是空想，实现还不知在几十百千年之后，而且到底未必实现也说不定，那么也终是远水不救近火，没有什么用处。比较确实的办法还是设法发财，也可以救济这个忧虑。为得安闲的死而求发财，倒是狠高雅的俗事；只是发财大不容易，不是我们都能做的事，况且天下之富人有了钱便反死不去，则此亦颇有危险也。

人世的快乐自然是狠可贪恋的，但这似乎只在青年男女才深切的感到，像我们将近“不惑”的人，尝过了凡人的苦乐，此外别无想做皇帝的野心，也就不觉得还有舍不得的快乐。

我现在的快乐只想在闲时喝一杯清茶，看点新书，（虽然近来因为政府替我们储蓄，手头只有买茶的钱，）无论他是讲虫鸟的歌唱，或是记贤哲的思想，古今的刻绘，都足以使我感到人生的欣幸。然而朋友来谈天的时候，也就放下书卷，何况“无私神女”（Atropos）的命令呢？我们看路上许多乞丐，都已没有生人乐趣，却是苦苦的要活着，可见快乐未必是怕死的重大原因：或者舍不得人世的苦辛也足以叫人留恋这个尘世罢。讲到他们，实在已是了无牵挂，大可“来去自由”，实际却不能如此，倘若不是为了上边所说的原因，一定是因为怕河水比彻骨的北风更冷的缘故了？

对于“不死”的问题，又有什么意见呢？因为少年时当过五六年的水兵，头脑中多少受了唯物论的影响，总觉得造不起“不死”这个观念来，虽然我狠喜欢听荒唐的神话。即使照神话故事所讲，那种长生不老的生活我也一点儿都不喜欢。住在冷冰冰的金门玉阶的屋里，吃着五香牛肉一类的麟肝凤脯，天天游手好闲，不在松树下着棋，便同金童玉女厮混，也不见得有什么趣味，况且永远如此，更是单调而且困倦了。

又听人说，仙家的时间是与凡人不同的，评云，“山中方七日，世上已千年，”所以烂柯山下的六十年在棋边只是半个时辰耳，那里会有日子太长之感呢？但是由我看来，仙人活了二百万岁也只抵得人间的四十春秋，这样浪费时间无裨实际的生活，殊不值得费尽了心机去求得他；倘若二百万年后劫波到来，就此溘然，将被五十岁的凡夫所笑。

较好一点的还是那西方凤鸟（Phoenix）的办法，活上五百年，便尔蜕去，化为幼凤，这样的轮回倒很好玩的，——可惜他们是只此一家，别人不能仿作。

大约我们还只好在这被容许的时光中，就这平凡的境地中，寻得些须的安闲悦乐，即是无上幸福；至于“死后，如何？”的问题，乃是神秘派诗人的领域，我们平凡人对于成仙做鬼都不关心，于此自然就没有什么兴趣了。

（十三年十二月）

唁辞

昨日傍晚，妻得到孔德学校的陶先生的电话，只是一句话，说：“齐可死了——。”齐可是那边的十年级学生，听说因患胆石症（？）往协和医院乞治，后来因为待遇不亲切，改进德国医院，于昨日施行手术，遂不复醒。她既是校中高年级生，又天性豪爽而亲切，我家的三个小孩初上学校，都很受她的照管，好像是大姊一样，这回突然死别，孩子们虽然惊骇，却还不能了解失却他们老朋友的悲哀，但是妻因为时常往校也和她很熟，昨天闻信后为茫然久之，一夜都睡不着觉，这实在是无怪的。

死总是很可悲的事，特别是青年男女的死，虽然死的悲痛不属于死者而在于生人。照常识看来，死是还了自然的债，与生产同样地严肃而平凡，我们对于死者所应表示的是一种敬意，犹如我们对于走到标竿下的竞走者，无论他是第一着或是中途跌过几交而最后走到。在中国现在这样状况之下，“死之赞美者”（Peisithanatos）的话未必全无意义，那么“年华虽短而忧患亦少”也可以说是好事，即使尚未能及未见日光者的幸福。然而在死者纵使真是安乐，在生人总是悲痛。我们哀悼死者，并不一定是在体察他灭亡之苦痛与悲哀，实在多是引动追怀，痛切地发生今昔存殁之感。无论怎样地相信神灭，或是厌世，这种感伤恐终不易摆脱。日本诗人小林一茶在《俺的春天》里记他的女儿聪女之死，有这几句：

“……她遂于六月二十一日与蕣华同谢此世。母亲抱着死儿的脸荷荷的大哭，这也是难怪的了。到了此刻，虽然明知逝水不归，落花不再返枝，但无论怎样达观，终于难以断念的，正是这恩爱的羁绊。〔诗曰，〕

露水的世呀，
虽然是露水的世，
虽然是如此。”

虽然是露水的世，然而自有露水的世的回忆，所以仍多哀感。美忒林克在《青鸟》上有一句平庸的警句曰“死者生存在活人的记忆上”。齐女士在世十九年，在家庭学校，亲族友朋之间，当然留下许多不可磨灭的印象，随在足以引起悲哀，我们体念这些人的心情，实在不胜同情，虽然别无劝慰的话可说。死本是无善恶的，但是它加害于生人者却非浅鲜，也就不能不说它是恶的了。

我不知道人有没有灵魂，而且恐怕以后也永不会知道，但我对于希冀死后生活之心情觉得很能了解。人在死后倘尚有灵魂的存在如生前一般，虽然推想起来也不免有些困难不易解决，但因此不特可以消除灭亡之恐怖，即所谓恩爱的羁绊也可得到适当的安慰。人有什么不能满足的愿望，辄无意地投影于仪式或神话之上，正如表示在梦中一样。传说上李夫人杨贵妃的故事，民俗上童男女死后被召为天帝侍者的信仰，都是无聊之极思，却也是真的人情之美的表现；我们知道这是迷信，我确信这样虚幻的迷信里也自有美与善的分子存在。这于死者的家人亲友是怎样好的一种慰藉，倘若他们相信——只要能够相信，百岁之后，或者乃至梦中夜里，仍得与已死的亲爱者相聚，相见！然而，可惜我们不相应地受到了科学的灌洗，既失却先人可祝福的愚蒙，又没有养成画廊派哲人（Stoics）的超绝的坚忍，其结果是恰如牙根里露出的神经，因了冷风热气随时益增其痛楚。对于幻灭的现代人之遭逢不幸，我们于此更不得不特别表示同情之意。

我们小女儿若子生病的时候，齐女士很惦念她；现在若子已经好起来，还没有到学校去和老朋友一见面，她自己却已不见了。日后若子回忆起来时，也当永远是一件遗恨的事罢。十四年五月二十六日夜。

怀　旧

读了郝秋圃君的杂感《听一位华侨谈话》，不禁引起我的怀旧之思。我的感想并不是关于侨民与海军的大问题的，只是对于那个南京海军鱼雷枪炮学校的前身，略有一点回忆罢了。

海军鱼雷枪炮学校大约是以前的封神传式的“雷电学校”的改称，但是我在那里的时候，还叫作“江南水师学堂”，这已是二十年前的事情了。那时鱼雷刚才停办，由驾驶管轮的学生兼习，不过大家都不用心，所以我现在除了什么“白头鱼雷”等几个名词以外，差不多忘记完了。

旧日的师长里很有不能忘记的人，我是极表尊敬的，但是不便发表，只把同学的有名人物数一数罢。勋四位的杜锡珪君要算是最阔了，说来惭愧，他是我进校的那一年毕业的，所以终于“无缘识荆”。同校三年，比我们早一班毕业的里边，有中将戈克安君是有名的，又倘若友人所说不误，现任的南京海军……学校校长也是这一班的前辈了。江西派的诗人胡诗庐君与杜君是同年，只因他是管轮班，所以我还得见过他的诗稿，而于我的同班呢，还未曾出过如此有名的人物，而且又多未便发表，只好提出一两个故人来说说了。第一个是赵伯先君，第二个是俞榆孙君。伯先随后改入陆师学堂，死于革命运动；榆孙也改入京师医学馆，去年死于防疫。这两个朋友恰巧先后都住在管轮堂第一号，便时常联带的想起。那时刘声元君也在那里学鱼雷，住在第二号，每日同俞君角力，这个情形还宛在目前。

学校的西北角是鱼雷堂旧址，旁边朝南有三间屋曰关帝庙，据说原来是游泳池，因为溺死过两个小的学生，总办命令把它填平，改建关帝庙，用以镇压不祥。庙里住着一个更夫，约有六十多岁，自称是个都司，每日三次往管轮堂的茶炉去取开水，经过我的铁格窗外，必定和我点头招呼，（和人家自然也是一样，）有时拿了自养的一只母鸡所生的鸡蛋来兜售，小洋一角买十六个。他很喜欢和别人谈长毛时事，他的都司大约就在那时得来，可惜我当时不知道这些谈话的价值，不大愿意同他去谈，到了现在回想起来，实在觉得可惜了。

关帝庙之东有几排洋房，便是鱼雷厂机器厂等，再往南去是驾驶堂的号舍了。鱼雷厂上午八时开门，中午休息，下午至四五时关门。厂门里边两旁放着几个红色油漆的水雷，这个庞大笨重的印象至今还留在脑里。看去似乎是有了年纪的东西，但新式的是怎么样子，我在那里终于没见过。厂里有许多工匠，每天在那里磨擦鱼雷，我听见教师说，鱼雷的作用全靠着磷铜缸的气压，所以看着他们磨擦，心想这样的擦去，不要把铜渐渐擦薄了么，不禁代为着急。不知现在已否买添，还是仍旧磨擦着那几个原有的呢？郝君杂感中云，“军火重地，严守秘密……唯鱼雷及机器场始终未参观，”与我旧有的印象截然不同，不禁使我发生了极大的今昔之感了。

水师学堂是我在本国学过的唯一的学校，所以回想与怀恋很多，一时写说不尽，现在只略举一二，纪念二十年前我们在校时的自由宽懈的日子而已。

（十一年八月）

怀旧之二

在“青光”上见到仲贤先生的《十五年前的回忆》，想起在江南水师学堂时的一二旧事，与仲贤先生所说的略有相关，便又记了出来，作这一篇《怀旧之二》。

我们在校的时候，管轮堂及驾驶堂的学生虽然很是隔膜，却还不至于互相仇视，不过因为驾驶毕业的可以做到“船主”，而管轮的前程至大也只是一个“大伡”，终于是船主的下属，所以驾驶学生的身分似乎要高傲一点了。班次的阶级，便是头班和二班或副额的关系，却更要不平，这种实例很多，现在略举一二。学生房内的用具，照例向学堂领用，但二班以下只准用一顶桌子，头班却可以占用两顶以上，陈设着仲贤先生说的那些“花瓶自鸣钟”，我的一个朋友W君同头班的C君同住，后来他迁往别的号舍，把自己固有的桌子以外又搬去C君的三顶之一。C君勃然大怒，骂道，“你们即使讲革命，也不能革到这个地步。”过了几天，C君的好友K君向着W君寻衅，说“我便打你们这些康党”，几乎大挥老拳：大家都知道是桌子风潮的余波。

头班在饭厅的坐位都有一定，每桌至多不过六人，都是同班至好或是低级里附和他们的小友，从容谈笑的吃着，不必抢夺吞咽。阶级低的学生便不能这样的舒服，他们一听吃饭的号声，便须直奔向饭厅里去，在非头班所占据的桌上见到一个空位，赶紧坐下，这一餐的饭才算安稳到手了。在这大众奔窜之中，头班却比平常更从容的，张开两只臂膊，像螃蟹似的，在雁木形的过廊中央，大摇大摆的踱方步。走在他后面的人，不敢僭越，只能也跟着他踱，到得饭厅，急忙的各处乱钻，好像是晚上寻不着窠的鸡，好容易找到位置，一碗雪里蕻上面的几片肥肉也早已不见，只好吃一顿素饭罢了。我们几个人不佩服这个阶级制度，往往从他的臂膊间挤过，冲向前去，这一件事或者也就是革命党的一个证据罢。

仲贤先生的回忆中，最令我注意的是那山上的一只大狼，因为正同老更夫一样，他也是我的老相识。我们在校时，每到晚饭后常往后山上去游玩，但是因为山坳里的农家有许多狗，时以恶声相向，所以我们习惯都拿一枝棒出去。一天的傍晚我同友人L君出了学堂，向着半山的一座古庙走去，这是同学常来借了房间叉麻雀的地方。我们沿着同校舍平行的一条小路前进，两旁都生着稻麦之类，有三四尺高。走到一处十字叉口，我们看见左边横路旁伏着一只大狗，照例挥起我们的棒，他便窜去麦田里不见了。我们走了一程，到了第二个十字叉口，却又见这只狗从麦丛里露出半个身子，随即窜向前面的田里去了。我们觉得他的行为有点古怪，又看见他的尾巴似乎异常，猜想他不是寻常的狗，于是便把这一天的散步中止了。后来同学中也还有人遇见过他，因为手里有棒，大抵是他先回避了。原来过了五六年之后他还在那里，而且居然“白昼伤人”起来了。不知道他在现今还健在否？很想得到机会，去向现在南京海军鱼雷枪炮学校的同学打听一声。

十天以前写了一篇，从邮局寄给报社，不知怎的中途失落了，现在重新写过，却没有先前的兴致，只能把文中的大意纪录出来罢了。

（十一年九月）

附录　十五年前的回忆

汪仲贤

在《晨报副刊》上看见仲密先生谈江南水师学堂的事，不禁令我想起十五年前的学校生活。

仲密先生的话，大概离开现在有二十年了。他是我的老前辈，是没有见过面的同学。我与他不同的是他住在“管轮堂”，我住在“驾驶堂”。

我们在那校舍很狭小的上海私立学堂内读惯了书，刚进水师学堂觉得有许多东西看不顺眼。比我们上一辈的同学，每人占着一个大房间，里面挂了许多单条字画，桌上陈设了许多花瓶自鸣钟等东西，我们上海去的学生都称他们为“新婚式的房间”。

我们在上海私立学堂念书的时候，学生与教师之间，不分什么阶级，学生有了意见尽可以向教师发表。岂知这样舒服惯了，到了官立学校里去竟大上其当。我们这班学生是在上海考插班进去的，入学试验，数学曾考过诸等命分；谁知进了学堂，第一天上课时，那教员反来教我们1234十个亚喇伯数母。一连教了三天还没有教完，我忍不住了，对那教员说了一句："我们早已学过这些东西了，何必再来糟踏光阴呢？"这一句话，触怒了那位教师，立刻板起面孔将我大骂一顿，并说"你敢这样挺撞我，明天禀了总办，将你开除！"我怕他真的开除我，吓得我立刻回房卷了铺盖逃回上海。两个月后，同学写信告诉我，那教员已被辞退了，我才敢回进去读书。

还有一位教汉文的老夫子告诉我们说："地球有两个，一个自动，一个被动，一个叫东半球，一个叫西半球。"那时我因为怕开除，已不敢和他辩驳了。

我们住的房间门口的门槛，都踏成笔架山形，地板上都有像麻子般的焦点。二者都是老前辈在学堂留下的生活遗迹。

校中驾驶堂与管轮堂的同学隔膜得很厉害，平常不很通往来。我在校中四年多，管轮堂里只去过不满十次。据深悉水师学堂历史的人说，从前二堂的学生互相仇视，时常有决斗的事情发生。有一次最大的械斗，是借风雨操场和桅杆网边做战场，双方都殴伤了许多学生。学堂总办无法阻止，只对学生叹了几口气。不知仲密先生在学堂里的时候，可经过这件事吗？

我们驾驶堂的长方院子里，有四座砖砌的花台，每座台上有一株腊梅。我们看见腊梅花开放，就知道要预备年考了。考毕回家，腊梅花正开得茂盛的时候，明年到校上课，还可以闻得几天残香。这四株腊梅的香色，却只有驾驶堂的学生可以领略，住在管轮堂的同学是没有权利享的了。

在学堂里每日上下午上两大课，只有上午十点钟的时候得十分钟的休息。早晨吃了两三大碗稀饭，到十点钟下课，往往肚里饿得咕噜噜地叫；命听差到学堂门口买两个铜元山东烧饼，一个铜元麻油辣椒和醋，用烧饼蘸着吃，吃得又香又辣又酸又点饥，真比山珍海味还鲜。后来出了学堂，便没有机会尝这美味了。

仲密先生说的老更夫，我还看见的。他仍旧很康健，仍爱与人谈长毛故事。有几个小同学因他深夜里在关帝庙出入打更，很佩服他的胆子大，常向他打听“可见过鬼吗？”他说生平只有一次在饭厅傍边看见过一个黑影。他又说见怪不怪，其怪自退，所以他打更不怕鬼。我因为住的房间是在驾驶堂的东九号，窗外没有走廊，他也不常走进驾驶堂，所以我不能天天看见他，我对于他的感情也没有仲密先生与他的深。

我自幼生长在都市里，到了南京看见学堂后面的一带小山便十分欢喜；每逢生活烦闷的时候，便托故请了假独自到小山去闲逛。高兴的时候，可以越山过岭一直走到清凉山才回来。有一次我也是一个人，跑到一个小山顶上的栗子树林下睡着了一大觉，及至醒后下山，看见一处，白墙上贴着一张“警告行人”的招贴，说是本段山内近来出了一只大狼，时常白昼出来伤人……我看罢惊得一身冷汗，以后就不敢独自入山了。

我们临出学堂的时候，曾到鱼雷堂里去抄了三星期的讲义。我们身边陈列着几个真的鱼雷，手里写的许多Torpedo字样；但是教师与学生不发一言，手里写的和座位边陈列的究竟有什么关系，老实说我至今还是一点不明白。仲密先生现在还记得“白头鱼雷”等名词，足见老前辈比我们高明得多了，因为我一向就不知道白头鱼雷是什么！

“你是海军出身的人，跳在黄浦江里总不会淹死了吧？”我听得这种问，最是头疼。没有法子，我只得用以下两种话答复他们：“吃报馆饭的未必人人都会排字，吃唱戏饭的梅兰芳未必会打真刀真枪。”南京水师出身的学生不会泅水，大概是受那位淹死在游泳池里小老前辈的影响罢。

苍　蝇

苍蝇不是一件很可爱的东西，但我们在做小孩子的时候都有点喜欢他。我同兄弟常在夏天乘大人们午睡，在院子里弃着香瓜皮瓤的地方捉苍蝇，——苍蝇共有三种，饭苍蝇太小，麻苍蝇有蛆太脏，只有金苍蝇可用。金苍蝇即青蝇，小儿谜中所谓“头戴红缨帽，身穿紫罗袍”者是也。

我们把他捉来，摘一片月季花的叶，用月季的刺钉在背上，便见绿叶在桌上蠕蠕而动，东安市场有卖纸制各色小虫者，标题云“苍蝇玩物”，即是同一的用意。我们又把他的背竖穿在细竹丝上，取灯心草一小段放在脚的中间，他便上下颠倒的舞弄，名曰“戏棍”；又或用白纸条缠在肠上纵使飞去，但见空中一片片的白纸乱飞，很是好看。倘若捉到一个年富力强的苍蝇，用快剪将头切下，他的身子便仍旧飞去。

希腊路吉亚诺思（Loukianos）的《苍蝇颂》中说，“苍蝇在被切去了头之后，也能生活好些时光，”大约二千年前的小孩已经是这样的玩耍的了。

我们现在受了科学的洗礼，知道苍蝇能够传染病菌，因此对于他们很有一种恶感。三年前卧病在医院时曾作有一首诗，后半云，

“大小一切的苍蝇们，
美和生命的破坏者，
中国人的好朋友的苍蝇们呵，
我诅咒你的全灭，
用了人力以外的，
最黑最黑的魔术的力。”

但是实际上最可恶的还是他的别一种坏癖气，便是喜欢在人家的颜面手脚上乱爬乱舔，古人虽美其名曰“吸美”，在被吸者却是极不愉快的事。

希腊有一篇传说，说明这个缘起，颇有趣味。据说苍蝇本来是一个处女，名叫默亚（Muia），很是美丽，不过太喜欢说话。她也爱那月神的情人恩迭米盎（Endymion），当他睡着的时候，她总还是和他讲话或唱歌，使他不能安息，因此月神发怒，把她变成苍蝇。以后她还是记念着恩迭米盎，不肯叫人家安睡，尤其是喜欢搅扰年青的人。

苍蝇的固执与大胆，引起好些人的赞叹。诃美洛思（Homeros）在史诗中尝比勇士于苍蝇，他说，虽然你赶他去，他总不肯离开你，一定要叮你一口方才罢休。又有诗人云，那小苍蝇极勇敢地跳在人的肢体上，渴欲饮血，战士却躲避敌人的刀锋，真可羞了。

我们侥幸不大遇见渴血的勇士，但勇敢地攻上来舐我们的头的却常常遇到，法勃耳（Fabre）的《昆虫记》里说有一种蝇，乘土蜂负虫

入穴之时，下卵于虫内，后来蝇卵先出，把死虫和蜂卵一并吃下去。他说这种蝇的行为好像是一个红巾黑衣的暴客在林中袭击旅人，但是他的慓悍敏捷的确也可佩服，倘使希腊人知道，或者可以拿去形容阿迭修思（Odysseus）一流的狡狯英雄罢。

中国古来对于苍蝇似乎没有什么反感。《诗经》里说，“营营青蝇，止于樊。岂弟君子，无信谗言。”又云，“非鸡则鸣，苍蝇之声。”据陆农师说，青蝇善乱色，苍蝇善乱声，所以是这样说法。传说里的苍蝇，即使不是特殊良善，总之决不比别的昆虫更为卑恶。在日本的俳谐中则蝇成为普通的诗料，虽然略带湫秽的气色，但很能表出温暖热闹的境界。小林一茶更为奇特，他同圣芳济一样，以一切生物为弟兄朋友，苍蝇当然也是其一。检阅他的俳句选集，咏蝇的诗有二十首之多，今举两首以见一斑。

一云，

“笠上的苍蝇，比我更早地飞进去了。”这诗有题曰“归庵”。

又一首云，

“不要打哪，苍蝇搓他的手，搓他的脚呢。”

我读这一句，常常想起自己的诗觉得惭愧，不过我的心情总不能达到那一步，所以也是无法。

《埤雅》云，“蝇好交其前足，有绞绳之象，……亦好交其后足，”这个描写正可作前句的注解。

又绍兴小儿谜语歌云，“像乌豇豆格乌，像乌豇豆格粗，堂前当中央，坐得拉胡须，”也是指这个现象。（格犹云“的”，坐得即“坐着”之意。）

据路吉亚诺思说，古代有一个女诗人，慧而美，名叫默亚，又有一个名妓也以此为名，所以滑稽诗人有句云，“默亚咬他直达他的心房。”中国人虽然永久与苍蝇同桌吃饭，却没有人拿苍蝇作为名字，以我所知只有一二人被用为诨名而已。

（十三年七月）

故乡的野菜

我的故乡不止一个，凡我住过的地方都是故乡。故乡对于我并没有什么特别的情分，只因钓于斯游于斯的关系，朝夕会面，遂成相识，正如乡村里的邻舍一样，虽然不是亲属，别后有时也要想念到他。我在浙东住过十几年，南京东京都住过六年，这都是我的故乡；现在住在北京，于是北京就成了我的家乡了。

日前我的妻往西单市场买菜回来，说起有荠菜在那里卖着，我便想起浙东的事来。荠菜是浙东人春天常吃的野菜，乡间不必说，就是城里只要有后园的人家都可以随时采食，妇女小儿各拿一把剪刀一只“苗篮”，蹲在地上搜寻，是一种有趣味的游戏的工作。那时小孩们唱道，“荠菜马兰头，姊姊嫁在后门头。”后来马兰头有乡人拿来进城售卖了，但荠菜还是一种野菜，须得自家去采。

关于荠菜向来颇有风雅的传说，不过这似乎以吴地为主。《西湖游览志》云，“三月三日男女皆戴荠菜花。谚云，三春戴荠花，桃李羞繁华。”顾禄的《清嘉录》上亦说，“荠菜花俗呼野菜花，因谚有三月三蚂蚁上灶山之语，三日人家皆以野菜花置灶陉上，以厌虫蚁。侵晨村童叫卖不绝。或妇女簪髻上以祈清目，俗号眼亮花。”但浙东却不很理会这些事情，只是挑来做菜或炒年糕吃罢了。

黄花麦果通称鼠麴草，系菊科植物，叶小，微圆互生，表面有白毛，花黄色，簇生梢头。春天采嫩叶，捣烂去汁，和粉作糕，称黄花麦果糕。小孩们有歌赞美之云，

“黄花麦果韧结结，

关得大门自要吃：

半块拿弗出，一块自要吃。”

清明前后扫墓时，有些人家——大约是保存古风的人家——用黄花麦果作供，但不作饼状，做成小颗如指顶大，或细条如小指，以五六个作一攒，名曰茧果，不知是什么意思，或因蚕上山时设祭，也用这种食品，故有是称，亦未可知。自从十二三岁时外出不参与外祖家扫墓以后，不复见过茧果，近来住在北京，也不再见黄花麦果的影子了。日本称作“御形”，与荠菜同为春的七草之一，也采来做点心用，状如艾饺，名日“草饼”，春分前后多食之，在北京也有，但是吃去总是日本风味，不复是儿时的黄花麦果糕了。

扫墓时候所常吃的还有一种野菜，俗名草紫，通称紫云英。农人在收获后，播种田内，用作肥料，是一种很被贱视的植物，但采取嫩茎瀹食，味颇鲜美，似豌豆苗。花紫红色，数十亩接连不断，一片锦绣，如铺着华美的地毯，非常好看，而且花朵状若胡蝶，又如鸡雏，尤为小孩所喜。间有白色的花，相传可以治痢，很是珍重，但不易得。日本

《俳句大辞典》云，“此草与蒲公英同是习见的东西，从幼年时代便已熟识，在女人里边，不曾采过紫云英的人，恐未必有罢。”中国古来没有花环，但紫云英的花球却是小孩常玩的东西，这一层我还替那些小人们欣幸的。浙东扫墓用鼓吹，所以少年常随了乐音去看“上坟船里的姣姣”；没有钱的人家虽没有鼓吹，但是船头上篷窗下总露出些紫云英和杜鹃的花束，这也就是上坟船的确实的证据了。

（十三年二月）

北京的茶食

在东安市场的旧书摊上买到一本日本文章家五十岚力的《我的书翰》，中间说起东京的茶食店的点心都不好吃了，只有几家如上野山下的空也，还做得好点心，吃起来馅和糖及果实浑然融合，在舌头上分不出各自的味来。想起德川时代江户的二百五十年的繁华，当然有这一种享乐的流风余韵留传到今日，虽然比起京都来自然有点不及。北京建都已有五百余年之久，论理于衣食住方面应有多少精微的造就，但实际似乎并不如此，即以茶食而论，就不曾知道什么特殊的有滋味的东西。固然我们对于北京情形不甚熟悉，只是随便撞进一家饽饽铺里去买一点来吃，但是就撞过的经验来说，总没有很好吃的点心买到过。难道北京竟是没有好的茶食，还是有而我们不知道呢？这也未必全是为贪口腹之欲，总觉得住在古老的京城里吃不到包含历史的精炼的或颓废的点心是一个很大的缺陷。北京的朋友们，能够告诉我两三家做得上好点心的饽饽铺么？

我对于二十世纪的中国货色，有点不大喜欢，粗恶的模仿品，美其名曰国货，要卖得比外国货更贵些。新房子里卖的东西，便不免都有点怀疑，虽然这样说好像遗老的口吻，但总之关于风流享乐的事我是颇迷信传统的。我在西四牌楼以南走过，望着异馥斋的丈许高的独木招牌，不禁神往，因为这不但表示他是义和团以前的老店，那模糊阴暗的字迹又引起我一种焚香静坐的安闲而丰腴的生活的幻想。我不曾焚过什么香，却对于这件事很有趣味，然而终于不敢进香店去，因为怕他们在香合上已放着花露水与日光皂了。

我们于日用必需的东西以外，必须还有一点无用的游戏与享乐，生活才觉得有意思。我们看夕阳，看秋河，看花，听雨，闻香，喝不求解渴的酒，吃不求饱的点心，都是生活上必要的——虽然是无用的装点，而且是愈精炼愈好。可怜现在的中国生活，却是极端地干燥粗鄙，别的不说，我在北京彷徨了十年，终未曾吃到好点心。

（十三年二月）

喝　茶

前回徐志摩先生在平民中学讲“吃茶”，——并不是胡适之先生所说的“吃讲茶”，——我没有工夫去听，又可惜没有见到他精心结构的讲稿，但我推想他是在讲日本的“茶道”（英文译作Teaism），而且一定说的很好，茶道的意思，用平凡的话来说，可以称作“忙里偷闲，苦中作乐”，在不完全的现世享乐一点美与和谐，在刹那间体会永久，是日本之“象征的文化”里的一种代表艺术。

关于这一件事，徐先生一定已有透彻巧妙的解说，不必再来多嘴，我现在所想说的，只是我个人的很平常的喝茶罢了。

喝茶以绿茶为正宗。红茶已经没有什么意味，何况又加糖——与牛奶？葛辛（George Gissing）的《草堂随笔》（*Private Papers of Henry Rvecroft*）确是很有趣味的书，但冬之卷里说及饮茶，以为英国家庭里下午的红茶与黄油面包是一日中最大的乐事，支那饮茶已历千百年，未必能领略此种乐趣与实益的万分之一，则我殊不以为然。红茶带“土斯”

未始不可吃，但这只是当饭，在肚饥时食之而已；我的所谓喝茶，却是在喝清茶，在赏鉴其色与香与味，意未必在止渴，自然更不在果腹了。

中国古昔曾吃过煎茶及抹茶，现在所用的都是泡茶，冈仓觉三在《茶之书》（*Book of Tea* 1919）里很巧妙的称之曰“自然主义的茶”，所以我们所重的即在这自然之妙味。中国人上茶馆去，左一碗右一碗的喝了半天，好像是刚从沙漠里回来的样子，颇合于我的喝茶的意思，（听说闽粤有所谓吃工夫茶者自然也有道理，）只可惜近来太是洋场化，失了本意，其结果成为饭馆子之流，只在乡村间还保存一点古风，唯是屋宇器具简陋万分，或者但可称为颇有喝茶之意，而未可许为已得喝茶之道也。

喝茶当于瓦屋纸窗之下，清泉绿茶，用素雅的陶瓷茶具，同二三人共饮，得半日之闲，可抵十年的尘梦。喝茶之后，再去继续修各人的胜业，无论为名为利，都无不可，但偶然的片刻优游乃正亦断不可少。

中国喝茶时多吃瓜子，我觉得不很适宜；喝茶时可吃的东西应当是轻淡的“茶食”。中国的茶食却变了“满汉饽饽”，其性质与“阿阿兜”相差无几，不是喝茶时所吃的东西了。

日本的点心虽是豆米的成品，但那优雅的形色，朴素的味道，很合于茶食的资格，如各色的“羊羹”（据上田恭辅氏考据，说是出于中国唐时的羊肝饼），尤有特殊的风味。

江南茶馆中有一种“干丝”，用豆腐干切成细丝，加姜丝酱油，重汤炖热，上浇麻油，出以供客，其利益为“堂倌”所独有。豆腐干中本有一种“茶干”，今变而为丝，亦颇与茶相宜。在南京时常食此品，据云有某寺方丈所制为最，虽也曾尝试，却已忘记，所记得者乃只是下关的江天阁而已。学生们的习惯，平常“干丝”既出，大抵不即食，等到麻油再加，开水重换之后，始行举箸，最为合式，因为一到即罄，次碗继至，不遑应酬，否则麻油三浇，旋即撤去，怒形于色，未免使客不欢而散，茶意都消了。

吾乡昌安门外有一处地方，名三脚桥（实在并无三脚，乃是三出，因以一桥而跨三汊的河上也），其地有豆腐店曰周德和者，制茶干最有名。寻常的豆腐干方约寸半，厚三分，值钱二文，周德和的价值相同，小而且薄，几及一半，黝黑坚实，如紫檀片。我家距三脚桥有步行两小时的路程，故殊不易得，但能吃到油炸者而已。每天有人挑担设炉镬，沿街叫卖，其词曰，

“辣酱辣，

麻油炸，

红酱搽，辣酱拓：

周德和格五香油炸豆腐干。”

其制法如上所述，以竹丝插其末端，每枚值三文。豆腐干大小如周德和，而甚柔软，大约系常品，惟经过这样烹调，虽然不是茶食之一，却也不失为一种好豆食。——豆腐的确也是极东的佳妙的食品，可以有种种的变化，唯在西洋不会被领解，正如茶一般。

日本用茶淘饭，名曰“茶渍”，以腌菜及“泽庵”（即福建的黄土萝卜，日本泽庵法师始传此法，盖从中国传去）等为佐，很有清淡而甘香的风味。中国人未尝不这样吃，唯其原因，非由穷困即为节省，殆少有故意往清茶淡饭中寻其固有之味者，此所以为可惜也。

（十三年十二月）

破脚骨

“破脚骨”——读若Phacahkueh，是我们乡间的方言，就是说“无赖子”，照王桐龄教授《东游杂感》的笔法，可以这样说：——破脚骨官话曰无赖曰光棍，古语曰泼皮曰破落户，上海曰流氓，南京曰流户曰青皮，日本曰歌罗支其，英国曰罗格……。这个名词的本意不甚明了，望文生义地看去大约因为时常要被打破脚骨，所以这样称的罢。他们的职业是讹诈，俗称敲竹杠。

小破脚骨沿路寻事，看见可欺的人便撞过去，被撞的如说一句话，他即吆喝说，Thowan bar gwaantatze？意思是说撞了倒反不行吗，于是扭结不放，同党的人出来邀入茶馆评理，结果是被撞的人算错，替大家会钞了事。这是最普通的一种方法，此外还有许多，我也不很明白了。

至于大破脚骨专做大票生意，如包娼霸赌或捉奸勒索等，不再做这些小勾当，他们的行径有点与“破靴党”相近，所差者只在他们不是秀才罢了。

这些人当然不是好人，便有喜欢做翻案文章的人也不容易把他们说好，但是，他们也有可取的地方。他们也有自己的道德，尚义与勇，即使并非同帮，只要在酒楼茶馆会过一两面，他们便算有交情，不再来暗算，而且有时还肯保护。

我在往江南当水兵以前，同兄弟在乡间游手好闲的时候，大有流为破脚骨之意，邻近的几个小破脚骨都有点认识，远房亲戚的破靴党不算在内。我们因此不曾被人撞过，有一两次还叨他们的光。有一回我已经不在家，我的兄弟（其时他只十四五岁）同母亲往南街看戏；那时还没有什么戏馆，只在庙台上演戏敬神，近地的人在两旁搭盖看台，租给人家使用，我们也便租了两个坐位，后来台主不知为何忽下逐客令，大约要租给阔人了，坐客一时大窘，恰巧我们所认识的一个小破脚骨正在那里看戏，于是便去把他找来，他对台主说道，"你这台不租了吗？那么由我出租了。"台主除收回成命之外，还对他赔了许多小心，这才完事。在他这强横的诡辩里边，实在很含有不少的诙谐与爱娇。二十世纪以来不曾再见到他，听说他后来眼瞎了，过了几年随即去世，——请你永远平安地休息罢！

一个人要变成破脚骨，须有相当的训练，与古代的武士修行一样，不是很容易的事。破脚骨的生活里最重要的事件是挨打，所以非有十足的忍苦忍辱的勇气，不能成为一个像样的破脚骨，小破脚骨与人家相打，且骂且脱衣，随将右手各拔敌人的辫发而以左手各自握其发根，于是互相推拥，以被挤至路边将背贴墙者为负。大破脚骨则不然，他拔出尖刀，但并不刺人，只拿在手中，自指其股曰"戳！"敌人或如命而戳一下，则再命令曰"再戳！"如戳至再三而毫不呼痛，刺者却不敢照样奉陪，那便算大败，不复见齿于同类。能禁得殴打，术语曰"受路足”，是破脚骨修养的最要之一。此外官司的经验也很重要，他们往往大言于茶馆中云，“屁股也打过，大枷也戴过，”亦属破脚骨履历中很出色的项目。有些大家子弟流为破脚骨者，因门第的影响，无被官刑之虑，这两项的修炼或可无须，唯挨打仍属必要。

我有一个同族的长辈，通文，能写二尺方的大字，做了破脚骨，一年的春分日在宗祠中听见他自伐其战功，说Tamgfan yir banchir，banchir yir tarngfan，意云打倒又爬起，爬起又打倒，这两句话实在足以代表“破脚骨道”之精义了。在现时人心不古的时代，破脚骨也堕落了，变成商埠码头的那些拆梢的流氓，回想昔日乡间的破脚骨，已经如书中的列仙高士，流风断绝，邈乎其不可复追矣。

我在默想堂伯父的战功，不禁想起《吉诃德先生》（DonQuixote——林琴南先生译作当块克苏替，陆祖鼎先生译作唐克孝，丁初我先生在二十年前译作唐夸特），以及西班牙的“流氓小说”（Novelas de Picaros）来。

中国也有这班人物，为什么除了《水浒传》的泼皮牛二以外，没有人把他们细细地写下来；不然倒真可以造成一类“流氓生活的文学”（“Picaresque Literature”）哩。——这两个英文，陆先生在《学灯》上却把它译作“盗贼文学”，啊啊，轻松的枷杖的罪名竟这样地被改定了一个大辟，（在现行治盗条例的时期，）却是冤哉枉也。然而这也怪不得陆先生，因为《英汉字典》中确将“流氓”（Picaroon）这字释作劫掠者，盗贼等等也。

（十三年六月）

我们的敌人

我们的敌人是什么？不是活人，乃是野兽与死鬼，附在许多活人身上的野兽与死鬼。

小孩的时候，听了《聊斋志异》或《夜谈随录》的故事，黑夜里常怕狐妖僵尸的袭来；到了现在，这种恐怖是没有了，但在白天里常见狐妖僵尸的出现，那更可怕了。在街上走着，在路旁站着，看行人的脸色，听他们的声音，时常发见妖气，这可不是“画皮”么？谁也不能保证。我们为求自己安全起见，不能不对他们为“防御战”。

有人说，“朋友，小心点，像这样的神经过敏下去，怕不变成疯子，——或者你这样说，已经有点疯意也未可知。”不要紧，我这样宽懈的人那里会疯呢？看见别人便疑心他有尾巴或身上长着白毛，的确不免是疯人行径，在我却不然，我是要用了新式的镜子从人群中辨别出这些异物而驱除之。而且这法子也并不烦难，一点都没有什么神秘：我们只须看他，如见了人便张眼露齿，口咽唾沫，大有拿来当饭之意，则必是“那件东西”，无论他在社会上是称作天地君亲师，银行家，拆白党或道学家。

据达尔文他们说，我们与虎狼狐狸之类讲起来本来有点远亲，而我们的祖先无一不是名登鬼箓的，所以我们与各色鬼等也不无多少世谊。这些话当然是不错的，不过远亲也好，世谊也好，他们总不应该借了这点瓜葛出来烦扰我们。诸位远亲如要讲亲谊，只应在山林中相遇的时节，拉拉胡须，或摇摇尾巴，对我们打个招呼，不必戴了枯髅来夹在我们中间厮混；诸位世交也应恬静的安息在草叶之阴，偶然来我们梦里会晤一下，还算有点意思，倘若像现在这样化作“重来”（Revenants），居然现形于化日光天之下，那真足以骇人视听了。他们既然如此胡为，要来侵害我们，我们也就不能再客气了，我们只好凭了正义人道以及和平等等之名来取防御的手段。

听说昔者欧洲教会和政府为救援异端起见，曾经用过一个很好的方法，便是将他们的肉体用一把火烧了，免得他的灵魂去落地狱。这实在是存心忠厚的办法，只可惜我们不能采用，因为我们的目的是相反的；我们是要从这所依附的肉体里赶出那依附着的东西，所以应得用相反的方法。我们去拿许多桃枝柳枝，荆鞭蒲鞭，尽力的抽打面有妖气的人的身体，务期野兽幻化的现出原形，死鬼依托的离去患者，留下借用的躯壳，以便招寻失主领回。这些赶出去的东西，我们也不想“聚而歼旃”，因为“嗖”的一声吸入瓶中用丹书封好重汤煎熬，这个方法现在似已失传，至少我们是不懂得用，而且天下大矣，万牲百鬼，汗牛充栋，实属办不胜办，所以我们敬体上天好生之德，并不穷追，只要兽走于圹，鬼归其穴，各安生业，不复相扰，也就可以罢手，随他们去了。

至于活人，都不是我们的敌人，虽然也未必全是我们的友人。——实在，活人也已经太少了，少到连打起架了也没有什么趣味了。等打鬼打完了之后，（假使有这一天，）我们如有兴致，喝一碗酒，卷卷袖子，再来比一比武，也好罢。（比武得胜，自然有美人垂青等等事情，未始不好，不过那是《劫后英雄略》的情景，现在却还是《西游记》哪。）

（十三年十二月）

生活之艺术

契诃夫（Tchekhov）书简集中有一节道，（那时他在爱珲附近旅行，）“我请一个中国人到酒店里喝烧酒，他在未饮之前举杯向着我和酒店主人及伙计们，说道‘请’。这是中国的礼节。他并不像我们那样的一饮而尽，却是一口一口的啜，每啜一口，吃一点东西；随后给我几个中国铜钱，表示感谢之意。这是一种怪有礼的民族。……”

一口一口的啜，这的确是中国仅存的饮酒的艺术：干杯者不能知酒味，泥醉者不能知微醺之味。中国人对于饮食还知道一点享用之术，但是一般的生活之艺术却早已失传了。中国生活的方式现在只是两个极端，非禁欲即是纵欲，非连酒字都不准说即是浸身在酒槽里，二者互相反动，各益增长，而其结果则是同样的污糟。

动物的生活本有自然的调节，中国在千年以前文化发达，一时颇有臻于灵肉一致之象，后来为禁欲思想所战胜，变成现在这样的生活，无自由，无节制，一切在礼教的面具底下实行迫压与放恣，实在所谓礼者早已消灭无存了。

生活不是很容易的事。动物那样的，自然地简易地生活，是其一法；把生活当作一种艺术，微妙地美地生活，又是一法：二者之外别无道路，有之则是禽兽之下的乱调的生活了。生活之艺术只在禁欲与纵欲的调和。蔼理斯对于这个问题很有精到的意见，他排斥宗教的禁欲主义，但以为禁欲亦是人性的一面；欢乐与节制二者并存，且不相反而实相成。

人有禁欲的倾向，即所以防欢乐的过量，并即以增欢乐的程度。他在《圣芳济与其他》一篇论文中曾说道，“有人以此二者（即禁欲与耽溺）之一为其生活之唯一目的者，其人将在尚未生活之前早已死了。有人先将其一（耽溺）推至极端，再转而之他，其人才真能了解人生是什么，日后将被记念为模范的高僧。但是始终尊重这二重理想者，那才是知生活法的明智的大师。……一切生活是一个建设与破坏，一个取进与付出，一个永远的构成作用与分解作用的循环。要正当地生活，我们须得模仿大自然的豪华与严肃。”他又说过，“生活之艺术，其方法只在于微妙地混和取与合二者而已，”更是简明的说出这个意思来了。

生活之艺术这个名词，用中国固有的字来说便是所谓礼。斯谛耳博士在《仪礼》序上说，“礼节并不单是一套仪式，空虚无用，如后世所沿袭者。这是用以养成自制与整饬的动作之习惯，唯有能领解万物感受一切之心的人才有这样安详的容止。”

从前听说辜鸿铭先生批评英文“礼记”译名的不妥当，以为“礼”不是Rite而是Art，当时觉得有点乖僻，其实却是对的，不过这是指本来的礼，后来的礼仪礼教都是堕落了的东西，不足当这个称呼了。

中国的礼早已丧失，只有如上文所说，还略存于茶酒之间而已。去年有西人反对上海禁娼，以为妓院是中国文化所在的地方，这句话的确难免有点荒谬，但仔细想来也不无若干理由。我们不必拉扯唐代的官妓，希腊的“女友”（Hetaira）的韵事来作辩护，只想起某外人的警句，“中国挟妓如西洋的求婚，中国娶妻如西洋的宿娼，”或者不能不感到“爱之术”（Ars Amatoria）真是只存在草野之间了。我们并不同某西人那样要保存妓院，只觉得在有些怪论里边，也常有真实存在罢了。

中国现在所切要的是一种新的自由与新的节制，去建造中国的新文明，也就是复兴千年前的旧文明，也就是与西方文化的基础之希腊文明相合一了。

这些话或者说的太大太高了，但据我想合此中国别无得救之道，宋以来的道学家的禁欲主义总是无用的了，因为这只足以助成纵欲而不能收调节之功。其实这生活的艺术在有礼节重中庸的中国本来不是什么新奇的事物，如《中庸》的起头说，“天命之谓性，率性之谓道，修道之谓教，”照我的解说即是很明白的这种主张。不过后代的人都只拿去讲章旨节旨，没有人实行罢了。

我不是说半部《中庸》可以济世，但以表示中国可以了解这个思想。日本虽然也很受到宋学的影响，生活上却可以说是承受平安朝的系统，还有许多唐代的流风余韵，因此了解生活之艺术也更是容易。在许多风俗上日本的确保存这艺术的色彩，为我们中国人所不及，但由道学家看来，或者这正是他们的缺点也未可知罢。

（十三年十一月）

狗抓地毯

美国人摩耳（J.H.Moore）给某学校讲伦理学，首五讲是说动物与人之“蛮性的遗留”（Survival of Savage）的，经英国的唯理协会拿来单行出板，是一部很有趣味与实益的书。他将历来宗教家道德家聚讼不决的人间罪恶问题都归诸蛮性的遗留，以为只要知道狗抓地毯，便可了解一切。

我家没有地毯，已故的老狗Ess是古稀年纪了，也没力气抓，但夏天寄住过的客犬Bona与Petty却真是每天咕哩咕哩地抓砖地，有些狗临睡还要打许多圈：这为什么缘故呢？据摩耳说，因为狗是狼变成的，在做狼的时候，不但没有地毯，连砖地都没得睡，终日奔走觅食，倦了随地卧倒，但是山林中都是杂草，非先把它搔爬践踏过不能睡上去；到了现在，有现成的地方可以高卧，用不着再操心了，但是老脾气还要发露出来，做那无聊的动作。

在人间也有许多野蛮（或者还是禽兽）时代的习性留存着，本是已经无用或反而有害的东西了，唯有时仍要发动，于是成为罪恶，以及别的种种荒谬迷信的恶习。

这话的确是不错的。我看普通社会上对于事不干己的恋爱事件都抱有一种猛烈的憎恨，也正是蛮性的遗留之一证。这几天是冬季的创造期，正如小孩们所说门外的“狗也正在打仗”，我们家里的青儿大抵拖着尾巴回来，他的背上还负着好些的伤，都是先辈所给的惩创。

人们同情于失恋者，或者可以说是出于扶弱的“义侠心”，至于憎恨得恋者的动机却没有这样正大堂皇，实在只是一种咬青儿的背脊的变相，实行禁欲的或放纵的生活的人特别要干涉“风化”，便是这个缘由了。

还有一层，野蛮人都有生殖崇拜的思想，这本来也没有什么可笑，只是他们把性的现象看得太神奇了，便生出许多古怪的风俗。弗来则博士的《金枝》（J.G.Frazer，The Golden Bough——我所有只是一卷的节本。据五六年前的《东方杂志》说，这乃是二千年前希腊的古书，现在已经散逸云！）上讲过“种植上之性的影响”很是详细。（在所著Psyche´s Task中亦举例甚多。）野蛮人觉得植物的生育的手续与人类的相同，所以相信用了性行为的仪式可以促进稻麦果实的繁衍。这种实例很多，在爪哇还是如此，欧洲现在当然找不到同样的习惯了，但遗迹也还存在，如德国某地秋收的时候，割稻的男妇要同在地上打几个滚，即其一例。

两性关系既有这样伟大的感应力，可以催迫动植的长养，一面也就能够妨害或阻止自然的进行，所以有些部落那时又特别厉行禁欲，以为否则将使诸果不实，百草不长。社会反对别人的恋爱事件，即是这种思想的重现。虽然我们看出其中含有动物性的嫉妒，但还以对于性的迷信为重要分子，他们非意识地相信两性关系有左右天行的神力，非常习的恋爱必将引起社会的灾祸，殃及全群，（现代语谓之败坏风化，）事关身命，所以才有那样猛烈的憎恨。我们查看社会对于常习的结婚的态度，更可以明了上文所说的非谬。

普通人对于性的问题都怀着不洁的观念，持斋修道的人更避忌新婚生产等的地方，以免触秽：大家知道，宗教上的污秽其实是神圣的一面，多岛海的不可译的术语“太步”（Tabu）一语，即表示此中的消息。因其含有神圣的法力，足以损害不能承受的人物，这才把他隔离，无论他是帝王，法师，或成年的女子，以免危险，或称之日污秽，污秽神圣实是一物，或可统称为危险的力。

社会喜欢管闲事，而于两性关系为最严厉，这是什么缘故呢？我们从蛮性的遗留上着眼，可以看出一部分出于动物求偶的本能，一部分出于野蛮人对于性的危险力的迷信。这种老祖宗的遗产，我们各人分有一份，很不容易出脱，但是藉了科学的力量，知道一点实在情形，使理知可以随时自加警戒，当然有点好处。

道德进步，并不靠迷信之加多而在于理性之清明，我们希望中国性道德的整饬，也就不希望训条的增加，只希望知识的解放与趣味的修养。科学之光与艺术之空气，几时才能侵入青年的心里，造成一种新的两性观念呢？我们鉴于所谓西方文明国的大势，若不是自信本国得天独厚，一时似乎没有什么希望。然而说也不能不姑且说说耳。

（十三年十二月）

教训之无用

蔼理斯在《道德之艺术》这一篇文章里说，“虽然一个社会在某一时地的道德，与别个社会——以至同社会在异时异地的道德决不相同，但是其间有错综的条件，使它发生差异，想故意的做成它显然是无用的事。一个人如听人家说他做了一本‘道德的’书，他既不必无端的高兴，或者被说他的书是‘不道德的’，也无须无端的颓丧。这两个形容词的意义都是很有限制的。在群众的坚固的大多数之进行上面，无论是甲种的书或乙种的书都不能留下什么重大的影响。”

斯宾塞也曾写信给人，说道德教训之无效。他说，“在宣传了爱之宗教将近二千年之后，憎之宗教还是很占势力；欧洲住着二万万的外道，假装着基督教徒，如有人愿望他们照着他们的教旨行事，反要被他们所辱骂。”

这实在都是真的。希腊有过梭格拉底，印度有过释迦，中国有过孔老，他们都被尊为圣人，但是在现今的本国人民中间他们可以说是等于“不曾有过”。我想这原是当然的，正不必代为无谓地悼叹。这些伟人倘若真是不曾存在，我们现在当不知怎么的更是寂寞，但是如今既有言行流传，足供有艺术趣味的人的欣赏，那就尽够好了。至于期望他们教训的实现，有如枕边摸索好梦，不免近于痴人，难怪要被骂了。

对于世间“不道德的”文人，我们同圣人一样的尊敬他。他的“教训”在群众中也是没有人听的，虽然有人对他投石，或袖着他的书，——但是我们不妨听他说自己的故事。

（十三年二月）

我的复古的经验

大抵一个人在他的少年时代总有一两件可笑的事情，或是浪漫的恋爱，或是革命的或是复古的运动。现在回想起来，不免觉得很有可笑的地方，但在当时却是很正经的做着；老实说，这在少年时代原来也是当然的。只不要蜕化不出，变作一条僵蚕，那就好了。

我不是“国学家”，但在十年前后却很复过一回古。最初读严畿道林琴南的译书，觉得这种以诸子之文写夷人的话的办法非常正当，便竭力的学他。虽然因为不懂“义法”的奥妙，固然学得不像，但自己却觉得不很背于逐译的正宗了。随后听了太炎先生的教诲，更进一步，改去那“载飞载鸣”的调子，换上许多古字，（如踢改为踶，耶写作邪之类，）——多谢这种努力，《域外小说集》的原板只卖去了二十部。这是我的复古的第一支路。

《新约》在中国有文理与官话两种译本，官话本固然看不起，就是文理本也觉得不满足，因为文章还欠“古”，比不上周秦诸子和佛经的古雅。我于是决意“越俎”来改译，足有三年工夫预备这件工作，读希腊文，豫定先译四福音书及《伊索寓言》，因为这时候对于林琴南君的伊索译本也嫌他欠古了！——到了后来，觉得圣书白话本已经很好，文理也可不必，更没有改译之必要：这是后话。以上是我的复古的第二支路。

以前我作古文，都用一句一圈的点句法。后来想到希腊古人都是整块的连写，不分句读段落，也不分字，觉得很是古朴，可以取法；中国文章的写法正是这样，可谓不谋而合，用圈点句殊欠古雅。中国文字即使难题，但既然生而为中国国民，便有必须学习这难题的文字的义务，不得利用种种方法，以便私图，因此我就主张取消圈点的办法，一篇文章必须整块的连写到底，（虽然仍有题目，不能彻底的遵循古法，）在本县的《教育会月刊》上还留存着我的这种成绩。这是我的复古的第三支路。

这种复古的精神，也并不是我个人所独有，大抵同时代同职业的人多有此种倾向。我的朋友钱玄同当时在民报社同太炎先生整夜的谈论文字复古的方法；临了太炎先生终于提出小篆的办法，这问题才算终结。这件事情，还有一部楷体篆书的《小学答问》流行在世间来作见证，这便是玄同的手笔。其后他穿了“深衣”去上公署，那正是我废圈的时候了。这样的事，说起来还多，现在也不必细说，只要表明我们曾经做过很可笑的复古运动就是了。

我们这样的复古，耗废了不少的时间与精力，但也因此得到一个极大的利益，便是“此路不通”的一个教训。玄同因为写楷体篆书，确知汉字之根本破产，所以澈悟过来，有那“辟历一声国学家之大狼狈”

的废汉字的主张；我虽然没有心得，但也因此知道古文之决不可用了。这样看来，古也非不可复，只要复的彻底，言行一致的做去，不但没有坏处，而且反能因此寻到新的道路，这是的确可信的。所以对于现在青年的复古思想，我觉得用不着什么诧异，因为这是当然，将来复的碰壁，自然会觉醒过来的。所可怕者是那些言行不一致的复古家，口头说得热闹，却不去试验实行，既不穿深衣，也不写小篆，甚至于连古文也写得不能亨通，这样下去，便永没有回头的日子，好像一个人站在死胡同的口头硬说这条路是国道，却不肯自己走到尽头去看一看，只好一辈子站在那里罢了。

（十一年十一月）

沉　默

林玉堂先生说，法国一个演说家劝人缄默，成书三十卷，为世所笑，所以我现在做讲沉默的文章，想竭力节省，以原稿纸三张为度。

提倡沉默从宗教方面讲来，大约很有材料，神秘主义里很看重沉默，美忒林克便有一篇极妙的文章。但是我并不想这样做，不仅因为怕有拥护宗教的嫌疑，实在是没有这种知识与才力。现在只就人情世故上着眼说一说罢。

沉默的好处第一是省力。中国人说，多说话伤气，多写字伤神。不说话不写字大约是长生之基，不过平常人总不易做到。那么一时的沉默也就很好，于我们大有裨益。三十小时草成一篇宏文，连睡觉的时光都没有，第三天必要头痛；演说家在讲台上呼号两点钟，难免口干喉痛，不值得甚矣。若沉默，则可无此种劳苦，——虽然也得不到名声。

沉默的第二个好处是省事。古人说“口是祸门”，关上门，贴上封条，祸便无从发生，（“闭门家里坐，祸从天上来，”那只算是“空气传染”，又当别论，）此其利一。自己想说服别人，或是有所辩解，照例是没有什么影响，而且愈说愈是渺茫，不如及早沉默，虽然不能因此而说服或辩明，但至少是不会增添误会。又或别人有所陈说，在这面也照例不很能理解，极不容易答复，这时候沉默是适当的办法之一。古人说不言是最大的理解，这句话或者有深奥的道理，据我想则在我至少可以藏过不理解，而在他也就可以有猜想被理解了之自由。沉默之好处的好处，此其二。

善良的读者们，不要以我为太玩世（Cynical）了罢？老实说，我觉得人之互相理解是至难——即使不是不可能的事，而表现自己之真实的感情思想也是同样地难。我们说话作文，听别人的话，读别人的文，以为互相理解了，这是一个聊以自娱的如意的好梦，好到连自己觉到了的时候也还不肯立即承认，知道是梦了却还想在梦境中多流连一刻。其实我们这样说话作文无非只是想这样做，想这样聊以自娱，如其觉得没有什么可娱，那么尽可简单地停止。我们在门外草地上翻几个筋斗，想象那对面高楼上的美人看着，（明知她未必看见，）很是高兴，是一种办法；反正她不会看见，不翻筋斗了，且卧在草地上看云罢，这也是一种办法。两者都是对的，我这回是在做第二个题目罢了。

我是喜翻筋斗的人，虽然自己知道翻得不好。但这也只是不巧妙罢了，未必有什么害处，足为世道人心之忧。不过自己的评语总是不大靠得住的，所以在许多知识阶级的道学家看来，我的筋斗都翻得有点不道德，不是这种姿势足以坏乱风俗，便是这个主意近于妨害治安。这种情形在中国可以说是意表之内的事，我们也并不想因此而变更态度，但如民间这种倾向到了某一程度，翻筋斗的人至少也应有想到省力的时候了。

三张纸已将写满，这篇文应该结束了。我费了三张纸来提倡沉默，因为这是对于现在中国的适当办法。——然而这原来只是两种办法之一，有时也可以择取另一办法：高兴的时候弄点小把戏，“藉资排遣”。将来别处看有什么机缘，再来噪聒，也未可知。

一九二四年七月二十日。

第四辑

研究·鲁迅身后

鲁迅的青年时代

一、名字与别号

题目是鲁迅的青年时代，但是我还得从他的小时候说起，因为在他生活中间要细分段落，是一件很不容易的事情，为的避免这个困难，我便决定了从头来说。

我在这里所讲的都是事实，是我所亲自闻见，至今还有点记忆的，这才记录，若是别人所说，即便是母亲的话，也要她直接对我说过，才敢相信。只是事隔多年，至少有五十年的光阴夹在这中间，难免有些记不周全的地方，这是要请读者原谅的。

鲁迅原名周樟寿，是他的祖父介孚公给他所取的。他生于前清光绪辛巳八月初三日，即公元一八八一年九月二十五日。那时介孚公在北京当“京官”，在接到家信的那一日，适值有什么客人来访，便拿那人的姓来做名字，大概取个吉利的兆头，因为那些来客反正是什么官员，即使是穷翰林也罢，总是有功名的。不知道那天的客人是“张”什么，总之鲁迅的小名定为阿张，随后再找同音异义的字取作“书名”，乃是樟寿二字，号曰“豫山”，取义于豫章。

后来鲁迅上书房去，同学们取笑他，叫他作“雨伞”，他听了不喜欢，请祖父改定，介孚公乃将山字去掉，改为“豫才”，有人加上木旁写作“豫材”，其实是不对的。

到了戊戌（一八九八）年，鲁迅是十八岁的时候，要往南京去进学堂，这时改名为周树人。在那时候中国还是用八股考试，凡有志上进的人必须熟读四书五经，练习八股文和试帖诗，辛苦应试，侥幸取得秀才举人的头衔，作为往上爬的基础。新式的学校还一个都没有，只有几个水陆师的学堂，养成海陆军的将校的，分设在天津武昌南京福州等处，都是官费供给，学生不但不用花钱，而且还有津贴可领。

鲁迅心想出外求学，家里却出不起钱，结果自然只好进公费的水陆师学堂，又考虑路程的远近，结果决定了往南京去。其实这里还有别一个，而且可以算是主要的缘因，乃是因为在南京的水师学堂里有一个本家叔祖，在那里当“管轮堂”监督，换句话说便是“轮机科舍监”。

鲁迅到了南京，便去投奔他，暂住在他的后房，可是这位监督很有点儿顽固，他虽然以举人资格担任了这个差使，但总觉得子弟进学堂“当兵”不大好，至少不宜拿出家谱上的本名来，因此就给他改了名字，因为典故是出于“百年树人”的话，所以豫才的号仍旧可以使用，不曾再改。后来水师学堂退学，改入陆师学堂附设的路矿学堂，也仍是用的这个名字和号。

在南京学堂的时期，鲁迅才开始使用别号。他刻有一块石章，文云“戎马书生”，自己署名有过一个“戛剑生”，要算早，因为在我的庚子（一九〇〇）年旧日记中，抄存有戛剑生《莳花杂志》等数则，又有那年除夕在家里所作的《祭书神文》上边也说“会稽戛剑生”，可以为证。此外从“树人”这字面上，又变出“自树”这个别号，同时大概取索居独处的意思，自称“索士”或“索子”，这都是在他往日本留学之后，因为这在我癸卯甲辰（一九〇三至一九〇四）年的日记上出现，可是以前是未曾用的。

一九〇七年以后，《河南》杂志请他写文章，那时他的署名是用“迅行”或“令飞”，这与他的本名别无连系，大概只是取前进的意思吧。

中间十个年头过去了，到了“五四”以后，他又开始给《新青年》写文章，那时主编的陈独秀胡适之等人定有一个清规，便是不赞成匿名，用别号也算是不负责任，必须使用真姓名。鲁迅虽然是不愿意，但也不想破坏这个规矩，他便在“迅行”上面减去“行”字，加上了“鲁”字作姓，就算是敷衍过去了。这里他用的是母亲的姓，因为他怕姓周使人家可以猜测，所以改说姓鲁，并无什么别的意思。

他那时本有“俟堂”这个别号，也拿出来应用，不过倒转过来，又将堂字写作唐，成为“唐俟”，多使用于新诗和杂感，小说则专用“鲁迅”，以后便定了下来，差不多成为本名了。他写《阿Q正传》时特别署过“巴人”的名字，但以后就不再使用。这里所说差不多至一九二〇年为止。这以后，他所用的笔名很多，现在不再叙述了。

二、师父与先生

鲁迅小时候的事情，实在我知道得并不多，因为我要比他小三岁，在我刚七八岁有点知识懂人事的时候，他已经过了十岁了。个人的知识记忆各有不同，像我自己差不多十岁以前的事全都不记得了，现在可以纪录下来的只是一二另碎的片段而已。因为生下来是长子，在家庭里很是珍重，依照旧时风俗，为的保证他长大，有种种的仪式要举行。除了通行的“满月”和“得周”的各样的祭祀以外，还要向神佛去“记名”。

所谓记名即是说把小孩的名字记在神或佛的账上，表示他已经出了家了，不再是人家的娇儿，免得鬼神妒忌，要想抢夺了去。鲁迅首先是向大桶盘（地名，本来是一个大湖）的女神记名，这女神不知道是什么神道，仿佛记得是九天玄女，却也不能确定。记了名的义务是每年有一次，在一定的期间内要去祭祀“还愿”，备了小三牲去礼拜。其次又拜一个和尚为师，即是表示出家做了沙弥，家里对于师父的报酬是什么，我不知道，徒弟则是从师父领得一个法名，鲁迅所得到的乃是长根二字。师父自己的法号却似乎已经失传，因为我们只听别人背后叫他“阿隆”，当面大概是隆师父吧，真名字不知道是什么隆或是隆什么了。他住的地方距离鲁迅的家不远，是东昌坊口迤北塔子桥头的长庆寺，那法名里的“长”字或者即是由寺名而来，也未可知。我又记得那大桶盘庙的记名也是有法名的，却是不记得了，而且似乎那法名的办法是每个轮番用神名的一字，再配上别一个字去便成，但是如果她是九天玄女，那末女字如何安排，因此觉得这个记忆未必是确实的了。

小孩的装饰大抵今昔南北还没有什么大的不同，例如老虎头鞋和帽，至今也还可以看到。但是有些东西却已经没人知道了，百家衣即是其一。这是一件斜领的衣服，用各色绸片拼合而成，大概是在模仿袈裟的做法吧，一件从好些人家拼凑出来的东西似乎有一种什么神力，这在民俗上也是常有的事情。此外还有一件物事，在绍兴叫作“牛绳”，原义自然是牵牛的绳索，作为小孩的装饰乃是用红丝线所编成，有小指那么粗，长约二尺之谱，两头打结，套在脖子上，平常未必用，若是要出门去的时候，那是必须戴上的。牛绳本身只是一根索子便已够了，但是它还有好些附属品，都是有辟邪能力的法物，顺便挂在一起了。这些物件里边，我所知道的有小铜镜，叫做“鬼见怕”的一种贝壳，还有一寸多长的小本“黄历”，用红线结了网装着。据说鲁迅用过的一根牛绳至今还保存着，这也是可能的事，至于有人说这或是隆师父的赠品，则似未可信，因为我们不曾拜过和尚为师的人，在小时候同样的挂过牛绳，可见这原是家庭里所自备的了。

鲁迅的“开蒙”的先生是谁，有点记不清了，可能是叔祖辈的玉田或是花塍吧。虽然我记得大约七八岁的时候同了鲁迅在花塍那里读过书，但是初次上学所谓开蒙的先生照例非秀才不可，那末在仪式上或者是玉田担任，后来乃改从花塍读书的吧。

这之后还跟子京读过，也是叔祖辈的一人，这人有点儿神经病，又是文理不通，本来不能当先生，只因同住在一个院子里，相距不到十步路，所以便去请教他。这期间不知道有多久，只是他教了出来许多笑话，终于只好中止了。这事相隔很久，因为可笑，所以至今清楚的记得。第一次是给鲁迅“对课”，出三字课题云“父攘羊”，大约鲁迅对的不合适，先生为代对云“叔偷桃”。这里羊桃二字都是平声，已经不合对课的规格，而且还把东方朔依照俗音写成“东方叔”，又是一个别字。鲁迅拿回来给父亲看，伯宜公大为发笑，但也就搁下了。第二次给讲书，乃是《孟子》里引《公刘》的诗句，到“乃裹餱粮”，他把第三字读作“猴”字，第二字读为“咕”，说道：公刘那时那么的穷困，他连胡猕袋里的果子也“咕”的挤出来拿了去了！伯宜公听了也仍然微笑，但从第二天起便不再叫小孩到那边去上学了。这个故事有点近于笑话，而且似乎编造得有点牵强，其实如果我不是在场亲自听见，也有这种感觉，可见实人实事有些也很奇特，有时会得比编造的更奇特的。

上边所说的事记不清是在哪一年，但鲁迅已经在读《孟子》，那是很明了确实的。可能这是在光绪壬辰（一八九二）年，这之后他便进了三味书屋跟寿镜吾先生读书去了。总之次年癸巳（一八九三）他已在那里上学，那是不成问题的，但曾祖母于壬辰除夕去世，新年匆忙办理丧事，不大可能打发他去入学，所以推定往三味书屋去在上一年里，是比较可以相信的。

三、遇见“闰土”

上文说到了光绪癸巳年，这一年很重要，因为在鲁迅的生活中是一个重大关键，我也已是满八岁多了，知道的事情也比较多些了。所记述的因此也可以确实些。

在这一年里应该记的是鲁迅初次认识了“闰土”。他姓章，本名运水，因为八字上五行缺水，所以小名叫作“阿水”，书名加上一个运字，大概是取“运气”的意思，绍兴俗语闰运同音，所以小说上改写作“闰”，水也换作五行中的“土”了。运水的父亲名章福庆，一向在家中帮忙工作，他的本行是竹匠，家在杜浦村，那里是海边，一片都是沙地，种些瓜豆棉花之类，农忙时在乡间种地，家里遇过年或必要时他来做帮工。那年曾祖母去世，在新年办丧事，适值轮到祭祀“当年”，更是忙乱。周家共分三大房，又各分为三小房，底下又分为三支，祖先祭祀置有祭田，各房轮流承办，小祭祀每九年轮到一回，大祭祀便要二十七年了。那一年轮到的不记得是哪一个祭祀，总之新年十八天要悬挂祖像，摆列祭器，让本家的人前来瞻拜。

这回办理丧事，中堂恰被占用了，只好变通一下，借用了本家的在大门西边的大书房来挂像，因为那些祭器如古铜大“五事”——香炉烛台和两个花瓶共五件，称为五事，——和装果品和年糕粽子的锡盘，都相当值钱，容易被白日撞门贼所偷走，须要有人看守才行，这个工作便托章福庆把他的儿子运水叫来，交付给他。

鲁迅的家当然是旧式封建家庭，但旧习惯上不知怎的对于使用的工人称呼上相当客气。章福庆因为福字犯讳，简略为章庆，伯宜公直呼他阿庆，祖母和母亲则叫老庆，小孩们统统称他庆叔，对于别家的用人也是一样，因为我还记得有过一个老工人，我们称为王富叔的。

运水来了，大家不客气的都叫他阿水，因为他年纪小，他大概比鲁迅大两三岁，可能有十五六岁吧。鲁迅叫他阿水，他叫鲁迅“大阿官”，这两人当时就成了好朋友。那时鲁迅已在三味书屋上学，当然有了好些同窗朋友，但是不论是士人或商家出身，他们都是城里人，彼此只有泛泛的交情罢了。运水来自乡下海边，有他独特的新奇的环境，素朴的性格，鲁迅初次遇到，给与了他很深的印象，后来在文章上时常说到，正是很当然的了。鲁迅往安桥头外婆家去的时候，可能去过镇塘殿吃茶，到楝树下看三眼闸，或者也看过八月十八的大潮，但是海边“沙地”上的伟大的平常的景色却没有机会看到过，这只有在运水的话里才能听见一部分。张飞鸟与蓝背在空中飞，岸上有“鬼见怕”和“观音掌”等珍奇的贝壳，地上有铁叉也戳不着的猹——或是獾猪，这些与前后所见的《尔雅图》和《山海经》图岂不是也很有一种连系么。

到了庚子新年，已在七年之后，运水来拜岁留住，鲁迅还同他上“大街”去玩了两天，留在我的旧日记上，可见到那时候还是同朋友似的相处的了。

四、祖父的故事

那年还有一件事，对于鲁迅有很大的影响的，便是家中出了变故，使得小孩们不得不暂时往外婆家去避难。在要说这事件之先，我们须得先来一讲介孚公的事情。

介孚公谱名致福，后来改名福清，在同治辛未（一八七一）年是他三十七岁的时候，中了会试第一百九十九名进士，殿试三甲钦点翰林院庶吉士，在馆学习三年，至甲戌（一八七四）年散馆，奉旨以知县用，分发四川，选得荣昌县，因亲老告近，改选江西金谿县。

介孚公的脾气生来不大好，喜欢骂人，什么人都看不起，我听他晚年怒骂，自呆皇帝（清光绪帝）昏太后（西太后）起，直骂到子侄辈。在他壮年时代大概也是如此，而且翰林外放知县，俗称“老虎班”，最是吃硬，不但立即补缺，而且官场上也相当有面子。有这两种原因，他不但很是风厉，而且也有点任意了，碰巧那上司江西巡抚又偏偏不是科甲出身，更为他所蔑视，终于顶起牛来。但官职太小究竟抵敌不过，结果被巡抚奏参，奉旨革职改教，即是革掉了知县，改充教官，那时府学县学的教授训导，仿佛是中学校的教员。他心里不服，凭了他的科甲出身，入京考取了内阁中书，一直做了十多年的京官，得不到什么升迁。

曾祖母戴老太太去世了，介孚公乃告假回家来。那时电报已通，由天津乘轮船，可以直达上海，所以在“五七”以前他同了潘姨太太和儿子伯升回到了家里。他这半年在家里发脾气，闹得鸡犬不宁，这倒还在其次，到了秋天他出外去，却闯下了滔天大祸，虽是出于意外，可是也与他的脾气有关的。

那年正值浙江举行乡试，正副主考都已发表，已经出京前来，正主考殷如璋可能是同年吧，同介孚公是相识的。亲友中有人出主意，招集几个有钱的秀才，凑成一万两银子，写了钱庄的期票，请介孚公去送给主考，买通关节，取中举人，对于经手人当然另有酬报。介孚公便到苏州等候主考到来，见过一面，随即差遣“跟班”将信送去。那时恰巧副主考正在正主考船上谈天，主考知趣得信不立即拆看，那跟班乃是乡下人，等得急了，便在外边叫喊，说银信为什么不给回条。这事情便戳穿了，交给苏州府去查办，知府王仁堪想要含胡了事，说犯人素有神经病，照例可以免罪。可是介孚公本人却不答应，公堂上振振有词，说他并不是神经病，历陈某科某人，都通关节中了举人，这并不算什么事，他不过是照样的来一下罢了。

事情弄得不可开交，只好依法办理，由浙江省主办，呈报刑部，请旨处分。这所谓科场案在清朝是非常严重的，往往交通关节的人都处了死刑，有时杀戮几十人之多。清朝末叶这种情形略有改变，官场多取敷衍政策，不愿深求，因此介孚公一案也得比较从轻，定为“斩监候”的罪名，一直押在杭州府狱内，前后经过了八个年头，到辛丑（一九〇一）年由刑部尚书薛允升上奏，依照庚子年乱中出狱的犯人，事定后前来投案，悉予免罪的例，也把他放免了。

五、避难

祖父介孚公的事我们轻描淡写的几句话说过去了，可是它给与家庭的灾祸实在不小，介孚公一人虽然幸得保全，家却也是破了。因为这是一个“钦案”，哄动了一时，衙门方面的骚扰由于知县俞凤冈的持重，不算厉害，但是人情势利，亲戚本家的嘴脸都显现出来了。大人们怕小孩子在这纷乱的环境不合适，乃打发往外婆家去避难，这本来是在安桥头村，外公晴轩公中举人后移住皇甫庄，租住范氏房屋，这时便往皇甫庄去了。

鲁迅被寄在大舅父怡堂处，我在小舅父寄湘那边，因为年纪尚小，便交给一个老女仆照料同睡，大家叫她作唐港妈妈，大概是她的乡村名字。大舅父处有表兄姊各一人，小舅父处只表姊妹四人，不能作伴，所以每天差不多都在大舅父的后楼上玩耍。我因为年纪不够，不曾感觉着什么，鲁迅则不免很受到些激刺，据他后来说，曾在那里被人称作“讨饭”，即是说乞丐。但是他没有说明，大家也不曾追问这件不愉快的事情，查明这说话的究竟是谁。这个激刺的影响很不轻，后来又加上本家的轻蔑与欺侮，造成他的反抗的感情，与日后离家出外求学的事情也是很有关连的。

不过在大舅父那里过的几个月的光阴，也不全是不愉快或是空虚无用的。他在那里固然初次感到人情的冷酷，对于少年心灵是一个重大的打击，但是在文化修养上并不是没有好处，因为这也正在那时候他才与祖国的伟大文化遗产的一大部分——板画和小说，真正发生了接触。明显的表现便是影写《荡寇志》的全部绣像。

鲁迅在家里的时候，当然也见过些绣像的书。阿长给他买的木版《山海经》，虽然年代不详，大概要算是最早了吧。那是小本木刻，因为一叶一图，所以也还清楚，那些古怪的图像，形如布袋的“帝江”，没有脑袋而以乳为目，以脐为口的“刑天”，这比龙头人身马蹄的“鼍良”还要新奇，引起儿童多少奔放丰富的想象来呀。

伯宜公旧有的两本《尔雅音图》，是广百宋斋的石印小本，一页里有四个图，原版本有一尺来大，所以不成问题，缩小后便不很清楚了。此外还存有四本《百美新咏》，全是差不多一样的女人，看了觉得单调。很特别是一部弹词《白蛇传》，上边也有绣像，不过没有多少张，因为出场的脚色本来不多。弹词那时没有读，但白蛇的故事是人人知道的，大家都同情“白娘娘”，看不起许仙，而尤其讨厌法海。《白蛇传》的绣像看上去所以无甚兴趣，只是一股怨恨的感情聚集在法海身上，看到他的图像便用指甲掐他的眼睛，结果这一叶的一部分就特别破烂了。归根结蒂的说来，绣像书虽是有过几册，可是没有什么值得爱玩的。

大舅父那里的这部《荡寇志》因为是道光年代的木刻原版，书本较大，画像比较生动，像赞也用篆隶真草各体分书，显得相当精工。鲁迅小时候也随意自画人物，在院子里矮墙上画有尖嘴鸡爪的雷公，荆川纸小册子上也画过“射死八斤”的漫画，这时却真正感到了绘画的兴味，开始来细心影写这些绣像。恰巧邻近杂货店里有一种竹纸可以买到，俗名“明公（蜈蚣）纸”，每张一文制钱，现在想起来，大概是毛边纸的一种，一大张六开吧。鲁迅买了这明公纸来，一张张的描写，像赞的字也都照样写下来，除了一些楷书的曾由表兄延孙帮写过几张，此外全数是由他一个人包办的。这个模写本不记得花了多少时光，总数约有一百页吧，一天画一页恐怕是不大够的。我们可以说，鲁迅在皇甫庄的这个时期，他的精神都用在这件工作上，后来订成一册，带回家去，一二年后因为有同学见了喜欢，鲁迅便出让给他了。

延孙那里又有一部石印的《毛诗品物图考》，小本两册，原书系日本冈元凤所作，引用《诗经》里的句子，将草木虫鱼分别的绘图列说，中国同时有徐鼎的品物图说，却不及这书的画得精美。这也给了鲁迅一个刺激，引起买书的兴趣来。现在这种石印本是买不到了，但日本天明甲辰（一七八四）的原印本却还可以看到。

六、买新书

鲁迅在皇甫庄大概住了有五六个月吧，到了年底因了典屋满期或是什么别的关系，外婆家非得搬家不可了。两家舅父决定分住两地，大舅父搬到小皋埠，小舅父回到安桥头老家去，外祖母则每年轮番的到他们家里去同住。因为小舅父家都是女孩，有点不大方便，所以鲁迅和我都一并同了大舅父搬去了。

小皋埠那里的房东似是胡秦两姓，秦家的主人秦少渔是大舅父前妻的兄弟，是诗人兼画家的秦树铦的儿子，也能画梅花，只是吃了鸦片，不务生计，从世俗的眼光看来乃是败落子弟，但是很有风趣，和鲁迅很说得来，因为小名“友”便叫他做“友舅舅”，时常找他去谈天。他性喜看小说，凡是那时所有的说部书，他几乎全备，虽然大抵是铅石印，不曾见过什么木刻大本。鲁迅到了小皋埠之后，不再作影写绣像这种工作了，他除了找友舅舅闲谈之外，便是借小说来看。我因为年纪还小，不够参加谈天，识字不多，也不能看书，所以详细情形都说不上来了。总之他在那里读了许多小说，这于增加知识之外，也打下了后日讲“中国小说史”的基础，那是无可疑的吧。

不知道是什么时候，大抵是在春天上坟时节吧，大人们看得没有什么风波了，便叫小孩们回到家里去。在皇甫庄和小皋埠所受的影响立即向着两方面发展，一是开始买新书，二是继续影写图画。

鲁迅回家后所买第一部新书，大概是也应当是那两册石印的《毛诗品物图考》。明白记得那书价是银洋两角，因为买的不是一次，掉换也有好几次。不知为什么那么的看重此书，买来后必要仔细检查，如果发见哪里有什么墨污，或者哪一页订得歪斜了，便要立即赶去掉换。有时候在没有查出缺点之前，变动了一点，有如改换封面之类，那就不能退换了，只得折价卖给某一同学，再贴了钱去另买新书。因为去的回数多了，对于书坊伙计那么丁宁妥贴的用破毛边纸包书的手法也看熟了，便学得了他们的方法，以后在包书和订书的技术方面都有一点特长，为一般读书人所不及。后来所买的同类书籍中记得有《百将图》，只可惜与《百美新咏》同样的显得单调，《二十四孝图》则因为向来讨厌它，没有收集，直到后来要研究它，这才买到了什么《百孝图》等。

上边忘记说，家里原有藏书中间有一部任渭长画的《於越先贤像传》和剑侠传图，在小时候也觉得它画得别致，很是爱好。这之后转入各种石印画谱，但是这里要说的先是一册木刻的，名叫“海仙画谱”，又称“十八描法”，著者姓小田，乃是日本人，所以这书是日本刻印的。内容只是十八图，用了各种衣褶的描法如柳叶描枣核描等，画出状如罗汉的若干模型来。当时为什么要买这册画谱，这理由完全记不得了，但是记得这一件附带的事情，便是此书的价钱是一百五十文，由我们两人和小兄弟松寿各出五十文钱，算作三人合买的。在那时节拿出两角钱去买过名物图考，为什么这一百五十文要三个人来合出呢？大概是由于小兄弟动议，愿意加入合作的吧。可是后来不知是因为书没有意思，还是不能随意取阅的缘故呢，他感觉不满意，去对父亲“告诉”了。伯宜公躺在小榻上正抽鸦片烟，便叫拿书来看，鲁迅当初颇有点儿惶恐，因为以前买书都是瞒着大人们的。伯宜公对于小孩却是很有理解，他拿去翻阅了一遍，并不说什么话，仍旧还了我们了。鲁迅刚读过《诗经》，小雅《巷伯》一篇大概给他很深的印象，因此他有一个时候便给小兄弟起了一个绰号，便是“谗人”。但是小兄弟既然还未读书，也不明白它的意义，不久也就忘了。那本画谱鲁迅主张单给了小兄弟，合股的一百文算是扔掉了，另外去买了一本来收着，同一《海仙画谱》所以有两本的原因就是为此。

关于这小兄弟还有一件事，可写在这里。鲁迅在一九二五年写有一篇小文，题曰“风筝”，后来收在《野草》里边。他说自己嫌恶放风筝，看见他的小兄弟在糊蝴蝶风筝，便发了怒，将风筝的翅骨折断，风轮踏扁了。事隔多年之后，心里老觉得抱歉似的，心想对他说明，可是后来谈及的时候，小兄弟却是什么也不记得了。这所说的小兄弟也正是松寿，不过《野草》里所说的是“诗与真实”和合在一起，糊风筝是真实，折断风筝翅骨等乃是诗的成分了。松寿小时候爱放风筝，也善于自糊风筝，但那是戊戌（一八九八）以后的事，鲁迅于那年春天往南京，已经不在家里了。而且鲁迅对于兄弟与游戏，都是很有理解，没有那种发怒的事，文章上只是想像的假设，是表现一种意思的方便而已。松寿生于光绪戊子（一八八八），在己亥庚子那时候刚是十二三岁。

七、影写画谱

我们把新书与画谱分开了来说，其实这两者还只是一件事。新书里也包含着画谱，有些新印本买得到的，就买了来收藏，有些旧本找不到，便只好借了来看，光看看觉得不够，结果动手来影画下来。

买到的画谱，据我所记得的，有《芥子园画传》四集，《天下名山图咏》，《古今名人画谱》，《海上名入画稿》，《点石斋丛画》，《诗画舫》，《晚笑堂画传》木版本尚有流传，所以也买到原本，别的都是石印新书了。有几种旧的买不到，从别人处借了来看，觉得可喜，则用荆川纸蒙在书上，把它影写下来。这回所写的比以前《荡寇志》要进一步，不是小说的绣像，而是纯粹的绘画了。这里边最记得清楚的是马镜江的两卷《诗中画》，他描写诗词中的景物，是山水画而带点小人物，描起来要难得多了。但是鲁迅却耐心的全部写完，照样订成两册，那时看过的印象觉得与原本所差无几，只是墨描与印刷的不同罢了。

第二种书，这不是说次序，只是就记忆来说，乃是王冶梅的一册画谱。王冶梅所画的有梅花石头等好些种，这一册是写意人物，画得很有点别致。这里又分上下二部，上部题名“三十六赏心乐事”，图样至今还觉得很熟悉，只是列举不出了，记得有一幅画堂上一人督率小童在开酒坛，柴门外站着两个客人，题曰“开瓮忽逢陶谢”，又一幅题曰“好鸟枝头自赏”。在多少年之后我见到一部日本刻本，这《赏心乐事》尚有续与三续，鲁迅所写的大概是初版本，所以只有三十六事，作为上卷，都是直幅，下卷则是横幅，性质很杂，没有什么系统。所画都是人物，而简略得很，可以说是一种漫画，上卷则无讽刺意味，下卷中有一幅画作乞丐手牵一狗，狗口衔一瓢向人乞钱，题词首一句云“丐亦世之达人乎”，惜下文都忘记了。

第三种所画又是很有点特殊的，这既非绣像，也不是什么画谱，乃是一卷王磐的《野菜谱》，原来附刻在徐光启的《农政全书》的末尾的。《野菜谱》原是讲“荒政”的书，即是说遇到荒年，食粮不够，有些野菜可以采取充饥，这一类书刻本难得见，只有《野菜谱》因为附刻关系，所以流传较广。这书还有一样特色，它的品种虽是收得比较少些，但是编得很有意思，在每一幅植物图上都题有一首赞，似歌似谣，虽或有点牵强，大都能自圆其说。鲁迅影写这一卷书，我想喜欢这题词大概是一部分原因，不过原本并非借自他人，乃是家中所有，皮纸大本，是《农政全书》的末一册，全书没有了，只剩此一册残本，存在大书橱的乱书堆中。依理来说，自家的书可以不必再抄了，但是鲁迅却也影写了一遍，这是什么缘故呢？据我的推测，这未必有什么大的理由，实在只是对于《野菜谱》特别的喜欢，所以要描写出来，比附载在书末的更便于赏玩罢了。

鲁迅小时候喜爱绘画，这与后来的艺术活动很有关系的，但是他的兴趣并不限于图画，又扩充到文字上边去，因此我们又要说一说他买书的事了。这回他所要买的不再是小孩们看了玩的图册，而是现今所称祖国文学遗产的一部分了。上文我们说到合买《海仙画谱》，大概是甲午（一八九四）年的事情，那末这里所说自然在其后，当是甲午乙未这两年了。小说一类在小皋埠“友舅舅”那里看了不少，此时并不热心追求，所注意的却是别一部类，这比起小说来虽然也算是“正经”书，但是在一心搞“举业”——即是应科举用的八股文的人看来，乃是所谓“杂学”，如《儒林外史》里的高翰林所说，是顶要不得的东西。但是在鲁迅方面来说，却是大有益处，因为这造成他后来整理文化遗产的基础与辑录《会稽郡故书杂集》，《古小说钩沉》，写《中国小说史略》等，都是有关系的。他的买书时期大约可以分作两段，这两年是第一段，正是父亲生病的时期，第二段则是父亲死后，伯宜公没于丙申（一八九六）年九月，所以计算起来该是丙申丁酉的两年，到了戊戌三月鲁迅便已往南京去了。

不记得是什么时候，总之是父亲病中这一段里吧，鲁迅从本家那里，可能是叔祖玉田，也可能是玉田的儿子伯㧑，借来了一部书，发生了很大的影响。这是一部木版小本的“唐代丛书”，在丛书中是最不可靠的一种，据后来鲁迅给人的书简中说：“所收的东西大半是乱改和删节的，拿来玩玩固无不可，如信以为真，则上当不浅也。”但引据固然不能凭信，在当时借看实在原是“拿来玩玩”的意思，所以无甚妨碍。倒是引起读书的兴味来，这一个用处还是一样的。那里边所收的书，看过大抵忘了，但是有一两种特别感觉兴趣，就不免想要抄它下来，正与影写画谱是同一用意。我那时年幼没有什么知识，只抄了一卷侯宁极的《药谱》，都是药的别名，原见于陶谷的《清异录》中。鲁迅则选抄了陆羽的《茶经》，计有三卷，又陆龟蒙的《五木经》和《耒耜经》各一篇，这便大有意义，也就是后来大抄《说郛》的原因了。

八、三味书屋

鲁迅往三味书屋念书，在癸巳（一八九三）年间已跟寿镜吾先生受业，我去是在次年甲午的中间了吧，镜吾先生因学生多了，把我分给他的次子洙邻先生去教，所以我所知道的三味书屋，乃是甲午以后的情形。寿宅与鲁迅故家在一条街上，不过鲁迅的家在西头，称为东昌坊口，寿宅是在东边，那里乃是覆盆桥了。周氏祖居也在覆盆桥，与寿宅隔河南北相对，通称老台门周宅，西头东昌坊口的一家是后来分耜出的，所以称为新台门。从新台门到寿宅，这其间大概不到十家门面，走起来只要几分钟工夫，寿宅门坐南朝北，走过一条石桥便是大门，不过那时正屋典给了人家，是从偏东的旁门出入的。进了黑油的竹门是一排房屋，迤南三间小花厅，便是三味书屋，原是西向，但是西边正屋的墙很高，“天井”又不大，所以并不记得西晒炎热。

三味书屋的南墙上有一个圆洞门，里边一间有小匾题什么小憩四字，是洙邻先生的教读处，镜吾先生则在外间的花厅里。正中墙上挂着

“三味书屋”的匾额，据洙邻先生后来告诉我说，这本来是三余书屋四字，镜吾先生的父亲把它改了的，原来典故忘了，只知道是将经史子比食物，经是米谷，史是菜蔬，子是点心。

匾下面画桌上挂着一幅画，是树底下站着一只大梅花鹿，这画前面是先生的宝座，是很朴素的八仙桌和高背的椅子。学生的书桌分列在四面，这里向西开窗，窗下都是大学生，离窗远的便要算较差了。

洙邻先生说，鲁迅初去时桌子排在南边靠墙，因为有圆洞门的关系，三副桌椅依次排列下来，便接近往后园去的小门了。后园里有一株腊梅花，大概还有桂花等别的花木吧，也是毛厕所在地，爱玩的学生往往推托小便，在那里闲耍，累得先生大声叫唤，“人到哪里去了？”这才陆续走回来。靠近园门的人可以随便溜出去玩，本来是很方便的，鲁迅却不愿意，推说有风，请求掉换坐位，先生乃把他移到北边的墙下，我入学时看见他的坐位便是那个。

三味书屋是绍兴东城有名的一个书房，先生品行方正，教读认真，“束修”因此也比较的贵，定为一律每节银洋二元，计分清明端午中秋年节四节，预先缴纳。先生专教经书，不收蒙学，因此学生起码须得读《大学》《中庸》，可是商家子弟有愿读《幼学琼林》的也可以答应，这事情我没有什么记忆，但是鲁迅在《朝花夕拾》中有得说及，所云“嘲人齿缺，曰狗窦大开”，即是。

先生的教法是，早上学生先背诵昨日所读的书和“带书”，先生乃给上新书，用白话先讲一遍，朗读示范，随叫学生自己去读，中午写字一大张，放午学。下午仍旧让学生自读至能背诵，傍晚对课，这一天功课就算完了。鲁迅在家已经读到《孟子》，以后当然继续着读

《易经》，《诗经》，——上文说到合买《海仙画谱》，便在这时节了，——《书经》，《礼记》以及《左传》。这样，所谓五经就已经完了，加上四书去，世俗即称为九经。在有志应考的人，九经当然应当读完，不过在事实上也不十分多，鲁迅那时却不自满足，难得在“寿家”读书，有博学的先生指教，便决心多读几部“经书”。

我明了的记得的有一部《尔雅》，这是中国最古的文字训诂书，经过清朝学者们研究，至今还不容易读，此外似有《周礼》，《仪礼》，因为说丧礼一部分免读，所以仿佛还有点记忆。不过《尔雅》既然是部字书，讲也实在无从讲起，所以先生不加讲解，只教依本文念去，读本记得叫作“尔雅直音”，是在本文大字右旁注上读音，没有小注的。

书房上新书，照例用“行”计算，拙笨的人一天读三四行，还不能上口，聪明的量力增加，自几十行以至百行，只要读得过来，别无限制。因此鲁迅在三味书屋这几年里，于九经之外至少是多读了三部经书，——《公羊》读了没有，我不能确说。经书早已读了，应当“开笔”学八股文，准备去应考了，这也由先生担任，却不要增加学费，因为“寿家”规矩是束修两元包教一切的。先生自己常在高吟律赋，并不哼八股，可是做是能做的，用的教本却也有点特别，乃是当时新刊行的《曲园课孙草》，系俞曲园做给他的孙子俞陛云去看的，浅显清新，比较的没有滥调恶套。“对课”本来是做试帖诗的准备工作，鲁迅早已对到了五字课，即是试帖的一整句了，改过来作五言六韵，不是什么难事了。

上边所说都是关于鲁迅在书房里的情形和他的功课，未免有点沉闷，现在再来讲一点他在书房外的活动吧。三味书屋的学生本来也是比较守规矩，至多也只是骑人家养了避火灾的山羊，和主人家斗口而已，鲁迅尤其是有严格的家教，因为伯宜公最不喜欢小孩在外边打了架，回家来告诉受了谁的欺侮，他那时一定这么的说：谁为什么不来欺侮我的呢？小孩们虽觉得他的话不尽合理，但也受了教训，以后不敢再来了。话虽如此，淘气吵架这也不能尽免，不过说也奇怪，我记得的两次都不是为的私事，却是路见不平，拔刀相助，所以闹了起来的。

这第一次是大家袭击“王广思的矮癞胡”。在新台门与老台门之间有一个旧家王姓，称“广思堂”，一般称它作“王广思”，那里有一个塾师开馆教书，因为形体特殊，浑名叫作矮癞胡，即是说身矮头秃有须罢了。一般私塾都相当腐败，这一个也是难免，痛打长跪极是寻常，又设有一种制度，出去小便，要向先生领取“撒尿签”，否则要受罚，这在整饬而自由的三味书屋的学生听了，自然觉得可笑可气。后来又听哪一个同学说，家里有小孩在那里上学，拿了什么点心，“糕干”或烧饼去，被查出了，算是犯了规，学生受责骂，点心则没收，自然是先生吃了吧？人家听了这报告，不禁动了公愤，由鲁迅同了几个肯管闲事的商家子弟，乘放午学的时候，前去问罪，恰好那边也正放学，师生全不在馆，只把笔筒里的好些“撒尿签”全都撅折了，拿朱墨砚台翻过来放在地上，表示有人来袭击过了。

这第一阵比较的平稳过去，第二次更多有一点危险性，却也幸得无事。大约也在同一年里，大家又决议行动，去打贺家的武秀才。这贺家住在附近的绸缎弄里，也不知道他是什么名字，只听说是“武秀才”，这便引起大家的恶感，后来又听说恐吓通行的小学生，也不知是假是真，就决定要去惩罚他一下。在一天傍晚放学之后，章翔耀，胡昌薰，莫守先等人都准备好了棍棒，鲁迅则将介孚公在江西做知县时，给“民壮”（卫队）挂过的腰刀藏在大褂底下带了去。大家像《水浒》里的好汉似的，分批走到贺家门口等着，不知怎的那天武秀才不曾出来，结果打架没有打得成。是偶然还是故意不出来的呢，终于未能清楚，但在两方面总都是很有好处的。

九、药店与当铺

鲁迅在三味书屋的事情，我所知道的是甲午至丙申（一八九四至一八九六）年这一段落，这里所说差不多也是同一时期，不过环境不同而已。前者是在书房里，后者则是伯宜公病中，鲁迅奔走于当铺和药店之间，所以定了这样一个题目。伯宜公生病前后经过三个年头，于丙申年九月初六日去世。他从什么时候病起，很难一句话断定，但略有年月事实可以稽考，因为甲午中国在朝鲜战败，伯宜公在大厅前同人谈论，表示忧虑，我记得很明白，可见那时还未卧病。其次是嫁在东关金家的小姑母于是年十月去世，伯宜公还去吊丧，而且亲自为穿着殓衣，更可知是健康的了。推测起来发病的时候当在冬季，他突然吐血，一般说是肺痈，即是现今所谓肺结核，后来双脚发肿，逐渐胀至肚腹，医生又认为臌胀，在肺痈与臌胀两样治疗之下拖了两年，终于不治。这中间也可以分出个段落来，大抵病初发时一时紧张，后来慢慢安定下来，虽然病势实是有进无退，总还暂时保持一个小康，到了进入丙申末一年，则是情势日益紧迫了。根据这个看法，可以对于三味书屋一节略作补充说明，即是那里所说多是甲午乙未的事，而这里则是以丙申为主，所以两者时期虽有重复，但这样看去又是显有区分了。

在伯宜公生病这个期间，鲁迅的生活是很忙的，一面要上书房，一面要帮家务，看病虽然用不着他，主要是去跑街，随时要离开书房，走六七里路上大街去。家中那时因为章庆在农忙时不能来，另外长期雇用了一个工人，也是章庆介绍来的，名叫潘阿和，有六十岁了吧。这是一个很老实的老百姓，但因为买东西有些不大“在行”，价贵还不打紧，重要的是货色差。因此只好由鲁迅自己出马，买得到好货色了，价格自然不会便宜，因为那时商人欺侮乡下人赚钱，同时恭维少爷老爷，也仍在赚钱，不过手段不同一点罢了。鲁迅上街最轻松的差使是给伯宜公去买水果，大抵是鸭儿梨和苹果，也有“花红”，水果店主日久面熟，便尊称他“小冷市”，这句市语不明白，问伯宜公才知道即是说“少掌柜”。不过差使不能老是那么好，自然也有些不愉快的，上当铺就是其一了。

现在的青年诸君中间，大概已经有许多人不知道这当铺是什么东西的吧，至于曾经进去过的自然更是没有了。据说宋朝以来，寺院里设有“长生质库”，算是惠民的设备之一，平民临时需用钱的，可以拿衣物去当抵押品，借出钱来，偿还时加上利息，过期不还自然就“当没”了，由质库变卖归本。后来这项买卖从和尚转到了资本家的手里，表面上仍说是“惠民”，实际是高利贷的一种了。这且不在话下，单只就它设备来说，也就够吓人了。它虽然也是一种行业，但店面便很特别，照例是一个坚固的墙门，再走过小门，一排高柜台，异乎寻常的高，大抵普通身材的大人站上去，他的眼睛才够得着看见柜台面吧，矮一点的便什么都看不见，只得仰着头把东西往上送去。

当铺的伙计当初因为徽州人居多的缘故吧，一律称为朝奉，又是自高自大，依恃主人是地主土豪，来当的又都是穷人，所以显出一副傲慢的神气。用的“当票”也很特殊，票面原印有简单规则，大抵年久磨灭得几乎看不出了，只有店铺字号还可辨别，空白处写所当物品和钱数，又特别使用一种所谓当票字，极不易懂，比平常草书还要难，措词更怪，例如一件羊皮女袄，票上奇字解读出来乃是“羊皮烂光板女袄”，银饰则云低银，却记不起原来文句了。为什么这样说的呢？说它有意偷换，那倒也未必，实在因为怕负责任，说不定在保管时期皮袄霉脱，须要赔偿，预先说是烂光板，这就可以不怕了。只此一节也就可以想见当铺的不正行为，至于利息似是长年百分之十二，期限十八个月，到期付利息，可以改票展期。这在高利贷中间还不算很凶的一种，但那样欺人的气势就已叫人够难受的了。鲁迅家中虽已破落，那时也还有水田二十多亩，不过租谷仅够一年吃食费用，于今加上医疗之费无法筹措，结果自然只好去请教当铺，而这差使恰是落在鲁迅的头上，站在那高柜台下面是什么情形，那是可以想像得来的了。

鲁迅的别一种差使是跑药店。伯宜公的病请过好些“名医”诊治，终于诊断不出是什么病症，但总之是极严重的。家里知道这一点，因此不敢怠慢，找了绍兴城内顶有名的医生来看，经过姚芝仙何廉臣两位大夫精心应付了一年多之后，病人终于死了。我们也不能专怪那医不好病的医生，不过“名医”的应付欺骗的手段总是值得谴责的。鲁迅在《朝花夕拾》第七篇《父亲的病》中间，对于那些主张“医者意也”，说“医生医得病，医不得命”的先生们痛加攻击，很是明白，这里不必再来复述了。那文章里所举出来的珍奇的“药引”，有如“原配蟋蟀一对”啦，“经霜三年的甘蔗”啦，这实在是“卖野人头”，炫奇骗人，一方面也有意为难，叫人家找不到，好像法术书中教人用癞虾蟆油或啄木鸟舌头，缺了不能灵验，便不是他的责任了。水肿即是臌胀，所以服用“败臌皮丸”，这正是巫师的厌胜的方法，鲁迅拿清末的刚毅用“虎神营”去克制洋鬼子相比，这个譬喻虽是有点促狭，可是并非不适合的。他在哪一家药店买的“败臌皮丸”，我已经记不清楚了，不过这大概不是常去的顶有名的震元堂，而是医生所特别指定的，与他有什么关系的一家药店吧。

一〇、往南京

伯宜公于丙申（一八九六）年九月去世，鲁迅往南京是在戊戌（一八九八）年闰三月，这中间原是有一年半的光阴，还是住在家里的。但是我于丁酉年初即往杭州，看在狱里的祖父去了，到了鲁迅走后的戊戌年秋天才又回家，所以这一年半的事情我大部分不知道，不能另立一章来细说，只好摘要的来带说一下。

伯宜公没后这几个月里，家里忙于办丧事，鲁迅并没有余暇去买什么书，但是在第二年中却买了不少重要的，便是说与他后来的工作有关的书籍。单据我所记得的来说，石印《阅微草堂笔记》五种，王韬的《淞隐漫录》，都是继承以前买书的系统来的，新的方向有《板桥全集》等。这些普通的书他送到杭州来给我看过，但是在我回家之后，却又看到别的高级的书，不是一般士人书斋里所有的。就所记得的来说，有木刻本《酉阳杂俎》全集，这书在唐代丛书中有节本，大概看了感觉兴趣，所以购求全本的吧。有《古诗源》，《古文苑》，《六朝文絜》，正谊堂本《周濂溪集》，这算是周家文献的关系，张敦颐的《六朝事迹类编》则是仿宋复刻本，最是特别的则是一部二酉堂丛书了。这是武威张澍所刻的辑录的古书，与后来买到的茆泮林的十种古逸书同样的给予鲁迅以巨大的影响。鲁迅立意辑录乡土文献，古代史地文字，完全是二酉堂的一派，古小说则可以说是茆氏的支流了。二酉堂丛书还有一种特色，这便是它的字体，虽然并不完全依照“说文”来复原，写成楷书的篆字，但也写得很正确，因此有点别扭，例如“武”必定用止戈二字合成，他号“介侯”，第二字也必写作从𠂉从矢。鲁迅刻《会稽郡故书杂集》的时候，多少也用这办法，只可惜印本难得，除图书馆之外无从看得到了。

鲁迅往南京以前的一年间的事情，据他当时的日记里说，（这是我看过记得，那日记早已没有了，）和本家会议本“台门”的事情，曾经受到长辈的无理的欺压。新台门从老台门分出来，本是智仁两房合住，后来智房派下又分为兴立成三小房，仁房分为礼义信，因此一共住有六房人家。鲁迅系是智兴房，由曾祖父苓年公算起，以介孚公作代表。这次会议有些与智兴房的利益不符合的地方，鲁迅说须要请示祖父，不肯签字，叔祖辈的人便声色俱厉的强迫他，这字当然仍旧不签，但给予鲁迅的影响很是不小，至少不见得比避难时期被说是“讨饭”更是轻微吧。还有一件，见于《朝花夕拾》第八篇《琐记》中，便是有本家的叔祖母一面教唆他可以窃取家中的钱物去花用，一面就散布谣言，说他坏话，这使得他决心离开绍兴，跑到外边去。只是这件事情我不大清楚，所以只能提及一下，无从细叙情由了。

鲁迅于戊戌（一八九八）年闰三月过杭州往南京。十七日到达，去的目的是进江南水师学堂，四月中考取了试读生，三个月后正式补了三班，据《朝花夕拾》上所说，每月可得津贴银二两，称曰赡银。水师学堂系用英文教授，所以全部正式需要九年，才得毕业，前后分作三段，初步称曰三班，每三年升一级，由二班以至头班。到了头班，便是老学生老资格，架子很大，对于后辈便是螃蟹式的走路，挡住去路，绝不客气了。学生如此封建气，总办和监督自然更甚，鲁迅自己说过，在那里总觉得不大合适，可是无法形容出来，“现在是发见了大致相近的字眼了，‘乌烟瘴气’，庶几乎其可也。”这乌烟瘴气的具体事实，并不单是中元给溺死的两个学生放焰口施食，或是国文出“咬得菜根则百事可做论”之类，还有些无理性的专制压迫。例如我的旧日记里所有的，一云驾驶堂学生陈保康因文中有老师一字，意存讽刺，挂牌革除，又云驾驶堂吴生扣发赡银，并截止其春间所加给银一两，以穿响鞋故，响鞋者上海新出红皮底圆头鞋，行走时吱吱有声，故名。这两件虽然都是方硕辅当总办时的事，距戊戌已有三年，但此种空气大概是一向已有的了。

鲁迅离开水师学堂，便入陆师，不过并不是正式陆军学生，实在乃是矿路学堂，附设在陆师学堂里边，所以总办也由陆师的来兼任。不知道为什么缘故，陆师学堂的总办与水师学堂的一样的是候补道，却总要强得多。当初陆师总办是钱德培，据说是绍兴“钱店官”出身，却是懂得德文，那时办陆军是用德国式的，请有德国教官，所以他是有用的。后任是俞明震，在候补道中算是新派，与蒯光典并称，鲁迅文中说他坐马车中，手里拿一本《时务报》，所出国文课题自然也是“华盛顿论”而不再是论管仲或汉高祖了。矿路学堂的功课重在开矿，以铁路为辅，虽然画铁轨断面图觉得麻烦，但自然科学一部分初次接触到，实在是非常新鲜的。金石学（矿物学）有江南制造局的《金石识别》可用，地学（地质学）却是用的抄本，大概是《地学浅说》刻本不容易得的缘故吧，鲁迅发挥了他旧日影写画谱的本领，非常精密的照样写了一部，我在学堂时曾翻读一遍，对于外行人也给了不少好处。三年间的关于开矿筑路的讲义，又加上第三年中往句容青龙山煤矿去考察一趟，给予鲁迅的利益实在不小，不过这不是技术上的事情，乃是基本的自然科学知识，外加一点“天演论”，造成他唯物思想的基础。

鲁迅在矿路学堂十足的读了三年书，至辛丑（一九〇一）年末毕业，次年二月同了三个同学往日本留学，想起来该是前四名吧。这三年中我恰巧是在家里，到末一年的八月，才往南京进水师学堂，所以我所亲身闻见的事只是末了的五个月，因此所能清楚叙述的也就不多了。

一一、东京与仙台

鲁迅等人由江南督练公所派往日本留学，原来目的当然是继续学开矿去的吧，可是那时官场办事前后不接头，学生出去之后就全不管了。留学生到了外国，第一要赶学语文，同时还得学习普通科学知识，因为那时还是科举时代，去留学的人们中间尽有些秀才，做得上好的八股文或策论，至于别的“西学”，全未问津，须得从头搞起，像鲁迅他们在学堂里学过几年的人乃是例外，实际上很是吃亏，因为他们不能单独补习外国语，也得跟着上班，听讲已经学过了的功课。

鲁迅在日本头两年便是在东京弘文学院里，那是普通科，期限二年，毕业后可以升考各专门学校，或是要进国立大学，还得另入高等学校三年，即是大学预科，但是留学生中极少去求学问的人，目的大抵只在仕进，觉得专门学校前后五年，未免太长了，想要有什么速成的办法，于是市上应了需要就出现了许多速成班，期限一年两年，也有只是六个月的，用翻译上课，来的人很多，这末一来就把留学界搞得稀糟了。一般留学生又觉得五年的期间很短，一会儿就要回去，如果剪了头发，一时不能留得起来，所以仍多留着辫发，只把它盘起来，用制帽盖住。有些特别是速成班的先生们，像道士似的梳上一个髻，从帽顶上突出来，样子很怪，大家给它浑名云“富士山”，而且有的还从帽沿下拖下好些发缕来，更是难看。鲁迅当初也是留发的，但是他把“顶搭”留得很小，不多的辫发盘在帽子里，不露出什么痕迹。及至看见了这些“富士山”的情形，着实生气，这时从庚子以后养成的民族革命思想也结了实，所以他决心剪去了头发，从新照了一张脱帽的照相，寄给我看，查旧日记是癸卯（一九〇三）年二月间的事。

鲁迅在弘文学院的两年，平稳无事的过去了，只有一次闹退学，乃是全体的事情，不久也就解决。鲁迅普通科毕业后，考进了仙台的医学专门学校。他学医的动机在《朝花夕拾》中自己说过，完全是因为父亲病中受了“名医”的欺骗，立志要学好医术，好治病救人。本来在千叶和金泽地方，也都设立有医学专门学校，但是他却特地去挑选了远在日本东北的仙台医专，这也是有理由的。因为他在东京看厌了那些“富士山”们，不愿意和他们为伍，只有仙台医专因为比千叶金泽路远天冷，还没有留学生入学，这是他看中了那里的唯一理由。他在那里住了两年，刚刚把医学校的前期功课即是基础学问搞完的时候，又呈请退学，回到东京来了。

鲁迅最初在东京的两年，以及在仙台的两年，这四年期间我都在南京，所以他的事情我直接知道的很少，除了他写信告知的那一点，而那些并不都记入日记里，所以所存的也不多了。但是关于在仙台的这一段落，幸而他在《朝花夕拾》里写有一篇《藤野先生》，对于他离开仙台的事情有所说明，我们这里也就以此为依据。

鲁迅学医的目的本是为谋国人身体的健康，其往仙台的原因则是讨厌在东京的留学生，可是到了仙台，也仍多有不愉快的事情。虽然教员中间有藤野先生的人，热心照顾，但也引起了同学的妒忌，有检查讲义和写匿名信的事。最重要的是在看日俄战争的影片，有给俄军打听消息的中国人，被日军查获处刑，周围还站着好些中国人在那里呆看。这给予了他一个多么大的刺激！那影片里的人，被杀的和看杀人的有着很健康的身体，可是这有什么用呢？只有一个好身体，如果缺少了什么，还是不行。他想到这里，觉得他以前学医的志愿是错了。应该走什么救国的路才对，那是第二个问题，第一个问题则是学医无用，这样就够使他决定了离开仙台的医校了。

鲁迅从仙台退学，长与医学告辞了，可是对于藤野先生的好意却总是不能忘记，不但在他书房里一直挂着背后题有“惜别”二字的照片，而且还在十多年后写了一篇纪念文章，收在《朝花夕拾》里边。

一九三五年日本岩波文库中要出《鲁迅选集》的时候，问他选什么文章好，回答说一切随意，但希望能把《藤野先生》选录进去。据说鲁迅的意思是，希望借此可以打听到藤野先生的一点消息。可是没有能够达到这个希望，直到鲁迅没后，才得知藤野那时还是健在，在他的故乡福井县乡下开着诊疗所，给附近的贫穷老百姓服务。鲁迅的同班生小林茂雄（现在已是医学博士了）写信告诉了他鲁迅的事情，他的回信里有这么一节话："我在少年时代，曾从来到酒井藩校的野坂先生，请教汉文，感觉尊敬中国的圣贤之外，对于那边的人也非看重不可。……不问周君是何等样的人，在那时前后，外国的留学生恰巧只是周君一人。因此给帮忙找公寓，下至说话的规则，也尽微力加以协助，这是事实。忠君孝亲这是本国的特产品也未可知，但是受了邻邦儒教的刺激感化，也似非浅鲜，因此对于道德的先进国表示敬意，并不是对于周君个别的人特别的加以照顾。"照这信看来，藤野先生乃是古道可风的人，自然决不会泄漏试题，而且在小林博士那里又保留着一九〇五年春季升级考试的分数单，列有鲁迅的各项分数，照录于下：——

解剖　五十九分三

组识　七十二分七

生理　六十三分三

伦理　八十三分

德文　六十分

物理　六十分

化学　六十分

平均为六十五分五，一百四十二人中间列第六十八名。仙台的同学们疑心鲁迅解剖学特别考得好，看到了这分数单，不禁要惭愧了吧。

一二、再是东京

鲁迅从仙台回到东京，在公寓里住了些时候，夏天回家去结了婚。那时适值我也得着了江南督练公所的官费，派往日本留学，所以先回家一走，随即同了他经上海到东京去。自一九〇六至一九〇九年这四年间，因为我和鲁迅一直在一起，他的事情多少能够知道，不过说起来也实在不多，因为年代隔得久了，是其一，其次是他过的全是潜伏生活，没有什么活动可记；虽然这是在作后年文艺活动的准备，意义也很是重大的。

鲁迅最初志愿学医，治病救人，使国人都具有健全的身体，后来看得光是身体健全没有用，便进一步的想要去医治国人的精神，如果这话说得有点唯心的气味，那末也可以说是指我们现在所说的“思想”吧。这回他的方法是利用文艺，主要是翻译介绍外国的现代作品，来唤醒中国人民，去争取独立与自由。他决定不再正式的进学校了，只是一心学习外国文，有一个时期曾往“独逸语学协会”所设立的德文学校去听讲，可是平常多是自修，搜购德文的新旧书报，在公寓里靠了字典自己阅读。本来在东京也有专卖德文的书店，名叫南江堂，丸善书店里也有德文一部分，不过那些哲学及医学的书专供大学一部分师生之用，德国古典文学又不是他所需要的，所以新书方面现成的买得不多，说也奇怪，他学了德文，却并不买歌德的著作，只有四本海涅的集子。他的德文实在只是“敲门砖”，拿了这个去敲开了求自由的各民族的文学的门，这在五四运动之后称为“弱小民族的文学”，在当时还没有这个名称，内容却是一致的。具体的说来，这是匈牙利，芬兰，波兰，保加利亚，波希米亚（德文也称捷克），塞尔维亚，新希腊，都是在殖民主义下挣扎着的民族，俄国虽是独立强国，因为人民正在力争自由，发动革命，所以成为重点，预备着力介绍。就只可惜材料很是难得，因为这些作品的英译本非常稀少，只有德文还有，在瑞克阑姆小文库中有不少种，可惜东京书店觉得没有销路吧，不把它批发来，鲁迅只好一本本的开了账，托相识的书商向丸善书店定购，等待两三个月之后由欧洲远远的寄来。他又常去看旧书摊，买来德文文学旧杂志，看出版消息，以便从事搜求。有一次在摊上用一角钱买得一册瑞克阑姆文库小本，他非常高兴，像是得着了什么宝贝似的，这乃是匈牙利爱国诗人裴多菲所作唯一的小说《绞吏的绳索》，钉书的铁丝锈烂了，书页已散，他却一直很是宝贵。他又得到日本山田美妙所译的，菲律宾革命家列札尔（后被西班牙军所杀害）的一本小说，原名似是“社会的疮”，也很珍重，想找英译来对照翻译，可是终于未能成功。

鲁迅的文艺运动的计划是在于发刊杂志，这杂志的名称在从中国回东京之前早已定好了，乃是沿用但丁的名作“新生”，上面并写拉丁文的名字。这本是同人杂志，预定写稿的人除我们自己之外，只有许寿裳袁文薮二人。袁在东京和鲁迅谈得很好，约定自己往英国读书，一到就写文章寄来，鲁迅对他期望最大，可是实际上去后连信札也没有，不必说稿件了。剩下来的只有三个人，固然凑稿也还可以，重要的却是想不出印刷费用来，一般官费留学生只能领到一年四百元的钱，进公立专门的才拿到四百五十元，因此在朋友中间筹款是不可能的事，何况朋友也就只有这三个呢？看来这《新生》的实现是一时无望的了，鲁迅却也并不怎么失望，还是悠然的作他准备的工作，逛书店，收集书报，在公寓里灯下来阅读。鲁迅那时的生活不能说是怎么紧张，他往德文学校去的时候也很少，他的用功的地方是公寓的一间小房里。早上起来得很迟，连普通一合牛乳都不吃，只抽了几枝纸烟，不久就吃公寓的午饭，下午如没有客人来，（有些同乡的亡命客，也是每日空闲的。）便出外去看书，到了晚上乃是吸烟用功的时间，总要过了半夜才睡。不过在这中间，曾经奋发过两次，虽是期间不长，于他的工作都有很大的帮助。

其一是在一九〇七年夏季，同了许寿裳陶冶公等六个人去从玛利亚孔特（亡命的俄国妇女）学习俄文，可是不到半年就散了，因为每人六元的学费实在有点压手。用过的俄文读本至今保留着，鲁迅的一册放在“故居”，上边有他添注的汉字。

其二是在一九〇八年约同几个人，到民报社去听章太炎先生讲文字学，其时章先生给留学生举办“国学讲习会”，借用大成中学的讲堂，开讲《说文》，这回是特别请他在星期日上午单给少数的人另开一班。《说文解字》已经讲完，民报社被封，章先生搬了家，这特别班也就无形解散了，时间大概也只是半年多吧，可是这对于鲁迅却有很大的影响。鲁迅对于国学本来是有根柢的，他爱楚辞和温李的诗，六朝的文，现在加上文字学的知识，从根本上认识了汉文，使他眼界大开，其用处与发见了外国文学相似，至于促进爱重祖国文化的力量，那又是别一种作用了。

在这两年中间无意的又发生了两件事，差不多使得他的《新生》运动变相的得到了实现的机会。一九〇八年春间，许寿裳找了一所房子，预备租住，只是费用太大，非约几个人合租不可，于是来拉鲁迅，结果是五人共住，就称为“伍舍”。官费本来有限，这么一来自然更是拮据了，有一个时候鲁迅甚至给人校对印刷稿，增加一点收入。可巧在这时候有我在南京认识的一个友人，名叫孙竹丹，是做革命运动的，忽然来访问我们，说河南留学生办杂志，缺人写稿，叫我们帮忙，总编辑是刘申叔，也是大家知道的。我们于是都来动手，鲁迅写得最多，除未登完的《裴彖飞诗论》外，大抵都已收录在文集《坟》的里边。许寿裳成绩顶差，我记得他只写了一篇，题目似是“兴国精神之史耀”，而且还不曾写完。鲁迅的文章中间顶重要的是那一篇《摩罗诗力说》，这题目用白话来说，便是“恶魔派诗人的精神”，因为恶魔的文字不古，所以换用未经梁武帝改写的“摩罗”。英文原是“撒但派”，乃是英国正宗诗人骂拜伦雪莱等人的话，这里把它扩大了，主要的目的还是介绍别国的革命文人，凡是反抗权威，争取自由的文学便都包括在“摩罗诗力”的里边了。时间虽是迟了两年，发表的地方虽是不同，实在可以这样的说，鲁迅本来想要在《新生》上说的话，现在都已在《河南》上发表出来了。

第二件事是编印《域外小说集》，这也是特别有意思，因为这两小册子差不多即是《新生》的文艺部分，只是时间迟了，可能选择得比较好些，至少文字的古雅总是比听过文字学以前要更进一步了！虽然这部小说集销路不好，但总之是起了一个头，刊行《新生》的志愿也部分的得以达到了，可以说鲁迅的文艺活动第一段已经完成，以后再经几年潜伏与准备，等候五四以后再开始来作第二段的活动了。正如《河南》上写文章是不意的由于孙竹丹的介绍一样，译印《域外小说集》也是不意的由于一个朋友的帮助。这人叫蒋抑卮，原是秀才，家里开着绸缎庄，又是银行家，可是人很开通，他来东京医病，寄住在我们和许寿裳的寓里，听了鲁迅介绍外国文艺的话，大为赞成，愿意借钱印行。结果是借了他一百五十元，印了初集一千册，二集五百册，但是因为收不回本钱来印第三集，于是只好中止。同时许寿裳回杭州去，在浙江两级师范学堂做教员，不久也介绍鲁迅前去，这大概是一九〇九年秋天的事情吧。

我写这篇文章，唯一的目的是报告事实。如果事实有不符，那就是原则上有错误，根本的失了存在的价值了。只可惜事隔多年，记忆不能很确，而亲友中又已少有能够指出我的遗漏或讹误的人，这是我所有的唯一的悲哀了。

鲁迅的文学修养

文学修养是句比较旧式的话，它的意思大略近于现代的“文艺学习”，不过更是宽泛一点，也就好讲一点。鲁迅的著作，不论小说或是杂文，总有一种特色，便是思想文章都很深刻犀利。这个特色寻找它的来源，有人说这是由于地方的关系。因为在浙江省中间有一条钱塘江，把它分为东西两部分，这两边的风土民情稍有不同，这个分别也就在学风上表现了出来。大概说来，浙西学派偏于文，浙东则偏于史，就清朝后期来说，袁随园[1]与章实斋[2]，谭复堂[3]与李越缦[4]，都是很好的例子。

---

1 袁随园，名枚，字子才，杭州人。乾隆时（十八世纪）以诗闻名。

2 章实斋，名学诚，绍兴人，乾隆时史学家，有学问而思想较旧，反对袁随园的主张，作文批评，多极严刻。著有《文史通义》等书。

3 谭复堂，名献，杭州人，善诗文，生于清末，为章炳麟之师。

4 李越缦，名慈铭，绍兴人，生于清末，长于史学及诗文，喜谩骂人，作文批评亦多严刻。著有诗文集及《越缦堂日记》。

再推上去，浙东还有毛西河[1]，他几乎专门和“朱子”朱晦庵[2]为难，攻击的绝不客气，章实斋李越缦不肯犯“非圣无法”的嫌疑，比起来还要差一点了。拿鲁迅去和他们相比，的确有过之无不及，可以说是这一派的代表。不过这一种议论，恐怕未免有唯心论的色彩，而且换句话说，无异于说是“师爷”派，与“正人君子”的代言人陈源的话相近，所以不足为凭，现在可以不谈。但是，说部分影响当然是有的，不但他读过《文史通义》和《越缦堂日记》，就是只听祖父介孚公平日的训话，也是影响不小了。介孚公晚年写有一册《恒训》，鲁迅曾手抄一本，保存至今，其中所说的话什九不足为训，可以不提，但是说话的谿刻，那总是独一的了。

我们客观一点寻找鲁迅思想文章的来源，可以分两方面来说，一是本国的，二是外国的。说到第一点，他读得中国古书很多，要具体的来说不但烦琐，也不容易，我们只好简单的来综结一句，他从那里边获得了两件东西，即是反封建礼教的思想，以及唯物思想的基础。读者们应当记得他在《朝花夕拾》中有一篇“二十四孝”，那是极好的资料，说明他反礼教思想的起源。《二十四孝》据说是“朱子”所编教孝的通俗书，专门发挥“三纲”中的“父为子纲”的精义的。书却编得很坏，许多迂阔迷信，不近人情，倒也罢了，有的简直凶残无道，如“郭巨埋儿”这一节，在鲁迅的文章里遭到无情的打击，这也就显示它给他的刺激是多么的大。历代稍有理性的文人大抵都表示过反对，可是只单独的

1 毛西河，名奇龄，绍兴萧山人，生于清初（十七世纪），学问极渊博，著有《西河合集》数百卷。

2 朱晦庵，名熹，福建人，通称朱文公，南宋时道学家，注解四书，宣传旧礼新，最有力量。

说一遍，没有什么力量，鲁迅多看野史笔记，找到许多类似的事实，有如六朝末武人朱粲以人为军粮，南宋初山东义民往杭州行在，路上吃人肉干当干粮，一九〇六年徐锡麟暗杀恩铭，被杀后心肝为卫兵所吃，把这些结合起来，得到一句结论曰礼教吃人。这个思想在他胸中存在了多少年，至一九一八年才成熟了，以《狂人日记》的形式出现于《新青年》上，不但是新文学的开始，也是反礼教运动的第一阵。

他的唯物思想的根苗并不出于野史笔记，乃是从别个来源获得的。说来也觉得有点奇怪，这来源是佛经一类的书籍。他读古书，消极方面归纳得“礼教吃人”，建立起反封建道德的思想，但积极方面也得到益处，了解祖国伟大的文化遗产。他爱好历代的图画，后来兴起板画运动，辑录史地佚书，唐以前古逸小说，都有很大的成就。

词章一方面他排斥历来的“正统派”，重新予以估价，看重魏晋六朝的作品，过于唐宋，更不必说“八大家”和桐城派了。中国佛经有许多种都是唐以前译出的，因此可以算是六朝的作品，他便以这个立场来加以鉴赏。鲁迅从谢无量的兄弟，留学印度的万慧法师那里听到说，唐朝玄奘的译经非常正确，但因为求忠实故，几乎近于直译，文字很不容易懂。反过来说，唐以前即六朝的译经，比较自由，文词流畅华丽，文艺价值更大。鲁迅曾初读佛经，当作六朝文看，并不想去研究它里边的思想，可是不意他所受的影响却正是属于思想的。他看了佛经结果并不相信佛教，但是从本国撰述的部类内《弘明集》中，发见了梁代范缜的《神灭论》，引起他的同感，以后便成了神灭论者了。手边没有《弘明集》，不可能来引用说明，就所记得的说来，大体是说神不能离形而独存，最有名的譬喻是用刀来比方，说形体是刀，精神是刀锋，刀锋的锐利是因刀而存在，刀灭则刀锋（利）也就灭了，因此神是也要与形俱灭的。鲁迅往南京进了矿路学堂，学习自然科学，受到了科学洗礼，但是引导他走向唯物路上去的，最初还是范缜的《神灭论》，后来的科学知识无非供给更多的证据，使他更坚定的相信罢了。

鲁迅从外国文学方面学习得来的东西很多，更不容易说，现在只能很简单的，就他早期写小说的时代来一谈。他于一九〇六年从医学校退学，决意要来搞文艺运动，从办杂志入手，并且拟定名称曰“新生”。计划是定了，可是没有资本，同人原来也只是四名，后来脱走了一个，就只剩下了三人，即是鲁迅，许寿裳和我。

《新生》的运动是孤立的，但是脉搏却与当时民族革命运动相通，虽然鲁迅并不是同盟会员。那时同盟会刊行一种机关报，便是那有名的《民报》，后来请章太炎先生当总编辑，我们都很尊重，可是它只着重政治和学术，顾不到文艺，这方面的工作差不多便由《新生》来负担下去。因为这个缘故，《新生》的介绍翻译方向便以民族解放为目标，搜集材料自然倾向东欧一面，因为那里有好些“弱小民族”，处于殖民地的地位，正在竭力挣扎，想要摆脱帝国主义的束缚，俄国虽是例外，但是人民也在斗争，要求自由，所以也在收罗之列，而且成为重点了。这原因是东欧各国的材料绝不易得，俄国比较好一点，德文固然有，英日文也有些。杂志刊行虽已中止，收集材料计划却仍在进行，可是很是艰难，因为俄国作品英日译本虽有而也很少，若是别的国家如匈牙利，芬兰，波兰，捷克斯洛伐克，保加利亚，南斯拉夫（当时叫塞尔维亚与克洛谛亚），便没有了，德译本虽有但也不到东京来，因此购求就要大费气力。鲁迅查各种书目，又在书摊购买旧德文文学杂志，看广告及介绍中有什么这类的书出版，托了相识的书店向丸善书店定购，这样积累起来，也得到了不少，大抵多是文库丛书小本，现在看来这些小册子并无什么价值，但得来绝不容易，可以说是“粒粒皆辛苦”了。他曾以一角钱在书摊上买得一册文库本小书，是德文译的匈牙利小说，名曰“绞刑吏的绳索”，乃是爱国诗人裴多菲所作，是他唯一的小说。这册小书已经很破旧了，原来装订的铁丝锈断，书页已散，可是鲁迅视若珍宝，据我的印象来说，似乎是他收藏中唯一宝贵的书籍。这小说的分量并不很多，不知道他为什么缘故，不曾把它译了出来。

《新生》没有诞生，但是它的生命却是存在的。一九〇七年因了孙竹丹的介绍，给《河南》杂志写文章，重要的有一篇《摩罗诗力说》，可以当作《新生》上的论文去看。一九〇九年因了蒋抑卮的借款，印出了两册《域外小说集》，登载好些俄国和波兰的作品，也即是《新生》的资料。但是鲁迅更大的绩业乃是在创作的小说上，在这上边外国文学的力量也是不小的。这里恐怕也可以有些争辩，现在只能照我所见的事实来说，给予他影响的大概有这些作家与作品。

第一个当然要算俄国的果戈理，他自己大概也是承认，“狂人日记”的篇名便是直接受着影响，虽然内容截然不同，那反礼教的思想乃是鲁迅所特有的。鲁迅晚年很费心力，把果戈理的《死魂灵》翻译出来，这部伟大的小说固然值得景仰，我们也可以说，这里看出二者的相类似，鲁迅小说中的许多脚色，除时地不同外，岂不也就是《死魂灵》中的人物么？

第二个我想举出波兰的显克微支来。显克微支的晚期作品都是历史小说，含有反动的意义，不必说了，但他早期的作品的确有很好的，

《域外小说集》中《灯台守》的诗都是他亲手所译，《炭画》一卷尤其为他所赏识，可能也给他一些影响。

此外日本作家中有夏目漱石，写有一部长篇小说，名曰“我是猫”，假托猫的口气，描写社会情状，加以讽刺，在日本现代文学上很是有名，鲁迅在东京的时候也很爱读。在鲁迅的小说上虽然看不出明了的痕迹，但总受到它的有些影响，这是鲁迅自己在生前也曾承认的。

鲁迅的国学与西学

这篇文章的题目本来想叫作“鲁迅的新学与旧学”，因为新旧的意义不明了，所以改称“国学与西学”，虽然似乎庸俗一点，但在鲁迅的青年时期原是通行的，不妨沿用它一下子。

鲁迅的家庭是所谓读书人家，祖父是翰林，做过知县和京官，父亲是个秀才，但是到了父亲的那一代，便已经衰落了。祖父因科场案入狱多年，父亲早殁，祖传三二十亩田地逐渐地都卖掉了。在十八岁的年头上，鲁迅终于觉得不能坐食下去，决意往南京去考当时仅有的两个免费的学堂，毕业之后得到官费留学日本，这样使得他能够在家庭和书房所得来的旧知识之外，再加上了新学问，成为他后来作文艺活动的基础。现在我们便想关于这事，说几句话。

鲁迅的家庭虽系旧家，但藏书却并没有多少，因为读书人本来只是名称，一般士人“读书赶考”，目的只是想博得“功名”，好往上爬，所以读的只是四书五经，预备好做八股而已。鲁迅家里当然还要好些，但是据我的记忆说来，祖传的书有点价值的就只是一部木板《康熙字典》，一部石印《十三经注疏》，《文选评注》和《唐诗叩弹集》，两本石印《尔雅音图》，书房里读的经书都是现买的。鲁迅在书房里读了几年，进步非常迅速，大概在十六岁以前四书五经都已读完，因为那时所从的是一位名师，所以又教他读了《尔雅》，《周礼》或者还有《仪礼》，这些都是一般学生所不读，也是来不及读的。但是鲁迅的国学来源并不是在书房里，因为虽然他在九经之外多读了三经，虽然旧式学者们说得经书怎么了不起，究竟这增加不了多少知识，力量远不及别的子史。鲁迅寻求知识，他自己买书借书，差不多专从正宗学者们所排斥为“杂览”的部门下手，方法很特别，功效也是特别的。他不看孔孟而看佛老，可是并不去附和道家者流，而佩服非圣无法的嵇康，也不相信禅宗，却岔开去涉猎《弘明集》，结果觉得有道理的还是范缜的《神灭论》，这从王充脱出，自然也更说得好，差不多在中国“文化遗产”中已经找着了唯物论的祖宗了。他不看正史而看野史，从《谈荟》知道列代武人之吃人肉，从《窃愤录》知道金人之凶暴，从《鸡肋编》知道往临安行在去的山东义民以人脯为干粮，从《明季稗史汇编》知道张献忠和清兵的残杀，这些材料归结起来是“礼教吃人”，成为《狂人日记》的中心思想。便是人人皆知的“二十四孝”，也给他新的刺激，《朝花夕拾》中的一篇文章便对于曹娥与郭巨的故事提出了纠弹的意见。明朝永乐皇帝朱棣的无道，正史上也不能讳言，但鲁迅更从国朝典故的另本《立斋闲录》中看到别的记录，引起极大的义愤。这都见于他的杂文上面，不必细说了。

鲁迅小时候喜欢画画，在故家前院灰色矮墙上曾画着尖嘴鸡脚的一个雷公，又在小本子上画过漫画“射死八斤”，树下地上仰卧一人，胸前插着一枝箭，这八斤原是比鲁迅年长的一个孩子，是门内邻居李姓寄居的亲戚，因为在小孩中间作威福，所以恨他。鲁迅的画没有发达下去，但在《朝花夕拾》后记里，有他自画的一幅活无常，可以推知他的本领。在别方面他也爱好图画，买了好些木刻石印的画谱，买不到的便借了来，自己动手影画。最早的一本是《荡寇志》的绣像，共有百页左右吧，前图后赞，相当精工，他都影写了下来，那时他正是满十二岁。以后所写的有《诗中画》，那是更进一步了，原本系画古人诗意，是山水画而兼人物，比较复杂得多了。第三种又很特别，乃是王冶梅画谱之一，上卷题曰“三十六赏心乐事”，是一种简笔画，下卷没有总名，都是画幅，有些画的有点滑稽，可是鲁迅似乎也很喜欢，用了贡川纸把它影下来了。所买画谱名目可不必列举，其中比较特别的，有日本画家葛饰北斋的另种画本。北斋是日本版画“浮世绘”大家，浮世绘原本那时很是名贵，就是审美书院复刻的书也都非数十元不可，穷学生购买不起，幸而在嵩山堂有木版新印本，虽然不很清楚，价格不贵，平均半元一册，便买了几册来，但大部的《北斋漫画》因为有十五册一套，就未能买得。日本木刻画本来精工，因为这是画工刻工和印工三方面合作成功的，北斋又参加了一点西洋画法，所以更是比例匀称，显得有现代的气息。这些修养，与他后来作木刻画运动总也是很有关联的吧。

对于中国旧文艺，鲁迅也自有其特殊的造诣。他在这方面功夫很深，不过有一个特点，便是他决不跟着正宗派去跑，他不佩服唐朝的韩文公（韩愈），尤其是反对宋朝的朱文公（朱熹），这是值得注意的事。诗歌方面他所喜爱的，楚辞之外是陶诗，唐朝有李长吉，温飞卿和李义山，李杜元白他也不非薄，只是并不是他所尊重的。文章则陶渊明之前有嵇康，有些地志如《洛阳伽蓝记》与《水经注》，文章也写得极好，一般六朝文他也喜欢，这可以一册简要的选本《六朝文絜》作为代表。鲁迅在一个时期很看些佛经，这在了解思想之外，重要还是在看它文章，因为六朝译本的佛经实在即是六朝文，一样值得看。这读佛经的结果，如上文所说，取得“神灭论”的思想，此外他又捐资翻刻了两卷的《百喻经》，因为这可以算得是六朝人所写的一部小说。末了还有一件要说的，是他的文字学的知识。过去一般中国人“读书”，却多是不识字，虽然汉末许叔重做了《说文解字》十五篇，一直被高搁起来，因为是与“科举”无关，不为人所注意。鲁迅在日本留学的后半期内，章太炎先生刚从上海西牢里释放出来，亡命东京，主编革命宣传机关杂志《民报》，又开办“国学讲习会”，借了大成中学的讲堂，给留学生讲学，正是从《说文》讲起。有朋友来约，拟特别请太炎先生开一班，每星期日上午在民报社讲《说文》，我们都参加了，听讲的共有八人。鲁迅借抄听讲者的笔记清本，有一卷至今还存留，可以知道对于他的影响。表面上看得出来的是文章用字的古雅和认真，最明显的表现在《域外小说集》初板的两册上面，翻印本已多改得通俗些了，后来又改用白话，古雅已用不着，但认真还是仍旧，他写稿写信用俗字简字，却决不写别字，以及重复矛盾的字，例如桥樑（梁加木旁犯重），邱陵（清雍正避孔子讳始改丘为邱），又写鳥字也改下边四点为两点，这恐怕到他晚年还是如此吧？在他丰富深厚的国学知识的上头，最后加上这一层去，使他彻底了解整个的文学艺术遗产的伟大，他这二十几年的刻苦的学习可以说是“功不唐捐”了。

关于鲁迅的“西学”一方面，我们可以更简单的来说明一下。这里可分作两个段落，其一是关于一般的科学知识，其二是关于外国的文学知识。这第一段落是鲁迅在南京（一八九八至一九〇一）及在东京前期（一九〇二至一九〇四），大概这五个年头。南京附设在陆师学堂内的矿路学堂本来是以开矿为主，造铁路为辅的，虽然主要功课属于矿路二事，但鲁迅后来既不开矿，也不造路，这些功课都已还了先生之后，他所实在得到的也只是那一点普通科学知识而已。鲁迅在《朝花夕拾》上特别提出地学（地质学）和金石学（矿物学），这些固然最是新鲜，但重要的其实还是一般科学，如数学，代数，几何，物理，化学，都是现代常识的基础，但是平常各个分立，散漫无归宿，鲁迅在这里看到了《天演论》，这正像国学方面的《神灭论》，对于他是有着绝大的影响的。《天演论》原只是赫胥黎的一篇论文，题目是“伦理与进化论”，（或者是“进化论与伦理”也未可知，）并不是专谈进化论的，所以说的并不清楚，鲁迅看了赫胥黎的《天演论》，是在南京，但是一直到了东京，学了日本文之后，这才懂得了达尔文的进化论。因为鲁迅看到丘浅次郎的《进化论讲话》，于是明白进化学说到底是怎么一回事。鲁迅在东京进了弘文学院，读了两年书，科学一方面只是重复那已经学过的东西，归根结蒂所学得的实在只是日本语文一项，但是这却引导他到了进化论里去，那末这用处也就不小了。

第二个段落是说鲁迅在仙台医学校的两年（一九〇四至一九〇六），和仙台退学后住在东京的三年（一九〇六至一九〇九）。在仙台所学的是医学专门学问，后来对于鲁迅有用的只是德文，差不多是他做文艺工作的唯一的工具。退学后住在东京的这几年，表面上差不多全是闲住，正式学校也并不进，只在“独逸语学协会”附设的学校里挂了一个名，高兴的时候去听几回课，平常就只逛旧书店，买德文书来自己阅读，可是这三年里却充分获得了外国文学的知识，作好将来做文艺运动的准备了。他学的外国语是德文，但对于德国文学没有什么兴趣，歌德席勒等大师的著作他一册都没有，所有的只是海涅的一部小本集子，原因是海涅要争自由，对于权威表示反抗。他利用德文去翻译别国的作品，介绍到中国来，改变国人的思想，走向自由与解放的道路。鲁迅的文学主张是为人生的艺术，虽然这也就是世界文学的趋向，但十九世纪下半欧洲盛行自然主义，过分强调人性，与人民和国家反而脱了节，只有俄国的现实主义的文学里，具有革命与爱国的精神，为鲁迅所最佩服。他便竭力收罗俄国文学的德文译本，又进一步去找别的求自由的国家的作品，如匈牙利，芬兰，波兰，波希米亚（捷克），塞尔维亚与克洛谛亚（南斯拉夫），保加利亚等。这些在那时都是弱小民族，大都还被帝国主义的大国所兼并，他们的著作英文很少翻译，只有德文译本还可得到，这时鲁迅的德文便大有用处了。鲁迅在东京各旧书店尽力寻找这类资料，发见旧德文杂志上说什么译本刊行，便托相识书商向“丸善书店”往欧洲定购。这样他买到了不少译本，一九〇九年印行的两册《域外小说集》里他所译的原本，便都是这样一点一滴的收集来的。他在旧书店上花了十元左右的大价，买到一大本德文《世界文学史》，后来又定购了一部三册的札倍尔著的同名字的书，给予他许多帮助。在许多年后《小说月报》出弱小民族特号的时候，找不到关于斯拉夫的几个民族的资料，有几篇谈保加利亚和芬兰文学的文章，便是鲁迅从这书上抄译下来的。鲁迅在东京的后期只是短短的三年，在终日闲走闲谈中间，实在却做了不少工作，我们如拿去和国学时期相比，真可以说是意外的神速。

关于百草园

百草园的名称，初见于鲁迅的回忆文中，那时总名还叫作“旧事重提”，是登在《莽原》上的，这一篇的题目是“从百草园到三味书屋”。这园是实在的，到现今还是存在，虽然这名字只听见老辈说过，也不知道它的历史，若是照字面来说，那么许多园都可以用这名称，反正园里百草总是有的。不过别处不用，这个荒园却先这样的叫了，那就成了它的专名，不可再移动了。

这园现在是什么情形，只要有人肯破费工夫，跑去一看，立即可以明白了。但是园虽是无生物，却也同人一样，有它的面目和年龄，今日所见只是现在的面目，过去有比人还长的年月，也都是值得记值得说的。古人作《海赋》，从海的上下四旁着手，这是文人的手法，我们哪里赶得上，但这意思却是很好的。园属于一个人家，家里有人，在时代与社会中间，有些行动，这些都是好资料，就只可惜我们不去记它，或者是不会记。这回我想来试试看，虽然会不会，能不能，那全然还不知道。

说得小一点，那么一个园，一个家族，那么些小事情，都是鸡零狗碎的，但在这空气中那时鲁迅就生活着，当作远的背景看，也可以算作一种间接的材料吧。说得大一点呢，是败落大人家的相片。鲁迅于清光绪戊戌（一八九八）年离开家乡，所以现今所写的也以此为界限，但或者有拉到庚子年去的时候也说不定。就是庚子也罢，那已是五十年前的事了，记忆不能完全，缺点自必多有，但我希望那只是遗漏的一方面，若是增饰附会，大概里边总是没有的。

园里的植物

园里的植物，据《朝华夕拾》上所说，是皂荚树，桑椹，菜花，何首乌和木莲藤，覆盆子。

皂荚树上文已说及，桑椹本是很普通的东西，但百草园里却是没有，这出于大园之北小园之东的鬼园里，那里种的全是桑树，枝叶都露出在泥墙上面。传说在那地方埋葬着好些死于太平军的尸首，所以称为鬼园，大家都觉得有点害怕。

木莲藤缠绕上树，长得很高，结的莲房似的果实，可以用井水揉搓，做成凉粉一类的东西，叫作木莲豆腐，不过容易坏肚，所以不大有人敢吃。

何首乌和覆盆子都生在“泥墙根”，特别是大小园交界这一带，这里的泥墙本来是可有可无的，弄坏了也没有什么关系。据医书上说，有一个姓何的老人因为常吃这一种块根，头发不白而黑，因此就称为何首乌，当初不一定要像人形的，《野菜博录》中说它可以救荒，以竹刀切作片，米泔浸经宿，换水煮去苦味，大抵也只当土豆吃罢了。

覆盆子的形状，像小珊瑚珠攒成的小球，这句话形容得真像，它同洋莓那么整块的不同，长在绿叶白花中间，的确是又中吃又中看，俗名“各公各婆”，不晓得什么意思，字应当怎么写的。儿歌里有一首，头一句是“节节梅官柘”，这也是两种野果，只仿佛记得官柘像是枣子的小颗，节节梅是不是覆盆子呢，因为各公各婆亦名各各梅，可能就是同一样东西吧。

在野草中间去寻好吃的东西，还有一种野苎麻可以举出来，它虽是麻类而纤维柔脆，所以没有用处，但开着白花，里面有一点蜜水，小孩们常去和黄蜂抢了吃。它的繁殖力很强，客室小园关闭几时，便茂生满院，但在北方却未曾看见。小孩所喜欢的野草，此外还有蛐蛐草，在斗蟋蟀时有用，黄狗尾巴是象形的，芣苡见于国风，医书上叫作车前，但儿童另有自己的名字，叫它作官司草，拿它的茎对折互拉，比赛输赢，有如打官司云。蒲公英很常见，那轻气球似的白花很引人注目，却终于不知道它的俗名，蒲公英与白鼓钉等似乎都只是音译，要附会的说，白鼓钉比蒲公英还可以说是有点意义吧。

园里的动物

百草园里的动物，我们根据《朝华夕拾》中所记的加以说明，这大约可以分作三类。其一是蝉，蟋蟀与油蛉。蝉俗名知了，鲁迅的祖父介孚公曾盛称某人试帖的起句“知了知花了”，以为很有情趣，但民间这知字乃是读作去声的。普通的知了是那大的一种，就是诗人所称为螓首蛾眉的，此外还有一种小而色青的，名为山知了，在盛夏中高声急迫地叫，声如知了遮了，所以又一名遮了。蟋蟀是蛐蛐的官名，它单独时名为叫，在雌雄相对，低声吟唱的时候则云弹琴，老百姓虽然不知道司马相如琴心的故事，但起这名字却极是巧妙，我也曾听过古琴专家的弹奏，比起来也似乎未必能胜得过。普通的蛐蛐之外，还有一种头如梅花瓣的，俗名棺材头蛐蛐，看见就打杀，不知道它们会叫不会叫。又有一种油唧蛉，北方叫作油壶卢，似蟋蟀而肥大，虽然不厌恶它，却也永不饲养，它们只会嘘嘘的直声叫，弹琴的本领我可以保证它们是没有的。油蛉这东西不知道在绍兴以外地方叫做什么，如要解说，只能说是一种大蚂蚁似的鸣虫吧。好几年前写过一首打油诗，其词云：

“辣茄蓬里听油蛉，小罩扪来掌上擎，瞥见长须红项颈，居然名贵过金铃。”注云，“油蛉状如金铃子而细长，色黑，鸣声瞿瞿，低细耐听，以须长颈赤者为良，云寿命更长。畜之者以明角为笼，丝线结络，寒天县着衣襟内，可以经冬，但入春以后便难持久，或有养至清明时节，于上坟船中闻其鸣声者，则绝无而仅有矣。”

其二是黄蜂，蜈蚣与斑蝥，还有赤练蛇。黄蜂本来只是伏在菜花上，但究竟要螫人的，也不会得叫，所以只好归入这一类里。蜈蚣与斑蝥平时不会碰见，除非在捉蛐蛐，把断砖破瓦乱翻的时候，它们虽是毒虫，但色彩到底还好看，所以后来一直留下一个印象，不比北方的蝎子，像是妖怪似的，看了要叫人寒毛直竖。赤练蛇只是传说说有，不曾见过，俗名火练蛇，虽然样子可怕，却还不及乌梢蛇，因为那是说要追人的。

园里的动物二

上文所说的动物还有一类未讲到，即是其三鸟类。《朝华夕拾》中说有叫天子即云雀从草间飞上天去，这个我没有见过，但是有些人玩百灵，关在鸟笼子里，既有此鸟，那么它来园里也是可能的，我只是不曾看见罢了。此外性子很急的白颊的张飞鸟，传说是被后母或是薄情的丈夫推落清水毛坑淹死的女人所化的清水鸟，也都常来，还有一种鸟名叫拆书，鸣声好像是这两个字，民间相信听到它的叫声时，远人将有信来了。这些鸟都不知道在书上是叫什么名字。至于麻雀那自然多得很，鲁迅所记雪地里捕鸟，所得的是麻雀居多。那一回是前清光绪癸巳（一八九三）年的事，距今已是五十七年了。那年春初特别寒冷，积雪很厚，鸟雀们久已无处觅食，所以捕获了许多，在后来便再也没有这样的机会，不全是为的拉绳子的人太性急，实在是天不够冷，雪不够大，这原因是很简单的。

四脚兽当然在园里也有，但是《朝华夕拾》里不提起，我们也就把它略掉了。不过有一件东西稍为特别，不可不一说，虽是本在西邻梁家，但中间只隔着一段矮泥墙，可能也会得走过来的。这是什么呢？如梁家的人所说，那是猪精。单说猪精不大确切，如用上海话可以说是猪猡精，绍兴则另有说法，应该叫作什么猪精才对，这上边一个字读如尼何切，《越谚》上写作典字上加两个口，与咒字是一类，怕排字为难，只好不用。有一天，大概在癸巳年略后吧，鲁迅在园里玩耍，听见梁家园中人声鼎沸，跑到泥墙缺处去看，只见一个男人正在投池，许多男妇赶到要拉他起来，有人讨厌外人来看，几个女人说道："人多些也好，威光可以大一点。"据说那人为园内的猪精所凭，所以迷糊投水云，其实大概为的什么打架，当时很清醒的站在池中，大声道："我不要再做人了，"俯首往水里一钻，这情形很是滑稽，多少年后鲁迅一直引为谈助，只可惜他不曾利用，放到小说里去，但是这猪精的一个典故却总是值得保存下来的。

鲁迅与闰土

鲁迅对于故乡农民是颇有情分的，如小说《故乡》里写“闰土”时可见。“闰土”虽是一个典型人物，但所取材，不少来自一个真实的“闰土”。

鲁迅与闰土相识，并不是偶然的。鲁迅是破落大家出身，因为原是大家，旧称读书的“士大夫”，即是知识分子，在地位上与农工大众有若干距离，但是又因为是破落了，这又使得他们有接近的可能。而且这里还有一个特殊的情况，乡下许多村庄，都是聚族而居的，有如李家庄，全村都是姓李的本家，鲁迅的外婆家所在名叫“安桥头”，可是居民大都是姓鲁的。地主仍然要作威福，但一面于贫富之外还保存着辈分尊卑的区分，尽管身分是雇工，主人方面可是仍要叫他“太公”或是“公公”。

鲁迅在外婆家习见这种情形，自己家里又有一种传统的习惯，女人小孩对于雇工在称呼上表示客气，例如“闰土”的父亲名叫章福庆，照例叫他作“庆叔”。这一件是由于祖母蒋老太太的示范，别一方面祖父介孚公虽是翰林出身，做过知县，平时爱骂人，直从昏太后（西太后）呆皇帝（光绪）骂起，绝不留情，可是对做工的人却是相当客气。鲁迅在这样空气中长大，这就使得他可以和做工亲属相处，何况“闰土”本来又是小时候的朋友呢。

“闰土”的父亲章福庆是杜浦村的人，那地方是海边沙地，平常只种杂粮，夏天则种西瓜等物。他本身是个竹工，一面种着地，分一份时间给人家帮忙，在鲁迅家里已经很久了。被鲁迅当作模特儿的“闰土”是他的独子，小名阿水，学名加了一个“运”字上去。浙东运闰二字读音相同，鲁迅小说中便借用了，水则改为同是五行中的一个土字，这便成了“闰土”。

这个叫阿水的“闰土”大约比鲁迅要大两三岁，他们初次相见是在前清癸巳（一八九三）年正月，因为曾祖母去世，家中叫“闰土”来帮忙，看守祭器，那时他大概是十五六岁，是一个质朴老实的少年。那时候他给鲁迅讲捕鸟的法子，讲沙地里动物和植物的生活，什么角麂，跳鱼，种种奇异的景物，这在城里人听去，觉得沙地真是异境，非常的美丽。他这时给予鲁迅的第一个印象一直没有磨灭，比别的印象都深。这以后他们见面，至少有记录可考的，乃是庚子（一九〇〇）年的正月，查我的旧日记上记有这样两项：

“初六日，晴。下午同大哥及章水登应天塔，至第四级，罡风拂面，凛乎其不可留，遂回。”

“初七日，晴。下午至江桥，章水往陶二峰处测字，予同大哥往观之，皆谰语可发噱。”

所谓“谰语”至今还是清楚记得，测字人厉声的说，有什么“混沌乾坤，阴阳搭戤，勿可着鬼介来亨著”。末一句用国语意译或可云“别那么活见鬼”，似很严厉的训斥语。当时觉得测字人对顾客这种口气很是可笑，“闰土”听了却并不生气，只是垂头丧气地走了出来。事隔多年之后这才知道，那时他正在搞恋爱，虽然他已有了妻子，却同村里的一个寡妇要好，结果似乎终于成功，但是同妻子离婚，花了不少的钱，经济大受影响。这是“庆叔”在晚年才对鲁迅的母亲说出来的。那些谰语，鲁迅一直记着，“着鬼介来亨著”一语还常引用，但是那垂头丧气的印象似已逐渐忘记了。

到一九一九年冬末，鲁迅因为搬家北上，回到绍兴去，又会见了“闰土”，他发见了这二十几年的光阴带来了多少的变化！天灾，人祸，剥削，欺凌，使得当年教鲁迅捕鸟，讲海边故事的少年，一变而为衰老，阴沉，麻木，卑屈的人，虽然质朴诚实还是仍旧，这怎能使得《故乡》的作者不感到悲哀呢？那时候我不曾在场，但这情形细细写在那篇小说上，使我也一同感到他的悲哀。

《故乡》作于一九二一年，发表在五月号的《新青年》上。不过三十年，中国解放终于成功了。鲁迅与“闰土”未及亲见解放成功，虽是遗憾，但是现在“闰土”的孙子已经长成，在绍兴的鲁迅纪念馆服务，我觉得这事很有意思，这里值得报告一下的。

我希望在不远的期间能够往绍兴去走一趟，不但看看故乡在解放后的变化，还可以看看这位“闰土”的孙子，打听一下他们家里过去的情形，在馆里还可以见到一个老朋友，乃是鲁迅母亲时代就在家帮过多年忙的王鹤招，也是很愉快的事。

我所觉得高兴的，不但是可以知道他们的近状，因为追怀往事，或者还能记起些遗忘的事情来，给我作回忆文的资料，这也还不至于是完全自私的愿望吧。

荡寇志的绣像

鲁迅在大舅父处寄食，前半是在王府庄，后半则跟了鲁宅迁移，又到小皋埠去了。大舅父的住房只记得有楼房两间，他住在西边的前房里，平常不大出眠床来，因为他是抽雅片烟的，午前起得很迟，短衣裤坐在床上，吃点心吃饭就在一张矮桌上面，没有什么特别事情是不穿鞋下来的。他有一子一女，夫人是后母，无所出，是很寂寞的脸相，他们大概住在东边前房吧，那间房和楼下的情形几乎全不记得，只是后房里，因为看他们影写绣像，所以还没有完全忘记。鲁迅所画的完全的绣像有一套《荡寇志》，从张叔夜起头，一直足足有好几十幅。画只有鲁迅来得，后半幅的题词则延孙（佩绅的号）居一日之长，字写得不错，也帮着来影写，只有佩紫有一天试写一篇，有一两笔很粗笨难看，中途停止，由鲁迅补写完成，这纪念就留在册上。以前只晓得用尺八纸和荆川纸，这时在乡下杂货铺里却又买到一种蜈蚣（读若明公）纸，比荆川稍黄厚而大，刚好来影写大本的绣像，现在想起来也就是一张八开的毛太纸罢了。这《荡寇志》画像就是用这种纸影写的，原价大概是一文钱一张吧，草订成一大册，后来带回家去，不久以二百文卖给了别人。关于这事，在《从百草园到三味书屋》中有这一节文章云：

“最成片段的是《荡寇志》和《西游记》的绣像，都有一大本。后来，因为要钱用，卖给一个有钱的同窗了。他的父亲是开锡箔店的；听说现在自己已经做了店主，而且快要升到绅士的地位了。这东西早已没有了吧。”这位同窗名叫章翔耀，住在东昌坊口往西不远的秋官第地方，他的锡箔店在民国八年底还是开着，虽然以后情形不能知悉。《朝华夕拾》那文章虽是说三味书屋的事，《荡寂志》的图却确有年月可考，是在王府庄避难时所画的，但癸巳前后他都在三味书屋读书，所以那么地一总写在一起了。《西游记》图或者是在书房里所画，只是没有明白的记忆，因为关于那本绣像没有什么故事，也就容易见过忘记了。

三味书屋

癸巳上半年，鲁迅往三味书屋读书，他去那里是这年为始，还是从前一年就已去了呢，这已记不清楚了。自百草园至三味书屋真正才一箭之路，出门向东走去不过三百步吧，走过南北跨河的石桥，再往东一拐，一个朝北的黑油竹门，里边便是三味书屋了。书屋不在百草园之内，所以不必细写，只须一说那读书的两间房屋就行。我去读书是从乙未年起的，所记情状自然只能以那时为准，但可能前两年也是大概差不多的。书房朝西两间，南边的较小，西北角一个圆洞门相通，里面靠东一部分有地板，上有小匾曰“谈余小憩”，小寿先生洙邻名鹏飞在此设帐，教授两个小学生，即是我和寿禄年，外边即靠北的一大间是老寿先生镜吾名怀鉴的书房，背后挂一张梅花鹿的画，上有匾曰“三味书屋”。老寿先生的大儿子润邻名鹏更，在乡间坐馆，侄儿孝天同住一门内，则在迤北一间书房开馆授徒，后来往上海专编数学书，不再教读了。

老寿先生教的学生很多，有南门的李孝谐，秋官第许姓，又余姓身长头小绰号“小头鬼”的，都是大学生，桌子摆在西窗下一带，北墙下是鲁迅和勇房族叔仁寿，南墙下是中房族弟寿升，商人子弟的胡某和章翔耀，他的桌子已在往小园去的门口了，还有中房族兄寿颐，桌子不知道放在那里，可能是在北墙下靠东的地方吧。从北京跟了介孚公回家的凤升也于乙未年去上学，他于癸巳上半年同我在厅房里从仁房族叔伯文读书，中途停顿，这时才继续前去，书桌放在“谈余小憩”的西北窗下，但书还是由老寿先生教读的。

老寿先生

老寿先生是本城中极方正，质朴博学的人，可是并不严厉，他的书房可以说是在同类私塾中顶开通明朗的一个。他不打人，不骂人，学生们都到小园里去玩的时候，他只大声叫道："人都到那里去了？"到得大家陆续溜回来，放开喉咙读书，先生自己也朗诵他心爱的赋，说什么"金叵罗，颠倒淋漓伊，千杯未醉荷……"，这情形在《朝华夕拾》上描写得极好，替镜吾先生留下一个简笔的肖像。先生也替大学生改文章即是八股，可是没有听见他自己念过，桌上也不见《八铭塾钞》一类的东西，这是特别可以注意的事。先生律己严而待人宽，对学生不摆架子，所以觉得尊而可亲，如读赋时那么将头向后拗过去，拗过去，更着实有点幽默感。还有一回先生闭目养神，忽然举头大嚷道，"屋里一只鸟（都子切》，屋里一只鸟！"大家都吃惊，以为先生着了魔，因为那里并没有什么鸟，经仔细检查，才知道有一匹死笨的蚊子定在先生的近视眼镜的玻璃外边哩。这蚊子不知是赶跑还是捉住了，总之先生大为学生所笑，他自己也不得不笑了。

《朝华夕拾》上说学生上学，对着那三味书屋和梅花鹿行礼，因为那里并没有至圣先师或什么牌位，共拜两遍，第一次算是拜孔子，第二次是拜先生，那时先生便和蔼地在一旁答礼。行礼照例是“四跪四拜”，先生站在右边，学生跪下叩首时据说算在孔子账上，可以不管，等站起作揖，先生也回揖，凡四揖礼毕。元旦学生走去贺年，到第二天老寿先生便来回拜，穿着褪色的红青棉外套（前清的袍套）。手里拿着一叠名片，在堂前大声说道，“寿家拜岁。”伯宜公生病，医生用些新奇的药引，有一回要用三年以上的陈仓米，没有地方去找，老寿先生不知道从哪里弄到了一两升，装在“钱搭”里，亲自肩着送来。他的日常行为便是如此，但在现今看去觉得古道可风，值得记载下来，还有些行事出自传闻，并非直接看见，今且从略。

阿长的结局

顺便来一讲阿长的死吧。长妈妈只是许多旧式女人中的一个，做了一辈子的老妈子（乡下叫作“做妈妈”），平常也不回家去，直到了临死，或者就死在主人家里。她的故事详细的写在《朝华夕拾》的头两篇里，差不多已经因了《山海经》而可以不朽了，那里的缺点是没有说到她的下落，在末后一节里说：

“我的保姆，长妈妈即阿长，辞了这人世，大概也有了三十年了吧。我终于不知道她的姓名，她的经历；仅知道有一个过继的儿子，她大约是青年守寡的孤孀。”这篇文章是一九二六年所写的，阿长死于光绪己亥即一八九九年，年代也差不多少，那时我在乡下，在日记上查到一两项，可以拿来补充一下。

戊戌（一八九八）年闰三月十一日，鲁迅离家往南京世学堂去。同年十一月初八日，四弟椿寿以急性肺炎病故，年六岁。这在伯宜公去世后才二年，鲁老太太的感伤是可以想象得来的，她叫木匠把隔壁向南挪动，将朝北的后房改作卧室，前房堆放什物，不再进去，一面却叫画师凭空画了一幅小孩的小像，挂在房里。本家的远房妯娌有谦少奶奶，平常同她很谈得来，便来劝慰，可以时常出去看戏排遣。那时只有社戏，雇船可以去看。在日记上已亥三月十三日项下云，“晨乘舟至偏门外看会，下午看戏，十四日早回家。”又四月中云：

“初五日晨，同朱小云兄，子衡伯㧑叔，利宾兄下舟，往夹塘看戏，平安吉庆班，半夜大雨。

初六日雨中放舟至大树港看戏，鸿寿堂徽班，长妈妈发病，辰刻身故，原船送去。”

长妈妈夫家姓余，过继的儿子名五九，是做裁缝的，家住东浦大门溇，与大树港相去不远。那船是一只顶大的“四明瓦”，撑去给她办了几天丧事，大概很花了些钱。日记十一月廿五日项下云，“五九来，付洋二十元，伊送大鲢鱼一条，鲫鱼七条，”他是来结算长妈妈的工钱来的，至于一总共付多少，前后日记有断缺，所以说不清楚了。

阿长的结局二

关于前回的事，还有补充说明之必要。那一次看戏接连两天，共有两只大船，男人的一只里的人名已见于日记，那女人坐的一只船还要大些，鲁老太太之外，有谦少奶奶和她的姑蓝太太，她家的茹妈及其女毛姑，蓝太太的内侄女。《朝华夕拾》中曾说及一个远房的叔祖，他是一个胖胖的，和蔼的老人，爱种一点花木，他的太太却正相反，什么也莫名其妙，曾将晒衣服的竹竿搁在珠兰的枝条上，枝折了，还要愤愤地咒骂道，“这死尸！”所说的老人乃是仁房的兆蓝，字玉田，蓝太太即是他的夫人，母家丁家衡朱姓，大儿子小名曰谦，字伯扐，谦少奶奶的母家姓赵，是观音桥的大族，到那时却早已败落了。她因为和鲁老太太很要好，所以便来给鲁迅做媒，要把蓝太太的内侄孙女许给他，那朱小云即是后来的朱夫人的兄弟。长妈妈本来是可以不必去的，反正她不能做什么事，鲁老太太也并不当做用人看待，这回请她来还是有点优待的意思，虽然这种戏文她未必要看。她那时年纪大概也并不怎么大，推想总在五十六十之间吧，平常她有羊癫病即是癫痫，有时要发作，第一次看见了很怕，但是不久就会复原，也都“司空见惯”，不以为意了。不意那天上午在大雨中，她又忽然发作，大家让她躺倒在中舱船板上，等她恢复过来，可是她对了鲁老太太含糊的说了一句，“奶奶，我弗对者！”以后就不再作声，看看真是有点不对了。

大树港是传说上有名的地方，据说小康王被金兵追赶，逃到这里，只见前无去路，正在着急，忽然一棵大树倒了下来，做成桥梁，让他过去，后来这树不知是又复直起，还是掉下水去了。那一天舱位宽畅，戏班又好，大家正预备畅看的时候，想不到这样一来，于是大船的女客只好都归并到这边来，既然拥挤不堪，又都十分扫兴，无心再看好戏，只希望它早点做完，船只可以松动，各自回家，经过这次事件之后，虽然不见得再会有人发羊癫病，但开船看戏却差不多自此中止了。

山海经

如《朝华夕拾》上所说，在玉田老人那里他才见到了些好书。“在我们聚族而居的宅子里，只有他书多，而且特别。制艺和试帖诗自然也是有的；但我却只在他的书斋里，看见过陆玑的《毛诗草木鸟兽虫鱼疏》，还有许多名目很生的书籍。我那时最爱看的是《花镜》，上面有许多图。他说给我听，曾经有过一部绘图的《山海经》，画着人面的兽，九头的蛇，三脚的鸟，生着翅膀的人，没有头而以两乳当作眼睛的怪物。”但是他自己有书，乃是始于阿长的送他一部《山海经》。《朝华夕拾》上云：

“这四本书，乃是我最初得到，最为心爱的宝书。

书的模样，到现在还在眼前。可是从还在眼前的模样来说，却是一部刻印都十分粗拙的本子。纸张很黄；图像也很坏，甚至于几乎全用直线凑合，连动物的眼睛也都是长方形的。但那是我最为心爱的宝书，看起来，确是人面的兽；九头的蛇；一脚的牛；袋子似的帝江；没有头而‘以乳为目，以脐为口’，还要‘执干戚而舞’的刑天。

此后我就更其搜集绘图的书，于是有了石印的《尔雅单图》和《毛诗品物图考》，又有了《点石斋丛画》和《诗画舫》。《山海经》也另买了一部石印的，……木刻的却已经记不清是什么时候失掉了。”这里说前后两段关系很是明白，阿长的描写最详细，关于玉田虽只是寥寥几行，也充满着怀念之情，如云，“这老人是个寂寞者，因为无人可谈，就很爱和孩子们往来，有时简直称我们为‘小友’。”这种情事的确是值得记念的，可是小时候的梦境，与灰色的实生活一接触就生破绽，丙申年伯宜公去世后，总是在丁酉年中吧，本宅中的族人会议什么问题，长辈硬叫鲁迅署名，他说先要问过祖父才行，就疾言厉色的加以逼迫。这长辈就是那位老人。那时我在杭州不知道这事，后来看他的日记，很有愤怒的话。戊戌六月老人去世，鲁迅已在南京，到了写文章的时候，这事件前后相隔也已有三十多年了。

山海经二

鲁迅与《山海经》的关系可以说很是不浅。第一是这引开了他买书的门，第二是使他了解神话传说，扎下创作的根。这第二点可以拿《故事新编》来做例子，那些故事的成分不一样，结果归到讽刺，中间滑稽与神话那么的调和在一起，那是众所周知的事了。嫦娥奔月已经有人编为连环图画，后羿的太太老是请吃乌鸦炸酱面，逼得她只好吞了仙丹，逃往冰冷的月宫去，看惯了不以为奇，其实如不是把汉魏的神怪故事和现代的科学精神合了起来，是做不成功的。可惜他没有直接利用《山海经》材料，写出夸父逐日来，在他的一路上，遇见那些奇奇怪怪的物事，不但是一脚的牛，形似布袋的帝江，就是贰负之尸，和人首蛇身衣紫衣的山神（虽然蛇身怎么穿紫衣，曾为王崇庆在《山海经释义》中所笑），也都可以收入，好像目连戏中的街坊小景，那当成为一册好玩的书，像《天问图》似的，这在他死后就再也没有人能做或肯做的了。

阿长的《山海经》大概在癸巳年以前，《毛诗品物图考》初次在王府庄看见，所以该是甲午年所买，《尔雅音图》系旧有，不知伯宜公在什么时候买来的。木板大本却是翻刻的《花镜》，从中房族兄寿颐以二百文代价得来，那时他已在三味书屋读书，所以年代也该是甲午吧。此外有图的书先后买来的，有《海仙画谱》，《百将图》，《点石斋丛画》，《诗画舫》，《古今名人画谱》，《海上名人画稿》，《天下名山图咏》，《梅岭百鸟画谱》，都是石印本。又王冶梅的《三十六赏心乐事》，马镜江的《诗中画》，和《农政全书》本的王磐的《野菜谱》，大概因为买不到的缘故，用荆川纸影写，合订成册，可以归在一类。在戊戌前所买的书还有《郑板桥集》，《徐霞客游记》，《阅微草堂笔记》，《淞隐漫录》，影印宋本《唐人合集》，《金石存》，《酉阳杂俎》，这些也都是石印本，只有《徐霞客》是铅印，《酉阳杂俎》是木板翻刻本。书目看去似乎干燥杂乱，但细看都是有道理的，这与后来鲁迅的工作有关联，其余的可惜记不得了，所以不能多举几种出来。

孔乙己的时代

这题目该是“孔乙己时代的东昌坊口”，因为太长一点，所以从略，虽然意思稍欠明了。孔乙己本来通称孟夫子，不知道住在什么地方，但是他时常走过这条街，来到咸亨酒店吃酒，料想他总是住的不远吧。那时东昌坊口是一条冷落的街，可是酒店却有两家，都是坐南朝北，西口一家曰德兴，东口的即咸亨，是鲁迅的远房本家所开设，才有两三年就关门了。这本是东西街，其名称却起因于西端的十字路口，由那里往南是都亭桥，往北是塔子桥，往西是秋官第，往东则仍称东昌坊口，大概以张马桥为界，与覆盆桥相连接。德兴坐落在十字路的东南角，东北角为水果莲生的店铺，西边路北是麻花摊，路南为泰山堂药店，店主申屠泉以看风水起家，绰号“矮癞胡”更为出名。路南德兴酒店之东有高全盛油烛店，申屠泉住宅，再隔几家是小船埠头，傅澄记米店，间壁即是咸亨，再过去是屠姓柴铺和一家锡箔铺，往南拐便是张马桥了。路北与水果铺隔着两三家有卖扎肉腌鸭子的没有店号的铺子，养荣堂药店，小船埠头的对过是梁姓大台门，其东为张永兴棺材店，鲁迅的旧家，朱滋仁家，到了这里就算完了，下去是别一条街了。中间有些住宅不能知道，但是显明的店铺差不多都有了，关于这些有故事可说的想记一点出来，只是事隔半世纪，遗忘的恐怕不少，也记不出多少罢了。

咸亨的老板

咸亨酒店的老板之一是鲁迅的远房本家，是一个秀才，他的父亲是举人，哥哥则只是童生而已。某一年道考落第后，他发愤用功，一夏天在高楼上大声念八股文，音调铿锵，有似唱戏，发生了效力，次年便进了学，他哥哥仍旧不成，可是他的邻号生考上了，好像是买彩票差了一号，大生其气，终于睡倒在地上把一棵小桂花拔了起来。那父亲是老举人，平常很讲道学，日诵《太上感应篇》，看见我们上学堂的人有点近于乱党，曾致忠告云，“从龙成功固好，但危险却亦很多，”这是他对于清末革命的看法。晚年在家教私塾，年过从心所欲，却逾了矩，对佣媪毛手毛脚的，乱写凭票予人，为秀才所见，大骂为老不死，一日为媪所殴，媳妇遥见，连呼“老昏虫该打”。有一回，本家老太太见童生匆匆走去，及过举人房门外，乃见有一长凳直竖门口，便告知主人去之，后问童生，则笑答是他装的弶，盖以孝廉公为雉兔之类，望其触綜一跌而毙也。同时在台门内做短工的有一个人，通称皇甫，还不知道是王富，有一天在东家灶头同他儿子一起吃饭，有一碗腌鱼，儿子用筷指着说道，“你这娘杀吃吃，”父亲答道，“我这娘杀弗吃，你这娘杀吃吧。”娘杀是乡下骂人的恶话，但这里也只当作语助词罢了。这两件都是实事，我觉得很有意思，多少年来一直记着，现在写了出来，恰好作为孔乙己时代之二吧。

鲁迅与书店

鲁迅对大书店向来有些反感。还是在东京留学的时候，他们翻译了一部小说，是哈葛得做的，那时正在时行，共有十万字，寄给书店，以千字二元的代价卖掉，后边附有注解十多页，本来是不算钱的，但在印出来时全给删却了。过了一年，又卖了一部稿子，自己算好有六万几千字，可是寄卖契和钱来的时候差不多减少了万字之谱，他倒也很幽默，就那么收下，等了一年后书印了出来，特地买来一册，一五一十的仔细计算，查出原来的数目不错，于是去信追补，结果要来了大洋拾几元几角几分，因为那时书店是这样精细的算的。第三次是在辛亥革命之后，他同范爱农合办师范学校几个月，与军政分府的王金发部下不大弄得来，就辞了职，想到上海去当编辑。他托了蔡谷卿介绍，向大书店去说，不久寄了一页德文来，叫翻译了拿来看。他在大家公用的没有门窗的大厅里踱了大半天，终于决定应考，因为考取了可以有一百多元的薪水。他抄好了译文，邮寄上海，适值蔡孑民的信来到，叫他到南京的教育部去。于是他立即动身，那考试的结果如何也不去管它，所以没有人记得这是及第还是落地了。这些都是小事，但他对于大书店的反感便是那么的来的。

鲁迅的笑

鲁迅去世已满二十年了，一直受到人民的景仰，为他发表的文章不可计算，绘画雕像就照相所见，也已不少。这些固然是极好的纪念，但是据个人的感想来说，还有一个角落，似乎表现得不够充分，这便不能显出鲁迅的全部面貌来。这好比是个盾，它有着两面，虽然很有点不同，可是互相为用，不可偏废的。

鲁迅最是一个敌我分明的人，他对于敌人丝毫不留情，如果是要咬人的叭儿狗，就是落了水，他也还是不客气的要打。他的文学工作差不多一直是战斗，自小说以至一切杂文，所以他在这些上面表现出来的，全是他的战斗的愤怒相，有如佛教上所显现的降魔的佛像，形象是严厉可畏的。但是他对于友人另有一副和善的面貌，正如盾的向里的一面，这与向外的蒙着犀兕皮的大不相同，可能是为了便于使用，贴上一层古代天鹅绒的里子的。

他的战斗是有目的的，这并非单纯的为杀敌而杀敌，实在乃是为了要救护亲人，援助友人，所以那么的奋斗，变相降魔的佛回过头来对众生的时候，原是一副十分和气的金面。鲁迅为了摧毁反革命势力——降魔——而战斗，这伟大的工作，和相随而来的愤怒相，我们应该尊重，但是同时也不可忘记他的别一方面，对于友人特别是青年和儿童那和善的笑容。

我曾见过些鲁迅的画像，大都是严肃有余而和蔼不足。可能是鲁迅的照相大多数由于摄影时的矜持，显得紧张一点，第二点则是画家不曾和他亲近过，凭了他的文字的印象，得到的是战斗的气氛为多，这也可以说是难怪的事。偶然画一张轩眉怒目，正要动手写反击“正人君子”的文章时的像，那也是好的，但如果多是紧张严肃的这一类的画像，便未免有单面之嫌了。大凡与他生前相识的友人，在学校里听过讲的学生，和他共同工作，做过文艺运动的人，我想都会体会到他的和善的一面，多少有过些经验。

有一位北京大学听讲小说史的人，曾记述过这么一回事情。鲁迅讲小说到了《红楼梦》，大概引用了一节关于林黛玉的本文，便问大家爱林黛玉不爱？大家回答，大抵都说是爱的吧，学生中间忽然有人询问，周先生爱不爱林黛玉？鲁迅答说，我不爱。学生又问，为什么不爱？鲁迅道，因为她老是哭哭啼啼。那时他一定回答得很郑重，可是我们猜想在他嘴边一定有一点笑影，给予大家很大的亲和之感。

他的文章上也多有滑稽讽刺成分，这落在敌人身上，是一种鞭打，但在友人方面看去，却能引起若干快感。我们不想强调这一方面，只是说明也不可以忽略罢了。本来这两者的成分也并不是平均的，平常表现出来还是严肃这一面为多。

我对于美术全是门外汉，只觉得在鲁迅生前，陶元庆给他画过一张像，觉得很不差，鲁迅自己当时也很满意，仿佛是适中的表现出了鲁迅的精神。